AF282258

Evelyn Birk

Kleine Zeichen vom Schicksal

Ein Liebesroman

Bibliografische Information der Deutschen Nationalbibliothek:
Die Deutsche Nationalbibliothek verzeichnet diese Publikation in der
Deutschen Nationalbibliografie; detaillierte bibliografische Daten sind im
Internet über http://dnb.dnb.de abrufbar.

Lektorat: Alexander Schall

Herstellung und Verlag: BoD – Books on Demand, Norderstedt

ISBN: 978-3-758-37023-6

Für Papa und Mama, die mich seit der ersten Sekunde an immer unterstützt
haben.
Und für meinen liebevollen und verständnisvollen Freund, der mir immer die
Liebe und Energie gibt, um meine Ziele zu erreichen.

EINS

DER ALBTRAUM

Durch meinen Schrei werde ich wach. Wie immer derselbe Albtraum, der mich jede Nacht verfolgt. Mein Blick landet auf dem Wecker: 3:35 Uhr. Auch diesen Tag werde ich dann wohl wieder mit wenig Schlaf starten müssen – etwas anderes bin ich aber auch nicht mehr gewohnt. Ich könnte versuchen, wieder einzuschlafen, in der Hoffnung, nicht wieder vom selben Albtraum heimgesucht zu werden. Oder aber ich lese mich in meinen neuen Fall ein. Dem Patienten habe ich kurzfristig gestern kurz vor Feierabend noch zugestimmt. Ein schwerer Schicksalsschlag! Was ich bisher über ihn aus Erzählungen weiß: Die Familie war nachts mit dem Auto auf dem Weg zu ihrer Ferienwohnung in Italien, als ein betrunkener Lastwagenfahrer von der Spur abkam. Das Auto wurde frontal und ungebremst mitgenommen. Er hat überlebt. Seine Frau und seine dreijährige Tochter hatten nicht so viel Glück. Seitdem ist er schwer depressiv, hat eine Borderline-Persönlichkeitsstörung sowie eine posttraumatische Belastungsstörung und Angstzustände. Nach und nach haben sich Psychosen bei ihm entwickelt, die immer schlimmer und schlimmer wurden. Er ging nicht mehr aus dem Haus und traute sich nicht, in ein Auto zu steigen. Dadurch hat er Freunde, seinen Arbeitsplatz und seine Wohnung verloren. Eine Zeit lang hat er auf der Straße gelebt und sich aufgegeben. Er hatte nichts mehr, wofür es sich in seinen Augen zu leben lohnte… Doch dann hat er die Rache für sich entdeckt. Eines Abends, als er gerade einen neuen Schlafplatz gesucht hatte, wurde er auf einen Streit aufmerksam. Eine Frau hatte ihren Lebenspartner vor die Tür gesetzt. Der Partner war betrunken, er konnte kaum laufen oder ein Satz sprechen. Trotz betrunkenen Zustands schaffte er es aber, die Frau zu packen und gegen die Wand zu drücken. Gerade als er mit der Faust ausholte, um zuzuschlagen, erstach mein neuer Patient den Mann mit einer Glasscherbe, die er auf dem Boden gefunden hatte. Das war der erste Tod, der auf ihn zurückzuführen ist. Dies war kein geplanter Mord, sondern eine Affekthandlung seinerseits. Trotzdem kam er dadurch auf den Geschmack. Seine Ziele? Alle männlich und zum Todeszeitpunkt nachweislich betrunken. Anfangs beobachtete er seine Ziele noch. Er hatte vor einer Bar seinen neuen Schlafplatz eingerichtet. Männer, die regelmäßig tranken, waren anfangs sein Ziel, später war es ihm zunehmend egal, wie oft seine Opfer Alkohol zu sich nahmen. Allein, dass sie getrunken hatten, verurteilte er. So wollte er wahrscheinlich seiner Frau und Tochter gerecht werden, indem er alle trinkenden Männer beseitigte. Sein jüngstes Opfer war gerade 15 geworden. Er und seine Kollegen hatten es geschafft, sich Bier zu besorgen, und haben es heimlich draußen getrunken. Laut Aussagen der Jungs war es das erste Mal Alkohol in ihrem Leben. Auf dem Rückweg nach Hause wurde der 15-jährige Junge abgefangen. Sein Name war Theo. Durch Theos Vater bin ich auf meinen neuen Patienten aufmerksam geworden. Für viele ist es schwer vorstellbar, dass der Vater mir diesen Fall ans Herz gelegt hat. Auch ich fand es anfangs merkwürdig. Im Gespräch habe ich es aber verstanden. Der Patient hatte schon mehrere gerichtlich angeordnete Sitzungen bei Psychologen und war auch schon in Einrichtungen stationiert. Das Urteil des Gerichts war Unzurechnungsfähigkeit mit einer lebenslänglich angesetzten stationären Behandlung in einer psychiatrischen Einrichtung. Viele denken, dass Herr Kowalski zu milde bestraft wurde. Die Hinterbliebenen der Opfer hatten eine lebenslange Haft gefordert. Dort hätte er aber nicht die Hilfe bekommen, die er so dringend braucht, und lebenslang eingesperrt ist er trotzdem. Aus der Einrichtung wird er nie wieder entlassen werden. Jedoch wird er dort nur unter Drogen gesetzt, weshalb er schon etliche Male versucht hat, sich das Leben zu nehmen. Er verabscheut Drogen. Kein Wunder – Alkohol ist eine Droge. Durch Alkoholkonsum sind seine Frau und Tochter tödlich verunglückt. Der Vater wollte ihn etwa ein Jahr nach dem Gerichtsurteil, am Todestag von Theo, nochmal zur Rede stellen. Er wollte antworten, warum ihm sein Sohn genommen worden war. Was er dort aber sah, war eine gequälte, kranke Seele, der geholfen werden muss. So will er den Tod seines Sohnes wahrscheinlich verarbeiten, indem die kranke Person, die dafür verantwortlich ist, verschwindet. Das konnte ich als Psychologin zumindest in unserem kurzen Gespräch feststellen. Verschwinden wird die verantwortliche Person, wenn der Patient wieder zu seinem alten Ich, vor dem tragischen Tod von Frau und Kind, wiederfindet. Das wird keine leichte Aufgabe für mich, befindet sich allerdings genau in meinem Spezialgebiet. Ich kann verstehen, warum der Patient so gehandelt hat. Nicht, dass ich es befürworte oder jemals so gehandelt hätte, aber ich kennen den Schmerz. Ich weiß, wozu dieser Schmerz verleiten kann, denn ich habe ihn selbst erfahren. Ich habe weitaus mehr als nur diesen Schmerz erlebt. Ich selbst leide unter Angst- und daraus folgenden Schlafstörungen, die ich noch nicht loswerden konnte. Mein Gehirn versucht immer noch, die Geschehnisse von damals zu verarbeiten, woraus der immer wiederkehrende Albtraum resultiert.

Es ist spät und ich habe morgen viel zu tun. Daher beschließe ich, mich nicht in den Fall einzulesen, und gebe mein Bestes, um wieder einzuschlafen.

Durch den klingelnden Wecker werde ich wach. Ich habe tatsächlich noch weitergeschlafen. Wirklich erholt bin ich trotzdem nicht, aber besser als nichts. Ich gehe in die Küche und lasse mir meinen Kaffee raus. Als morgendliche Lektüre habe ich mir die Fallakte meines Patienten geschnappt. Mich erstaunt es, wie viele Morde er begehen konnte, ohne geschnappt zu werden. Er wurde bereits nach dem ersten Mord von der Polizei gesucht. Es handelte sich zwar um Verteidigung zum Schutz der Frau, gestorben ist die Person dennoch und er entfernte sich damals unerlaubt vom Tatort. Die Frau, die den betrunkenen Lebensgefährten hinausgeworfen hatte, hat schließlich mit angesehen, wie mein Patient ihn getötet hat. Durch ihre Aussage und Beschreibung meines

Patienten konnte eine Phantomzeichnung erstellt werden. Leider wurde der Polizei die Verbindung zwischen diesem Tod und den Morden viel zu spät bewusst. Die Bilder seiner Opfer haben mir den Appetit verdorben. Der Termin meines Patienten findet in der psychiatrischen Einrichtung statt. Ich entscheide mich trotzdem dazu, morgens noch kurz in die Praxis zu gehen, bevor ich zur Sitzung fahre.

Ich stehe vor der Praxis, in der ich arbeite: die Praxis für Psychotherapie Dr. Roland Schmid. Ich will gerade den Schlüssel für die Tür suchen, da macht mir schon Derik die Tür auf.

„Guten Morgen, meine Schöne. Gut geschlafen?", begrüßt er mich.

Schon bereue ich es, noch kurz bei der Arbeit vorbeigeschaut zu haben. Er ist mein Arbeitskollege und ich kann ihn nicht ausstehen!

„Morgen, Derik. Ich habe dir schon so oft gesagt, ich bin nicht deine Schöne, ich habe keine Lust auf ein Date und nein, wir werden heute auch nicht gemeinsam Mittag essen. Ich habe einen neuen Fall und bin nachher unterwegs" erwidere ich und schaue ihn dabei böse an.

„Deine gute Laune ist wie immer ansteckend. Ich habe dir doch gesagt, dass ich nicht so leicht aufgeben werde. Irgendwann bekomme ich meine Essensverabredung mit dir schon." Zwinkernd und grinsend läuft er aus der Tür.

„Bis morgen, Yasmin, ich wünsche dir noch einen wunderschönen Tag und viel Erfolg bei deinem neuen Fall!"

Ich kann Derik wirklich nicht ausstehen. Als Psychologe bringt er gute und neue Ansätze und geht, auch wenn seine Methoden hart sind, gut mit den Patienten um. Sein

Charakter aber ist kaum zu ertragen. Seit seinem ersten Tag hier versucht er, mich ins Bett zu bekommen. Er ist ein klassischer Frauenheld. Mit seinen großen, braunen Augen, blonden, zurückgegelten Haaren und seinem trainierten Körper landet er sicher bei vielen Frauen. Schlau ist er dazu auch noch. Ich Date aber nicht, habe ich noch nie. Und selbst wenn ich an Dates interessiert wäre, würde ich mich nicht auf ihn einlassen. Ich stehe zwar nicht explizit auf einen Typ Mann, aber er ist es sicherlich nicht! Um aber wieder zur Sache zu kommen: Ich kann ihn nicht aussehen und in letzter Zeit meide ich Derik noch mehr als sonst. Vor einem Monat ist er zu weit gegangen. Er belästigt mich schon seit Tag eins hier und will immer mit mir essen gehen. Doch letzten Monat hat er mich am Hintern angefasst und mich schamlos und arrogant angemacht – es haben sich alle Nackenhaare bei mir aufgestellt und ich bin durchgedreht. Am nächsten Tag habe ich mich krankgemeldet, wegen einer Panikattacke durch die sexuelle Belästigung. Eine der vielen schlimmen Dinge, die mir zugestoßen sind, ist eine Vergewaltigung. Früher hatte ich schon panische Angst, sobald mir ein Mann nur zu nah kam. Das hat sich mittlerweile gebessert. Inzwischen trifft diese Angst nur noch auf fremde Männer, die sich mir zu sehr nähern, beziehungsweise mich berühren, zu. Das war auch einer der Gründe, weshalb ich mich dazu entschieden habe, den Weg meines Dads zu verfolgen. Das Psychologiestudium hat mir geholfen, meine Ängste und meine Probleme zu überwinden. Gleichzeitig war es auch beruhigend für mich zu wissen, dass ich Menschen durch meine Arbeit durchschauen kann, was mir eine gewisse Art Sicherheit verschafft. Der wichtigste Aspekt ist aber, dass ich mich durch die Arbeit meinem Dad verbunden fühle. Ich war immer ein Papakind. Viele, die meine Geschichte kennen, verstehen nicht, wieso ich mich ausgerechnet für diesen Lebensweg entschieden habe. Die Arbeit meines Dads hat am Ende mein Leben zerstört und das Leben meiner beiden Eltern genommen.

Durch das Klingeln meines Telefons werde ich aus meinen Gedanken gerissen. Oberkommissar Wieland ruft an; ich betreue ihn schon länger als Patienten. Was er wohl will?

„Hallo, Herr Wieland, ich bin überrascht, so früh von Ihnen zu hören. Wie geht es Frau und Kind?"

Er ist bei mir in Therapie, da sein Sohn seit einem Motorradunfall querschnittsgelähmt ist, wofür seine Frau ihm die Schuld gibt. Er hat sie damals überredet, den Motorradführerschein zu erlauben und hat seinem Sohn die Maschine gekauft. Mit diesem Motorrad hatte der dann den unglücklichen Unfall, der zur Lähmung geführt hat. Er wurde von einem Autofahrer in der Kurve geschnitten und stürzte. Der Autofahrer hatte die Kurve zu eng genommen und der Sohn war zu schnell gefahren. Schuld hat der Autofahrer bekommen, er wurde verurteilt zu Haft und Schadensersatz – wenig Trost für den Sohn, der nie wieder laufen können wird. Die letzte Stunde ist eigentlich sehr gut verlaufen, daher verwundert mich der Anruf. „Hoffentlich ist bei Ihnen alles gut!"

„Sehr gut. Zuhause hat sich die Situation seit der letzten Stunde sogar verbessert. Meine Frau und ich haben unseren Hochzeitstag zusammen verbracht. Wir waren schick essen, es lief auch sehr gut. Ich weiß nicht, wann wir das letzte Mal so lange allein waren und geredet haben. Ich musste mir auch schon lange keine Vorwürfe mehr anhören!"

Ich atme erleichtert auf. Das sind gute Neuigkeiten, ein großer Erfolg bei den beiden. Seine Frau hat es gemieden, mit ihm allein Zeit zu verbringen. „Klingt nach einem guten Fortschritt! Ich hatte schon Angst, dass etwas vorgefallen ist. Unsere nächste Sitzung ist schließlich erst in einem Monat. Weswegen rufen Sie denn dann an?"

„Ich rufe nicht aus privaten Gründen an, sondern tatsächlich geschäftlich und hätte als Hauptkommissar eine Bitte an Sie. Hätten Sie dafür kurz Zeit?"

„Klingt ziemlich ernst! Ich habe gleich einen Termin außer Haus. Kurz können wir aber telefonieren. Wie kann ich denn helfen?"

„Unsere Polizeipsychologin ist ausgefallen.… Um ehrlich zu sein, halte ich nicht viel von ihr. Sie macht ihren Job nur mittelmäßig bis schlecht und meiner Meinung nach ist sie nicht geeignet, um schwierige Fälle zu übernehmen. Aber um zum Punkt zu kommen: Ich habe einen jungen Kommissar, der unter einer posttraumatischen Belastungsstörung leidet. Er darf im Dienst eingesetzt werden, aber Voraussetzung dafür sind wöchentliche Therapiestunden. Nach jeder Stunde benötigt er eine schriftliche Bestätigung der leitenden Therapeutin, dass er einsatzfähig ist. Wir sind aktuell unterbesetzt und er macht seinen Job sehr gut. Wir brauchen definitiv mehr Männer wie ihn! Es handelt sich hierbei um Kommissar Roberts. Er war Soldat, eingesetzt im Afghanistan-Krieg. Er wurde dort schwer verletzt, daher darf er nicht mehr im Militär tätig sein. So ist er zu uns gekommen. Den Unfall und die Folgen konnte er nie hinter sich lassen. Unsere Polizeipsychologin sorgt im Grunde nur dafür, dass er im Dienst erscheinen kann. Langfristig wird ihm so aber nicht geholfen. Daher habe ich schon länger mit dem Gedanken gespielt, den Fall an

Sie zu übergeben… Können Sie ihn als neuen Patienten aufnehmen? Ich weiß, Sie haben viel zu tun. Ihm muss aber wirklich langfristig geholfen werden!"

Während des Gesprächs werfe ich einen schnellen Blick auf die Uhr. Es ist schon 09:13 Uhr. Ich muss langsam los zur psychiatrischen Einrichtung fahren.

„Ich nehme an, Sie können mir auf die Schnelle nicht seine Fallakte zukommen lassen, oder?"

„Da die Psychologin krank ist, aktuell nicht. Sobald ich die Akte erhalte, lasse ich sie Ihnen zukommen und sorge dafür, dass Sie offiziell Kommissar Roberts zugeteilt werden. Ich denke, ihr Stundenhonorar ist wie immer? Auch wenn ihm langfristig geholfen werden muss, sollte er diese Woche noch eine Therapiestunde bekommen, die ihm angerechnet wird, damit er im Dienst erscheinen darf. Ich weiß, so arbeiten Sie nicht, ich würde Sie aber wirklich nicht bitten, wenn es nicht dringend wäre!"

„Ja, mein Stundenlohn bleibt unverändert. Ohne seine Fallakte und die Infos, welche Erfolge die aktuelle Therapeutin erzielt hat bzw. welche Ansätze verfolgt wurden, würde die Therapie wieder bei null anfangen. Das wäre auch nicht unbedingt sinnvoll. Ich bin daher auf die Akten angewiesen. Ich muss jetzt leider langsam auflegen, sonst komme ich noch zu spät zu meinem Termin. Fürs Erste kann ich Ihnen anbieten, ein Kennenlerngespräch mit Kommissar Roberts zu führen. Dann kann ich ihn guten Gewissens für den Dienst freigeben. Gleichzeitig können wir uns näher kennenlernen und ich kann schonmal ein paar Eindrücke sammeln. Diese Woche sieht es bei mir aber bedauerlicherweise eher schlecht aus, ich kann Ihnen nur heute einen Termin anbieten. Weil es ein Kennenlerngespräch ist, braucht es nicht viel

Vorbereitung. Könnte Kommissar Roberts um 16:15 Uhr zu mir in die Praxis kommen?"

„Das klingt gut, vielen Dank! Den Termin gebe ich Kommissar Roberts direkt weiter, er wird kommen! Machen Sie vor Ort bitte direkt einen festen wöchentlichen Termin aus für die Sitzungen. Bis zur nächsten Sitzung liegen Ihnen dann alle Informationen vor, darum kümmere ich mich persönlich!"

„Perfekt, der Termin ist eingetragen. Um eins klarzustellen – Herr Roberts wird nie wieder so leicht eine Diensttauglichkeit von mir erhalten! Da Sie schon länger ein Patient von mir sind und ich weiß, wie engagiert Sie in Ihrer Arbeit sind, tue ich Ihnen diesen einen Gefallen. Wie Sie schon gesagt haben, so arbeite ich eigentlich nicht und ich befürworte auch so eine Arbeit bei anderen nicht. Ich verstehe aber, dass Sie unterbesetzt sind und ich schätze es, dass Sie sich für Ihr Team so einsetzten und auch schauen, dass es Ihnen langfristig gut geht. Ich muss jetzt aber auch wirklich los. Auf Wiedersehen, Herr Wieland."
„Vielen Dank für Ihr Verständnis Frau Hardwood ich werde Sie auch nie wieder um so einen Gefallen bitten. Versprochen!"

ZWEI

DIE NEUEN FÄLLE

Obwohl ich schon länger als Psychologin arbeite, kann ich mich an die Security Checks, um in die psychiatrische Einrichtung zu kommen, nie gewöhnen. Man kommt sich wie ein Verbrecher vor und das, obwohl man hier nur seiner Arbeit nachgeht.

„Bitte hier Platznehmen, Herr Kowalski kommt gleich. Bitte fassen Sie den Patienten nicht an oder kommen ihm zu nahe. Für den Notfall ist ein Panikknopf unter dem Tisch. Sie werden zusätzlich noch von mir vor der Tür beobachtet, daher sollte eigentlich nichts Schlimmes passieren."

Eigentlich… schöne Beschreibung. Daraus schließe ich, dass es schon einen Vorfall mit dem Patienten gegeben hat. Sehr beruhigend. Ich bin tatsächlich zu spät zu dem Termin gekommen. Pünktlichkeit war noch nie meine Stärke. Auch ohne Herrn Wielands Anruf hätte ich es sicher geschafft, mich irgendwie zu verspäten. Zum Glück ist das spätere Erscheinen nicht weiter tragisch. Ich schlage die Akten von Herrn Kowalski auf. Erst Termine machen mich immer nervös. Man kennt den Patienten noch nicht, daher kann man ihn auch schlechter einschätzen als in allen darauffolgenden Terminen. Die Akten verraten zwar viel über das Verhalten und den Charakter des Patienten, aus ihnen geht jedoch nicht hervor, wie der Patient auf einen selbst reagiert. Dazu kommt, dass die Informationen aus den Akten nicht von mir selbst stammen. Nichts gegen meine Kollegen und Kolleginnen, aber niemand ist perfekt. Es kann immer zu falschen Einschätzungen, Diagnosen und Therapieansätzen kommen. Daher sind die Akten immer ein guter Ansatz, auf den man bauen muss, komplett darauf verlassen darf man sich aber nicht!

Ich sollte meine Gedanken auf den Fall lenken und mich auf das Erstgespräch vorbereiten.

Jürgen Kowalski ist 43 Jahre alt. Seine Frau Marlen Kowalski lernte er schon sehr früh kennen. Sie waren als Kinder Nachbarn. Seine erste Beziehung und direkt die große Liebe – so viel Glück hat nicht jeder. Sie heirateten recht schnell, danach konzentrierten sich beide auf die Karriere. Sie war Anwältin, er hat ein Bauunternehmen aufgebaut und geleitet. Mit 35 Jahren ist er Vater von Eileen geworden. Während der Schwangerschaft beschlossen beide, bei der Arbeit kürzerzutreten. Seine Frau nahm zwei Jahre später wieder die Arbeit auf, aber nur noch halbtags. Herr Kowalski wollte sich einen Partner in die Firma holen, damit die Arbeitsbelastung nicht mehr nur auf ihm liegt. Der Unfall passierte im Sommer 2018. Die Familie hatte ein Ferienhaus in Italien gemietet. Auf dem Weg dahin passierte der tödliche

Unfall. Mit dem Unfall ist auch der liebevolle Familienvater gestorben. Laut der Akten hat Herr Kowalski sich nicht um die Beerdigung gekümmert und ist nicht einmal aufgetaucht. Sein Geschäftspartner hat dies für ihn übernommen. Sie müssen meiner Meinung nach daher mehr als nur Geschäftspartner gewesen sein. Allerdings habe ich in den Unterlagen nichts darüber gefunden, wie die beiden Herren zueinander stehen. Es steht allgemein für meinen Geschmack zu wenig über den Partner, Herrn Brunner, in den Akten. Über ihn habe ich nur Folgendes herausgefunden: Er ist 39 Jahre alt und hat einen Sohn, der zwei Jahre alt ist. Von der Mutter ließ er sich nach der Geburt recht schnell scheiden. Ums Sorgerecht hat er nie gekämpft. Als die Scheidung durch war, wagte er einen Neuanfang. Er wechselte die Stadt und war auf der Suche nach einer neuen Herausforderung. Beruflich fand er diese als Geschäftspartner im Bauunternehmen von Herrn Kowalski. Welche beruflichen Erfahrungen er vor der Baufirma gesammelt hatte, wird durch die Akte nicht wirklich beantwortet, wie auch viele andere Sachen. Vermerkt wurde hier nur „Business Partner". Kennengelernt haben sie sich in einer Sportsbar. Herr Kowalski durfte nicht zuhause Fußball schauen, wenn die Tochter schlief, da er immer laut fluchte. Daher war er an dem Abend in der Bar, um das Spiel seiner Lieblingsmannschaft zu verfolgen. Herr Brunner war ebenso anwesend, um die Gegenmannschaft anzufeuern. Warum genau Herr Kowalski entschied, ihn als Miteigentümer in die Firma zu holen, ist nicht bekannt. Das ist auch eine der Fragen, die ich unbedingt klären will. Die Fakten zu Herrn Brunner sind alle vage und zusammenhangslos. Ich verstehe nicht, warum das vor mir niemand gesehen oder niemanden interessiert hat. Ich habe heute Morgen jedenfalls beschlossen, Herrn Brunner bald in der Firma einen Besuch abzustatten. An seinen Absichten stimmt etwas nicht. Denn erst hat er Herrn Kowalski unterstützt und die Planung und Bezahlung der Beerdigung übernommen. Er hat ihn sogar zu verschiedenen Psychologen geschickt und begleitet. Doch damit war im November 2018 Schluss. Herr Brunner drängte Herrn Kowalski aus der Firma und kurz darauf verlor dieser seine Wohnung. Im März 2019 tötete Herr Kowalski den Betrunkenen, der seine Frau schlagen wollte. Ab hier wurde er polizeilich gesucht. Im April 2019 wurde er dann zum Serienmörder. Insgesamt hat er neun Morde begangen. Die ersten sechs Morde waren noch durchdacht. Er beobachtete seine Opfer und wählte Menschen, die regelmäßig tranken und in seinen Augen ein Alkoholproblem hatten. Die letzten drei Morde waren eher zufällig und ungeplant. Er suchte einfach Leute heraus, die er beim Trinken gesehen hatte. Es war ihm egal, ob das Trinken suchtbedingt war oder nicht. Mit den Morden wollte er Frau und Tochter gerecht werden. Er sah seine Taten nicht als Morde an, sondern als Segen. Seiner Meinung nach hat er mit den neun Morden verhindert, dass weitere Leben zerstört werden. Sein Leben wurde von einem Mann zerstört, der Alkohol getrunken hatte, weshalb er Männer loswerden wollte, die dem Mörder seiner Familie ähnelten. Das sind zumindest die Theorien meiner Vorgänger. Konkret dazu geäußert hat sich Herr Kowalski jedoch nie. Der Mörder seiner Familie war ein LKW-Fahrer, der für eine italienische Spedition arbeitete. Er war alkoholsüchtig. Neben Alkohol konsumierte er gerne auch andere Drogen und dealte auch. Er war polizeilich kein unbeschriebenes Blatt. Die

Fahrten für die Spedition trat er wahrscheinlich nie nüchtern an. Zum Zeitpunkt des Unfalls war er 28 Jahre alt. Er überlebte den Unfall und wurde verhaftet. Im Gefängnis folgte dann der kalte Entzug. Nüchtern ertrug er den Gedanken allerdings nicht, das Leben zweier Menschen genommen zu haben. Nach nur zwei Jahren Haft beging er Suizid. Er erhängte sich in seiner Zelle.

„Bitte hier hinsetzen, Herr Kowalski. Sie kennen die Regeln! Halten Sie sich nicht daran, folgen Konsequenzen!", höre ich auf einmal. Ich bin so tief in meinen Gedanken versunken gewesen, dass ich nicht gehört habe, wie die Tür geöffnet wurde.

„Er gehört Ihnen, Frau Hardwood. Ich bin vor der Tür, falls etwas sein sollte" sagt der Betreuer zu mir und schließt direkt danach die Tür hinter sich. Herr Kowalski und ich sind allein im Raum.

„Hallo, Herr Kowalski, ich freue mich, Sie kennenlernen zu dürfen. Ich bin froh, dass es so kurzfristig geklappt hat. Ich bin-"

Direkt werde ich unterbrochen.

„Ich verstehe nicht, warum ich hier sitze. Sie sind eine von vielen Therapeuten. Sie alle können mir doch sowieso nicht helfen. Sie sind alle gleich, haben nur verschiedene Namen. Ich darf immer meine Geschichte erzählen und bekomme dann wieder Medikamente verschrieben. Jedes Mal andere, die aber dasselbe bewirken sollen. Ich möchte das nicht! Ich möchte nicht mit Ihnen reden. Damit ist die Sitzung vorbei. Sie können mich wieder abholen kommen!"

Mit diesen Worten geht auch direkt die Tür auf und der Betreuer ist bereit, ihn wieder mitzunehmen. Das sehe ich aber nicht ein.

„Einen Moment, bitte geben Sie mir noch kurz" schreite ich ein und symbolisiere mit meiner Hand, dass er stoppen soll. Der Betreuer steht nur regungslos in der Tür. Mit meinem bösen Blick zeige ich nochmals deutlich, dass er gefälligst die Tür schließen soll, was er dann auch zum Glück macht. Ich hole kurz Luft und beruhige mich wieder. Ich hätte nicht gedacht, dass es so schnell eskalieren würde.

„Nochmal auf Anfang und bitte lassen Sie mich ausreden. Ich kann verstehen, dass Sie das Vertrauen in uns Psychologen verloren haben. Das hätte ich an Ihrer Stelle auch! Ich habe mir Ihre Akten genau angeschaut. Meiner Meinung nach wurden Sie bisher kein einziges Mal richtig behandelt. Sie waren, auch vor Ihrer gerichtlichen Einweisung hier, bei vielen Psychologen und alle hatten denselben Ansatz. Man wollte Sie ruhigstellen, unter anderem mit Beruhigungsmitteln. Ein Fehler in meinen Augen!"

Endlich hebt er seinen Kopf und schaut mich das erste Mal direkt an. Er scheint überrascht und ich habe wohl seine Aufmerksamkeit, also mache ich langsam weiter.

„Sie können sich sicher sein, dass ich Ihren Schmerz vollkommen verstehen und nachvollziehen kann. Das unterscheidet mich von den anderen Psychologen."

„DAS KÖNNEN SIE NICHT. DAS KANN NIEMAND!", schreit er aufgebracht.

Dabei klopft er seine gefesselten Hände auf den Tisch. Witzigerweise habe ich jetzt erst gemerkt, dass seine Hände gefesselt sind – beim nächsten Mal muss ich den Betreuer bitten, diese zu entfernen.

Leise entgegne ich: „Meine Eltern wurden vor meinen Augen ermordet. Glauben Sie mir, ich verstehe wirklich Ihren Schmerz!"

Sein Gesichtsausdruck wird direkt weicher. Vom schreienden und zornigen Mann ist nichts mehr zu sehen. Er packt seine gebundenen Hände wieder unter den Tisch.

„Hören Sie, ich will Ihnen wirklich helfen und das nach Möglichkeiten ohne Beruhigungsmittel. Das hängt aber von Ihnen allein ab. Ich darf die Dosierung senken und eventuell auch komplett absetzten, aber das nur mit Absprache und Genehmigung Ihrer Betreuer hier. Ich denke, Sie wissen selbst, wie schwer diese zu überzeugen sind. Deswegen müssen wir gute Ergebnisse in den Therapiestunden liefern. Dann kann ich die Senkungen begründen und Ihnen zeigen, wie Sie mit Ihrem Schmerz weiterleben können. Mein Ziel ist es nicht nur, die Dosierung zu minimieren, sondern auch, Sie von den Suizidgedanken abzubringen. Ich will, dass Sie Ihr Leben für lebenswert halten, auch unter den gegebenen Umständen!"

Sein Blick senkt sich wieder und er murmelt: „Hatten Sie schon einmal Suizidgedanken…?"

„Nicht nur Gedanken, ich habe es einmal, zum Glück erfolglos, versucht. Überdosis Schlafmittel. Die Aufpasserin im Pflegeheim hat mich gefunden und direkt einen Krankenwagen gerufen. Als das in meiner Akte stand, wollte mich keine Familie mehr in Pflege nehmen oder gar adoptieren. Es war eine schwere Zeit für mich und ich sah darin meinen Ausweg. Zum Glück denke ich nicht mehr so und habe auch nur eine kurze Phase lang in meinem Leben gedacht, dass dies ein Ausweg wäre."

Er schaut mich wieder direkt an. Ich kann sein Mitleid sehen und fühlen. Ich hasse es, Mitleid von Menschen zu bekommen.

Zögerlich äußert er: „Sie waren im Kinderheim? Wie alt waren Sie denn, als Sie Ihre Familie verloren haben?"

Ich atme tief durch: „8 Jahre."

Er schluckt und seine Augen werden glasig. Nach einer kurzen Pause entgegnete er nur: „Wer…?"

„Mein Dad war damals auch Psychologe, nur war er bei der Polizei angestellt und nicht wie ich in einer Praxis tätig. Er erstellte unter anderem Täterprofile für die Polizei, war also als Profiler tätig. Mein Dad analysierte die Verbrechen und konnte so auf das Verhalten, die Vorgehensweisen und die Absichten des Täters schließen. Auch konnte er anhand der Angaben genaue Aussagen zum Aussehen oder zu Charaktereigenschaften des Täters treffen und dadurch konnte die Polizei diese besser schnappen. Mein Dad liebte seine Arbeit. Damals musste er ein Täterprofil für eine Gruppe erstellen, die Kinder verkaufte. Man entführte Kinder aus intakten Familien im Alter von bis zu einem Jahr, um sie an Leute zu verkaufen, die nicht so viel Glück und das nötige Kleingeld dafür hatten. Mein Dad gab eine Pressekonferenz im Fernsehen. Das Täterprofil passte 1:1– das fand der Chef der Bande nicht gut. Damit wurde mein Dad zum Ziel. Sie wollten sich dafür rächen, dass er so über sie geredet hatte. Die Gruppe stieg in mein Elternhaus ein, fesselte meine Eltern an Stühle und setzte sie gegenüber, sodass sich beide in die Augen schauen konnten. Meinen Dad einfach zu töten, erschien ihnen zu leicht, also folterte die Gruppe vor den Augen meines Dads meine Ma. Zu der Zeit war ich im Ballettunterricht. Die Halle, indem der Kurs stattfand, war nicht weit weg, daher durfte ich die Strecke immer allein gehen. Als ich nach Hause kam, überraschte ich die Bande. Ich war geschockt. Meine Ma war übelst zugerichtet. Als sie mich sahen, gingen sie auf mich los. Ich rannte weg… war aber nicht schnell genug. Da kam dem Chef eine Idee. Was ist das Schmerzvollste, was du einem liebevollen Vater nur antun kannst? Richtig! Den Vater in dem Wissen sterben zu lassen, dass er es nicht geschafft hat, sein eigenes Kind zu beschützen, und es Qualen durchleiden muss, während man selbst erlöst wird. Der Chef bedankte sich bei meinem Vater mit den Worten: „Wir haben schon länger eine Putzfrau gebraucht" und erstach erst meine Ma und dann ihn. Die Bande missbrauchte mich dann ein halbes Jahr als Sklavin. Doch das war dem Chef irgendwann nicht mehr genug. Am Tag meiner Flucht kam er auf die Idee, uns ein Hotelzimmer zu mieten. Ich wäre ja fast erwachsen, da könnte man mich endlich auch für mehr „gebrauchen"... Währenddessen gelang es mir, sein Messer aus seiner Hosentasche zu greifen. Nachdem er mich fertig „benutzt" hatte, rammte ich ihm beim Anziehen das Messer in die Weichteile. Er fiel direkt zu Boden. Hinter dem Hotel war ein Wald. Dort versteckte ich mich. Sie suchten mich im Wald und das sehr lange und bewaffnet, haben mich zum Glück aber nie gefunden. Irgendwann kamen sie dann zum Entschluss, dass ich weitergerannt sein musste, und machten sich woanders auf die Suche. Ich lag nur regungslos da. Nach zwei Tagen nahm ich meinen Mut zusammen und ließ mir vor Ort von einer Frau helfen. Sie hatte gerade im Hotel ausgecheckt und sah vertrauenswürdig aus... Vor allem war sie aber eine Frau..."

Ich schließe meine Augen und atme tief durch. Ich hasse es, wenn ich meine Geschichte erzählen muss. Klar, habe ich es in diesem Fall freiwillig getan, aber anders hätte er mir nicht geglaubt. Nach einer kurzen Pause füge ich hinzu.

„Ich kann Ihren Schmerz also wirklich verstehen... Ich musste auch lernen, mit diesem Schmerz zu leben."

Eine Träne kullert ihm die Wange hinunter. Ich bilde mir ein, auch den Betreuer vor der Tür weinen zu hören. Das ignoriere ich aber weitestgehend und fahre fort:

„Die Therapeuten, die ich in meiner Kindheit hatte, waren genauso unfähig wie Ihre. Darum unter anderem habe ich mich für meinen Beruf entschieden. Ich kann Ihnen wirklich helfen, aber Sie müssen mich lassen und vor allem müssen Sie mir vertrauen. Schaffen Sie das?"

Er schluckt und atmet schwer.

Leise entgegnet er: „… Ich versuche es."

Ich bin sichtlich erleichtert. Für mich ist das heute trotzdem zu viel gewesen. Ich beschließe daher, die Stunde abzubrechen und beim nächsten Mal richtig zu beginnen. Ich habe sein Vertrauen gewonnen, das muss fürs Erste reichen.

„Gut, ich würde sagen, wir machen für heute Schluss."

Er schaut mich fragend an.

Ich beruhige ihn: „Es war heute genug Aufregung für einen Tag, wir fangen beim nächsten Mal richtig an. Ich lasse Ihnen meine Akten zukommen. Dann können Sie offiziell nachlesen, was mir passiert ist und verstehen hoffentlich, dass ich Ihren Schmerz wirklich fühle! Erst, wenn Sie mir vertrauen, können wir richtige Erfolge erzielen. Ich verspreche Ihnen, dass wir direkt die Dosierung angehen werden, wenn sie kooperieren. Ohne Ihre Hilfe wird es aber nicht funktionieren. Nächste Woche zur selben Zeit treffen wir uns hier und dann komme ich auch pünktlich. Passt das für Sie, Herr Kowalski?"

Er nickt. Ich bin froh, dass die Sitzung vorbei ist, daher stehe auf und will gehen.

„Was ist mit der Bande passiert…?", wirft er ein, als ich schon fast aus der Tür bin.

„Sie wurden nie von der Polizei geschnappt… Aber sie haben später ein Kind eines Mafiabosses entführt. Sagen wir mal so, die Bande hat das nicht überlebt und der Mafiaboss hat sein Sohn wieder…"

Er nickt nachdenklich und wir verabschieden uns.

Im Auto muss ich mich beruhigen – das Kennenlernen mit Herrn Kowalski war heftig. Ich musste meine Geschichte erzählen, von seiner Seite aus wäre sonst nie Vertrauen entstanden. Der Betreuer vor der Tür hat mich beim Hinausgehen mit einem mitleidigen Blick angeschaut. Ich kann so etwas nicht ausstehen. Ich stieg deswegen auch direkt in mein Auto ein.

Herr Salmon, der Betreuer, klopft an meiner Autotür, nachdem ich sie geöffnet habe, sagt er zu mir: „Sie haben Herrn Kowalski wahrscheinlich wirklich berührt mit Ihrer Geschichte. Ich glaube, das war nicht gespielt… Mein Beileid zu Ihrer Kindheit…"

Ich sehe ihn an. Auf die Konversation habe ich wirklich keine Lust und will ihn einfach schnell abspeisen. Persönlich finde ich es auch ein bisschen dreist, jemanden an die Autotür zu klopfen, aber wenn wir schon in der Situation sind, kann ich dies direkt zu meinem Vorteil nutzen.

„Danke… Ich habe für die nächste Sitzung eine Bitte. Bin ich bei Ihnen da richtig?"

Er schüttelt den Kopf.

„Gerade bei Herrn Kowalski entscheiden immer die Chefs, was genehmigt wird. Auch in Bezug auf Sie waren die Chefs sehr deutlich. Aber Sie können mir Ihr Anliegen gerne mitteilen, ich werde es entsprechend weiterleiten und bis zur nächsten Sitzung klären!"

Ich schaue ihn verwundert an: „Mit den Chefs direkt kann ich nicht sprechen? Muss ich wirklich Sie als Vermittler nutzen?"

Er nickt. Schön, dass mir die Einrichtung die Arbeit mit Herrn Kowalski noch schwerer macht als sowieso. Ich rolle meine Augen.

„Okay, gut. Klären Sie bitte bis nächste Woche ab, ob die nächsten Termine ohne Handfesseln geführt werden können. Ich weiß, es handelt sich um einen Patienten, der viel Schuld auf seinen Schultern trägt, aber geben Sie als Argument bitte an, dass ich so das Vertrauen und die Verbindung stärken möchte. Ich denke, wenn Sie von der heutigen Stunde berichten, dann sehen sie hoffentlich, dass ich es schon geschafft habe, in ihm Mitleid zu wecken. Damit bin ich sicher schon weiter als manch andere Psychologen gekommen! Außerdem fragen Sie bitte, ob wir ab der nächsten Stunde die Medikamentendosierung minimieren können. Natürlich erst nach der Stunde und auch nur, wenn ich Erfolge erzielt habe, das versteht sich hoffentlich von selbst."

„Gebe ich so weiter, ich teile Ihnen dann nächsten Dienstag vor der Sitzung die Entscheidung mit."

Ich nicke, verabschiede mich und schließen wieder meine Autotüre. Auf weitere Konversationen habe ich keine Lust. Da der Termin jetzt doch schneller vorbei ist als gedacht, beschließe ich, nachhause zu fahren, um dort zu essen und mich auszuruhen, bis ich heute meinen zweiten neuen Fall, Herrn Roberts, angehe. Ich starte den Motor meines schwarzen Audi A3. Ich kann es kaum abwarten, von diesem Parkplatz zu kommen und es mir auf der Couch bequem zu machen!

Durch meinen klingelnden Wecker werde ich wach. Ich stelle ihn mir immer, wenn ich mich auf die Couch lege.

Die Chance, einzuschlafen, ist bei mir sehr groß, da ich jede Nacht wenig und schlecht schlafe. Mein erster Blick wandert in Richtung Wohnzimmeruhr. Obwohl ich gerade meinen Wecker ausgeschaltet habe, will ich sicher gehen, dass ich die Zeit richtig im Blick habe. Ich kann mich noch kurz frisch machen und muss dann direkt los in die Praxis. Hier steht dann mein zweiter neuer Fall heute an. Kommissar Roberts – ein ehemaliger Soldat, der jetzt als Kommissar arbeitet und immer noch unter den Ereignissen seines letzten Einsatzes leidet. Ich hoffe, der Termin wird nicht so nervenaufreibend wie der heute Morgen. Normalweise würde ich auch nie zwei neue Fälle auf denselben Tag legen! Heute war es leider organisatorisch nicht anders möglich. Ich hoffe, ich werde es nicht bereuen, aber ich konnte Herrn Wieland den Gefallen einfach nicht ausschlagen. In unseren Sitzungen reden wir immer wieder über seine Arbeit. Er leistet viel Gutes dort und gehört wahrscheinlich zu den Besten. Er legt Wert auf seine Mitmenschen, was für einen Polizisten in meinen Augen eine sehr gute Eigenschaft ist. Er selbst kommt aber dadurch zu kurz. Das ist auch privat ein großes Problem, an dem wir gerade arbeiten.

In der Praxis angekommen, begrüßt mich natürlich direkt wieder Derik. Ich kann den Kerl echt nicht ausstehen. Er klebt förmlich an mir, sobald ich die Praxis betrete.

„Yasmin, schön, dich wiederzusehen – ich habe dich schon vermisst. Und, wie war dein neuer Fall?"

Er klingt so schmierig, dass ich mich anstrengen muss, mich nicht direkt zu übergeben. Ich habe keine Lust auf Diskussionen und will ihn einfach schnell abfrühstücken.

„Derik, wie wäre es, wenn du dich um deine eigenen Patienten kümmern würdest? Wenn ich Hilfe brauche, melde ich mich schon.“

„Direkt wie immer. Darauf stehe ich!“

In diesem Moment kommen uns unser Chef und unsere Empfangsdame, seine Frau, vom Konferenzraum entgegengelaufen. Sie sind ein süßes Ehepaar. Auch er als Chef ist super! Ich könnte mir keinen Besseren vorstellen. Roland Schmid lässt uns immer selbst entscheiden, welche Fälle wir betreuen wollen. Er ist auch nicht so umsatzorientiert, wie andere. Er ist zudem einer der wenigen, die meine ganze Geschichte kennen. Ich habe ihn immer als Mentor gesehen. Die Sache mit Derik kann ich ihm allerdings nicht anvertrauen. Ich wollte, doch dann hat mich der Mut verlassen. Ich bin leider geprägt von meiner Kindheit, in der man mir nicht immer Glauben schenkte. Man hat mir damals auch die Vergewaltigung nicht geglaubt. Da ich mich so lange im Wald versteckt hatte, konnte man nichts mehr nachweisen. Deswegen unter anderem gehört es nicht zu meinen Stärken, mich anderen anzuvertrauen. Eigentlich ist Roland eine Ausnahme. Dieses Mal kann ich es aber einfach nicht.

„Yasmin, Derik – schön, dass ich euch noch sehe. Da wir ja spontan ab nächster Woche im Urlaub sind, müssen wir morgen bitte bereden, wer welche Vertretung für mich übernimmt. Wann habt ihr morgen Zeit?“

„Wir können doch in LaPasta essen gehen und alles besprechen. Ist sicher viel entspannter. Gerne können wir es auf die Mittagspause legen, dann muss keiner von uns einen Termin verschieben“ wirft Derik direkt ein.

Ich verdrehe innerlich die Augen. Er kann einfach keine Ruhe geben. Dieser Job wäre so perfekt, wenn Derik hier nicht arbeiten würde. Eine Zeit lang waren Roland und ich allein in der Praxis. Ich vermisse diese Zeit. Die Praxis hat aber so großes Ansehen bekommen, dass Roland jemanden zur Unterstützung einstellen musste. Das verstehe ich auch vollkommen, nur hätte es jemand anderes und nicht Derik sein sollen.

„Perfekt – Liebling, bitte reserviere uns für morgen einen ruhigen Tisch bei LaPasta. Auf 12:00 Uhr und schicke den Termin bitte an die beiden weiter."

„Erledige ich sofort" kommt die Antwort und beide laufen in Richtung Tür.

Damit bin ich schon wieder allein mit Derik, der nach meinen Händen greift. Ich ziehe sie aber direkt weg und schaue sichtlich genervt.

Schnippisch meint er: „Sagte doch, irgendwann bekomme ich mein Mittagessen!", und legt seine Hand um meine Hüfte. Ich schlage sie direkt weg und nehme ein paar Schritte Abstand von ihm.

Ich koche vor Wut. Seit einem Monat, seit dem schlimmen Vorfall, kann ich bei Derik einfach nicht mehr ruhig bleiben. Gerade als ich ihm meine Meinung geigen und meiner Wut freien Lauf lassen will, kommt von der Seite eine dunkle, aber gleichzeitig weiche Stimme.

„Entschuldigung – ich suche eine Person mit dem Namen Hardwood. Sind Sie das?"

Er zeigt dabei auf Derik. Entweder habe ich einen männlichen Nachnamen oder bei den Lobgesängen von Wieland geht man nicht davon aus, dass ich so gute Arbeit leisten könnte. Ich kann es einerseits verstehen. Ich selbst wirke auf andere immer distanziert und kalt. Was auch komplett zutreffend ist. Dank meiner Kindheit bin ich vorsichtig geworden, vor allem bei Fremden. Viele wundern sich, dass ich Psychologin bin. Ich mag

Menschen nicht, arbeite aber jeden Tag mit ihnen zusammen. Zugegeben, es wirkt auf den ersten Blick komisch. Auf einer beruflichen Ebene fällt es mir jedoch nicht schwer, mich Menschen zu nähern. Das Stichwort ist hier eben beruflich. Ich bin da, um das Verhalten und das Bewusstsein des Patienten zu analysieren und ihm so weiterzuhelfen. Dabei geht es nie um mich, sondern um den Patienten. Damit ist das komplett anders. Als Psychologin bin ich ein offener und herzlicher Mensch, der Verständnis zeigen kann. Sobald es aber um mich geht, auf privater Ebene, bin ich eben distanziert. Für mich ist das nicht schlimm. Die Menschen, die ich in meinem Leben brauche, kennen mich anders, nur das zählt.

„Nein, die bezaubernde Frau neben mir ist Frau Hardwood!"

Dabei wirkt Derik arrogant und zeigt mit dem Kopf in meine Richtung. Habe ich schon erwähnt, dass ich diesen Typen nicht ausstehen kann? Interessanter ist aber, dass Kommissar Roberts enttäuscht wirkt, dass nicht Derik die gesuchte Person ist. Traut er mir die Arbeit nicht zu oder mag er keine Frauen? Eventuell hat es auch etwas mit seiner Belastungsstörung zu tun, das muss ich im Auge behalten. Ich schaue mir Herrn Roberts noch einmal genauer an. Ich weiß nicht, woran es liegt, aber allein seine Stimme hat bei mir Gänsehaut verursacht. So etwas hatte ich noch nie! Er sieht auch verdammt gut aus. Sollte er gerade von der Arbeit kommen, merkt man das überhaupt nicht! Seine hellbraunen Haare sitzen auch ohne Gel. Er hat leuchtend grüne Augen und sein drei-Tage-Bart sieht gepflegt aus. Dazu trägt er eine schwarze Stoffhose, einen schwarzen, langen Mantel und ein blau-weiß-kariertes Holzfällerhemd. Das Hemd zerstört seinen Look ein bisschen... Ich habe aber noch nie einen Mann anziehend gefunden und jetzt das, ohne ein Wort mit ihm gewechselt zu haben? Mich scheint er wohl nicht attraktiv zu finden, sonst wäre er nicht so enttäuscht gewesen. Mit Blick auf meine Armbanduhr lache ich: „Sie sind ja genau auf die Sekunde erschienen."

„Der Termin ist doch um 16:15 Uhr, oder nicht?"

Ich ziehe meine Augenbrauen hoch. Meine Ma war auch Soldatin, aber so übertrieben ernst war sie nicht. Zugegebenermaßen hatte sie andere Baustellen…

„Gehen wir in mein Büro, das ist hier vorne auf der rechten Seite, da haben wir mehr Ruhe und können mit dem Gespräch starten."

Wir liefen zusammen zu meinem Büro. Als wir die Tür mit meinem Namen sehen, spurtet er schon fast zu ihr und hält mir die Tür auf.

„Was für ein Gentleman" höre ich mich sagen. Eigentlich wollte ich den Gedanken nicht laut aussprechen…

„Das habe ich so beim Militär gelernt" entgegnet er und schaut mich dabei grinsend an. Schon wirkt er freundlicher. Vielleicht hatte er einfach seine Hoffnung in einen männlichen Psychologen gesetzt. Ich weiß zumindest, dass meine Vorgängerin, bei der es nicht so gut funktioniert hat, weiblich ist.

„Nehmen Sie gerne Platz. Ich muss noch kurz meinen Laptop hochfahren. Ich bin vorher geschäftlich unterwegs gewesen, dafür hatte ich noch keine Zeit."

Er nickt und nimmt Platz.

„Danke, dass Sie mich so kurzfristig eingeschoben haben, und Entschuldigung für die Verwechslung. Hauptkommissar Wieland hat mir nur „Hardwood" und die Adresse auf einen Zettel geschrieben."

Er spricht den Vorfall sogar von selbst an – da muss ich direkt einsteigen. Mich hat es schon brennend interessiert, warum er direkt auf Derik geschlossen hat bei dem Namen.

„Sie wirkten ehrlich gesagt enttäuscht, als Sie bemerkt haben, dass ich weiblich bin. Liegt es daran, dass Ihre vorherige Therapeutin auch weiblich war und sie unzufrieden mit Ihr waren, oder haben Sie ein generelles Problem mit Frauen?"

Ich habe ein bisschen dicker aufgetragen, um seine Reaktion zu analysieren. Er ist sichtlich schockiert und schaut mich mit seinen großen, grünen Augen an.

„Sie legen wohl direkt mit den Psychotricks los?"

Ich lache. „Das beantwortet nicht meine Frage, aber da mein Laptop an ist, notiere ich mir gleich, dass sie von Psychologen wohl generell nichts halten."

Er grinst vor sich hin. Meinen Sarkasmus scheint er wohl verstanden zu haben. Ich habe noch nie so ein schönes Lachen gesehen. Was ist eigentlich mit mir los? Ich muss mich wirklich besser auf den Fall konzentrieren!

„Ich habe nichts gegen Frauen! Ich hatte bisher nur zwei Psychologen. Der erste war männlich und wir waren ziemlich erfolgreich. Er war aber der Soldatenpsychologe, daher konnte ich nicht bleiben. Meine zweite bei der Polizei war weiblich, es hat nicht wirklich funktioniert bei uns. Daher bin ich ein bisschen skeptisch. Ich entschuldige mich aber, das war nicht gerecht Ihnen gegenüber!"

Ich bin noch nie so einem taktvollen Menschen begegnet und dabei sitzt er gerade einmal eine Minute in meinem Büro. Auch ich kann mein Grinsen nicht verheimlichen.

Er fährt fort: „Es tut mir leid, wenn ich Sie verletzt habe! Das wird nicht mehr vorkommen."

Ich muss meine Mimik und meine Gedanken besser kontrollieren und mich endlich auf das Gespräch konzentrieren! So kann es nicht weitergehen, wenn ich ihm helfen möchte.

„Herr Wieland hat schon erzählt, dass es in Ihren vorherigen Stunden eher darum ging, Sie als diensttauglich zu erklären. Da kann ich Ihre Skepsis ein bisschen nachvollziehen. Ich wollte auch nicht so hart in das Kennenlerngespräch einsteigen, sondern nur Ihre Reaktion sehen. Da ist von meiner Seite auch eine Entschuldigung angebracht. Neben Ihnen habe ich heute noch einen neuen Patienten bekommen. Das mache ich normalerweise nicht, denn erste Sitzungen sind immer nervenaufreibend. Man kennt sich noch nicht gut und erst durch das Gespräch lernt man den Patienten kennen und kann ihn einschätzen. Ich hatte auch nicht wirklich Zeit, mich für dieses Gespräch vorzubereiten, daher tut mir dieser Start wirklich leid!"

„Das kann ich gut nachvollziehen – danke, dass Sie für mich eine Ausnahme gemacht haben!"

Ich bin froh, dass er sich verständnisvoll zeigt, und habe derweil im Laptop ein neues Dokument geöffnet. Damit kann die Sitzung für mich offiziell starten.

„Also, noch einmal von Anfang. Ich bin Yasmin Hardwood und freue mich, dass es mit dem Gespräch heute funktioniert hat. Ich muss dazu sagen, dass mir Ihre Akten noch nicht vorliegen, daher eben auch erst das Kennlerngespräch. Bei der nächsten Sitzung legen wir dann richtig los – Herr Wieland hat mir zugesagt, dass ich bis dahin Ihre Akten bekomme. Bei einer Therapie, die ich übernehme und nicht gestartet habe, sind mir diese Akten immer extrem wichtig. Um einen richtigen Ansatz für den jeweiligen Patienten zu finden, muss ich wissen, was bereits versucht wurde, also welche Erfolge und Misserfolge es schon gegeben hat. Sie bekommen, auch wenn wir heute nicht die erste Therapiesitzung haben, die Unterschrift für die Diensttauglichkeit. Aber eins ist klar, so leicht werden Sie diese zukünftig nicht erhalten!"

Er nickt zustimmend.

„Gut! Auch wenn mir später Ihre Akten vorliegen werden, nutze ich diese nur als Stütze. Diagnosen werde ich selbst erstellen. Das mache ich immer so. Nicht, dass ich kein Vertrauen in meine Vorgänger habe, aber ich will auf Nummer sicher gehen. Wir starten zwar nicht von Null, gehen die Sitzungen aber trotzdem neu an. Mit Ihrem Fall bin ich ehrlicherweise nur grob vertraut. Ich weiß, dass Sie Soldat im Afghanistan-Krieg waren. Sie wurden dort schwer verletzt, daher dürfen Sie nicht mehr fürs Militär arbeiten. Seitdem leiden Sie unter anderem an einer posttraumatischen Belastungsstörung… das waren auch schon meine Informationen, die ich von Herrn Wieland übers Telefon mitgeteilt bekommen habe. Die heutige Stunde nutzen wir deshalb dafür, uns besser kennenzulernen. Einerseits muss ich Sie kennenlernen, um Ihnen helfen zu können, andererseits müssen Sie mich kennenlernen, um mir Vertrauen schenken zu können. Ich würde vorschlagen, dass wir uns immer abwechselnd Fragen stellen und diese beantworten. Die Regeln: Man lässt die andere Person immer ausreden und muss ehrlich antworten. Einverstanden?"

Er stimmt zu, wirkt jedoch weiterhin skeptisch.

„Gut, ich fange an! Sie waren mit Ihrer letzten Therapeutin unzufrieden. Was fanden Sie in den Stunden denn unzufriedenstellend?"

Er schaut mich fragend an. Verständlich, das ist auch keine typische Frage. Ich muss aber wissen, was bei meiner Vorgängerin falsch gelaufen ist, um diese Fehler nicht zu wiederholen.

„Ich möchte meine Vorgängerin nicht schlecht machen! Ich muss einfach nur ein Gespür dafür bekommen, was genau schlecht gelaufen ist, um diese Fehler nicht in unsere Stunden einfließen zu lassen."

Er nickt wieder zustimmend. Ich sehe ihm an, dass er schon eine konkrete Sache im Kopf hat. Er zögert aber…

„Sie können bei mir direkt und ehrlich sein, bitte zögern Sie nicht, die Wahrheit zu sagen" versichere ich ihm und hoffe, dass ich ihn so locken kann, was funktioniert, denn er schaute mich wieder mit seinen grünen Augen an. Eigentlich witzig, dass wir beide die gleiche und seltenste Augenfarbe besitzen.

„Sie hat mir zum Beispiel als Aufgabe gegeben, dass ich mich einmal im Monat mit einer Frau treffe – also ich musste einmal im Monat ein Date aufweisen… Diese Dates wurden danach von ihr analysiert und besprochen."

Ich kann einen schockierten Blick nicht unterdrücken. Seine posttraumatischen Belastungsstörungen hängen also mit einer Frau zusammen. Naheliegend ist, dass er Sie beim Militär kennengelernt hat. Ich darf mir aber kein vorschnelles Urteil bilden. In meinen Laptop tippe ich, dass ich dem unbedingt nachgehen muss – in den Akten und bei ihm direkt. Merkwürdiger Ansatz, der dort verfolgt wurde. Ich halte von der Aufgabe persönlich auch nichts. Was zu erzwingen, ist für mich grundsätzlich der falsche Ansatz.

„Danke für die ehrliche Antwort. Ich habe gesehen, dass es Ihnen nicht leichtgefallen ist. Umso glücklicher bin ich, dass Sie das geteilt haben. Ich habe mir notiert, dass ich in den Akten nachforsche, warum meine Vorgängerin diese Art von Aufgabe gewählt hat und was der Zweck dahinter war. Dieses Thema müssen wir beide aber auch nochmal in unseren Sitzungen aufgreifen. Ich kenne den Hintergrund, aus den Sie zu Dates gezwungen wurden, nicht, kann Ihnen aber versichern, dass ich nicht zu solchen Mitteln greifen werde! Durch Zwang erreicht man meiner Meinung nach keinen Erfolg."

Man sieht ihm seine Erleichterung an, auch wenn ihm das Thema unangenehm scheint. Man merkt auch, dass er langsam lockerer wird.

„Dann kann ich Sie jetzt schon besser leiden als Ihre Vorgängerin! Darf ich nun eine Frage stellen?"

Ich nicke. Er überlegt nicht lange.

„Warum sind Sie Therapeutin geworden?"

Ich grinse. „Diese Frage wird mir von fast allen Patienten gestellt… und jedes Mal hasse ich es, sie zu beantworten."

Er wirkt verwirrt.

Ich kläre auf: „Es gibt zwei Hauptgründe, weshalb ich mich damals für das Psychologiestudium entschieden habe. Grund Nummer eins: Ich wollte mich meinem Dad verbunden fühlen. Ich habe meine Eltern früh verloren und zu meinem Dad hatte ich eine besondere Verbindung. Diese Verbindung wird durch meine Arbeit fortgeführt. Grund Nummer zwei: Ich war damals selbst in psychologischer Behandlung. Diese wurde angesetzt, das war auch das Kernproblem. Angesetzte Behandlungen sind oft nicht erfolgversprechend. Therapien helfen nur, wenn man das nötige Kleingeld dafür hat. Dann wird der Therapeut gut bezahlt, kann sich genug Zeit nehmen und steht weniger unter Druck. Bei angesetzten Behandlungen stehen die Psychologen oft nicht hinter ihren Ratschlägen. Sie müssen gewisse Ziele für wenig Geld und praktisch ohne Zeit erreichen. Dabei sind die Stunden oft nicht an die Patienten angepasst, sondern auf den kurzfristigen Erfolg ausgelegt. Manchmal gibt es nicht einmal Fortschritte, sondern es geht nur um den Nachweis, dass man an einer Sitzung teilgenommen hat. Das sind immer die schlechtesten Psychologen. Meine Therapiestunden damals haben mir nicht geholfen. Erst durch das Studium und meine Arbeit habe ich es geschafft, meine Ängste und Probleme zu überwinden. Mein Ziel als Therapeutin ist es, Menschen zu helfen. Daher liebe ich es auch, hier zu arbeiten – ich kann mir meine Fälle frei aussuchen, ohne dass nach dem Umsatz geschaut wird. Ich habe daher nur Patienten, die wirklich Hilfe brauchen, und muss nicht schauen, wie viel Geld ich damit einbringe."

Sein Blick ist viel liebevoller und entspannter geworden. Ich glaube, ich habe ihn durch meine Antwort ein bisschen geknackt. Das sollte mich gerade in der nächsten Therapiestunde weiterbringen.

„Das ist bemerkenswert und beeindruckend – warum hassen Sie die Frage?"

Ich ermahne ihn: „So läuft das Spiel nicht, ich bin jetzt wieder dran mit Fragen. Waren Sie gerne Soldat?"

Wie aus der Pistole geschossen antwortet er: „Ja, ich habe es geliebt."

Er macht eine Pause und atmet sichtlich schwerer.

„Meine Mutter starb ziemlich früh. Ich kann mich an sie nicht mehr erinnern. Sie war krank, Krebs. Mein Dad und ich waren, seit ich denken kann, allein. Er war auch Soldat und extrem stolz darauf. Er wollte immer sein Land verteidigen und helfen, wo er nur konnte. Er starb im Einsatz an einer Autobombe. Die restliche Kindheit verbrachte ich im Kinderheim, war antriebslos und hatte keine Perspektive… Genau wie Sie wollte ich mich meinem Dad näher fühlen. Ich war aber im Gegensatz zu den anderen Anwärtern damals kleiner und schwächer. Ich wurde immer abgelehnt vom Militär. Das war aber meine einzige Perspektive. Ich trainierte immerzu und achtete auf meine Ernährung. In der Pubertät hatte ich einen Wachstumsschub. Meine Zeit und Energie wurden dafür genutzt, vom Militär angenommen zu werden. Als ich es geschafft hatte, war ich das erste Mal wieder glücklich. Ich habe mich meinem Dad wieder verbunden gefühlt…"

Wir beide schauen uns tief in die Augen. Ich verliere mich in seinen. Wir beide haben versucht, unseren Vätern gerecht zu werden. Wir beide haben versucht, etwas Gutes für die Menschheit zu tun. Wir beide haben versucht, so unsere Trauer zu überwinden. Diese Gefühle, die ich in so kurzer Zeit für ihn entwickelt habe… Ich habe nicht mehr daran geglaubt, so etwas überhaupt wieder für jemanden empfinden zu können! Wir starren uns immer noch an. Er fühlt es auch, diese Anziehung zwischen uns, da bin ich mir sicher. Aber ich muss es unterbrechen, er ist mein Patient!

„Sie sind wieder dran, eine Frage zu stellen" durchbreche ich die Stille. Damit habe ich unser gegenseitiges Anstarren auf ihn geschoben. Er wird sichtlich rot und nervös, und weiß nicht mehr so recht, was er mit seinen Händen machen soll.

„Warum hassen Sie die Frage? Also, warum Sie Psychologin geworden sind?"

Ich zögere, lege dann aber los.

„Ich hasse es, Mitleid von den Menschen zu bekommen. Zu erzählen, dass man die Eltern so früh verloren hat und warum man diese Richtung eingeschlagen hat. Sobald mich die Leute näher kennenlernen und mein ganzes Schicksal anhören, sehe ich immer nur Mitleid in ihren

Augen. Ich kann das nicht mehr. Sie müssten das verstehen. Unsere Geschichten beginnen zumindest gleich. Als ich meine Geschichte erzählt habe, hatten Sie kein Mitleid. Sie haben liebevoller und entspannter mir gegenüber gewirkt. Sie hassen diese Mitleidsblicke wahrscheinlich genauso wie ich, richtig?"

Er grinst und nickt.

Aus heiterem Himmel sagt er auf einmal: „Ich mag Sie."

Ich schaue überrascht und werde rot. Was soll ich denn dazu sagen?

„Ich glaube, das Schicksal hat mich zu Ihnen geführt. Bisher hatte ich niemanden, der mich auf Anhieb verstanden hat."

Ich reiße mich wieder zusammen und versuche, professionell zu wirken.

„Ich glaube nicht ans Schicksal, Herr Roberts – und Sie zu verstehen ist mein Job. Dafür bezahlt mich immerhin auch Ihr Arbeitgeber."

„Könnten Sie mich Steve, also beim Vornamen, nennen?"

Jetzt bin ich vollends verwirrt. Woher kommt diese Bitte? Will er, dass dieses Gespräch eine persönliche Richtung nimmt?

„Alles okay…?"

Ich muss meine Haltung wahren, er ist immerhin mein Patient und das ist erst das Kennenlerngespräch!

„Wir werden bei den Nachnamen bleiben müssen. Das hier sind Sitzungen, um Ihnen zu helfen. Es muss auf einer professionellen Ebene bleiben. Sie und Ihre Probleme stehen im Vordergrund. Das müssen Sie bitte respektieren. Ich werde das auch respektieren."

„Verstanden, tut mir leid."

„Alles gut. Ich bin wieder dran. Kommt Ihr Job bei der Polizei, genauer genommen Ihre Arbeit als Kommissar, an das Soldatensein ran?"

Es wird still. Er überlegt. Sicher kennt er die Antwort, weiß aber nicht, wie er sie formulieren soll.

„Ich liebe es, als Kommissar zu arbeiten. Menschen zu helfen, stand bei mir schon immer ganz vorne. Auch hat der Job langfristig sichtlich mehr Vorteile. Ich vermisse es aber, eine Truppe anzuführen. Gerade das Führen und Leiten liegt mir sehr gut und darauf lege ich viel Wert. Schlimmer ist, dass die Verbundenheit zu meinem Vater verlorengegangen ist. In der ersten Zeit hat mich das auch sehr depressiv gemacht. Mittlerweile kann ich es akzeptieren. Also der Job als Kommissar ist besser, aber nicht das Gefühl dabei… Verstehen Sie, was ich meine?"

Ich nicke und notiere es mir. Ich muss schauen, wie Roberts wieder eine Verbindung zu seinem Vater aufbauen kann. Das wird ihm sicher weiterhelfen.

„Ihr Vater war Ihr Vorbild und Idol, so etwas schüttelt man nicht so einfach ab. Ich habe mir das notiert und versuche, einen Lösungsansatz zu finden. Sie dürfen jetzt wieder eine Frage stellen."

Er überlegt. Dieses Mal fällt ihm wohl nicht auf Anhieb eine Frage ein.

„Haben Sie Kinder und sind Sie verheiratet?"

Ich lache. Geschickt, um herauszufinden, ob ich Single bin. Ich beschließe, darauf einzugehen.

„Nein. Ich habe keine Kinder und bin derzeit in keiner Beziehung. Und Sie?"

Er grinst ebenso.

„Genauso. Was gefällt Ihnen an Ihrem Job am meisten?"

„Gute Frage, es gibt da tatsächlich viele Dinge. Aber wenn ich jetzt nur eine Sache nennen darf, würde ich sagen das Abschlussgespräch. Das ist die letzte Sitzung und bedeutet, man konnte die Therapie erfolgreich abschließen. Zu sehen, wie erleichtert die Patienten sind, ist immer schön. Gut, ich würde sagen, hiermit beenden wir das Kennenlerngespräch. Herr Wieland hat mich gebeten, mit Ihnen direkt einen wöchentlichen Termin auszumachen, und bis zum nächsten Mal sollte ich Ihre Akten haben. Ich bin zeitlich leider ziemlich eingeschränkt. Freitags arbeite ich nur halbtags, aber als letzten Termin kann ich Sie hier noch mit aufnehmen. Also Freitag um elf Uhr?"

„Kann ich einrichten. Diesen Freitag auch schon? Die Akten sollten Ihnen bis Donnerstag zugekommen sein. Reicht Ihnen ein Tag zur Vorbereitung?"

Dann würde ich ihn diese Woche direkt wiedersehen. Bei dem Gedanken freue ich mich ein bisschen zu sehr...

„Das sollte funktionieren. Gut wäre nur, wenn ich die Akten bis Donnerstagnachmittag spätestens haben könnte."

„Notfalls bringe ich die Akten selbst vorbei!"

Ich grinste: „Ich würde dann vorschlagen, da wir uns jetzt doch schneller wiedersehen als gedacht, dass ich Ihnen die Bescheinigung erst am Freitag ausfüllen würde. Passt das für Sie?" Er nickte.

Beim Verlassen des Büros hält er mir wieder die Tür auf. Er ist wirklich ein Gentleman! Diesmal kann ich diesen Gedanken auch zum Glück für mich behalten!

„War ich Ihr letzter Termin heute?", fragt er mich.

„Ja. Ich arbeite meist bis 17 Uhr, außer freitags."

„Wie wäre es dann mit Italienisch?"

Mit diesen Worten kommt Derik aus dem Büro spaziert. Er hat uns wohl reden gehört. Aber seit wann ist er so unprofessionell vor Patienten? Roberts schaut mich an und runzelt die Stirn.

„Ich dachte, Sie hätten keinen Freund?"

Ich schüttle direkt den Kopf und sage angewidert: „Ist er auch definitiv nicht. Ich weiß nicht, was er sich in letzter Zeit einbildet…"

Derik steht mittlerweile bei uns. Er sucht wieder meine Nähe. Ich habe ein paar Schritte Abstand von ihm genommen; Roberts schaut mich an. Er merkt, dass ich mich unwohl fühle. Ich verstehe auch nicht, warum Derik sich vor meinem Patienten so aufspielen muss. Das ist bisher noch nie vorgekommen.

„Ich verstehe nicht, warum so eine wunderschöne, intelligente und junge Frau sich nicht mit mir verabreden will. Vor allem bin ich nicht irgendjemand!"

So ein Großkotz. Ich rolle meine Augen und will aus dieser komischen Situation einfach nur entkommen. Ich habe wirklich langsam das Gefühl, dass Derik immer mehr und mehr durchdreht. Auf einmal sehe ich, wie wütend Roberts aussieht und dass er einen Schritt auf Derik zumacht. Was passiert hier?

„Wenn Sie nein sagt, bedeutet es auch nein! Sie sollten das besser respektieren und Sie in Ruhe lassen!"

Ich weiß nicht, wie die Situation so ausarten konnte. Ich muss zugeben, der Beschützerinstinkt von Roberts wirkt extrem attraktiv auf mich. Gleichzeitig bin ich aber baff. Derik schaut erst mich und dann Roberts und entgegnet:

„Für einen Patienten lehnen Sie sich ziemlich weit aus dem Fenster."

Dabei geht er noch einen Schritt auf Roberts zu. Dieser lacht nur und sagt:

„Für einen Psychologen und Arbeitskollegen verhalten Sie sich wie ein Idiot und sind unkollegial!"

Wie aus dem Nichts steht auf einmal mein Chef Roland bei den beiden. Ich bin so in dem Geschehen vertieft gewesen, dass ich nicht mitbekommen habe, wie er zu uns gelaufen ist.

„Das reicht! Was ist hier los?", sagt er laut und drückt sie voneinander weg.

Ich stehe immer noch wie angewurzelt da und bekomme kein Wort heraus. Die plötzliche Situation hat mich komplett überrumpelt. Ich bin es nicht gewohnt, dass sich Leute meinetwegen miteinander anlegen.

„Ihr Psychologe hier belästigt Frau Hardwood. Nicht nur gerade eben, auch als ich vorhin hereingekommen bin, um meinen Termin wahrzunehmen, habe ich es mitbekommen. Ich bin ehemaliger Soldat, ich kann so etwas nicht unkommentiert lassen."

Er packt wohl gerne die Soldatenkarte aus. Zugegeben reagieren die Menschen immer anders, wenn sie wissen, dass man beim Militär ist oder war. Roland schaut Derik mit kleinen Augen an.

„Stimmt das, Yasmin?"

Dabei drehte er sich nicht um. Er will Derik nicht aus den Augen lassen. Was soll ich dazu sagen? Er kennt meine Geschichte, daher weiß ich nicht, wie er auf die Wahrheit reagieren wird.

Derik gibt sich schockiert und wird lauter: „Du glaubst ihm doch nicht etwa?"

Auch Roland erhebt seine Stimme: „Ich habe Yasmin gefragt!"

Ich weiß nicht, was ich tun soll, ich bin bewegungsunfähig. In mir übernimmt das kleine Kind, das sich im Wald verstecken musste. Ich nehme jetzt erst wahr, dass Roberts mich liebevoll und sanft von der Seite anschaut. Das beruhigt mich.

„Bitte sagen Sie die Wahrheit, ich weiß, so etwas ist nicht einfach – aber ich habe doch direkt gesehen, wie unwohl Sie sich in seiner Gegenwart fühlen und das, obwohl wir uns heute erst kennengelernt haben. Wenn man es so deutlich sehen kann, belästigt er Sie doch schon länger, oder?"

Er hat mich schon immer belästigt und ich habe mich schon immer unwohl gefühlt. Das hat Roberts direkt gesehen. Ich atme tief durch.

„Er belästigt mich seit seinem ersten Arbeitstag hier. Er akzeptiert einfach kein Nein. Er will sich jeden Tag mit mir verabreden! Und…"

Ich stoppe, ich will es nicht aussprechen. Mein Mut hat mich verlassen.

„Yasmin, wie lange bin ich schon dein Chef? Du kannst mir vertrauen, das weißt du hoffentlich!"

Ich atme noch einmal tief durch und versuche, nicht zu weinen. Zum Glück bin ich erfolgreich. Ich sammle mich kurz und beschließe, die ganze Wahrheit zu erzählen.

„Vor einem Monat, da war ich nicht krank… Einen Tag vorher hat er wieder versucht, mit mir ein Date zu bekommen…und hat mich dabei berührt… Er hat mich sexuell belästigt."

Man sieht, wie sich die Miene bei Roberts und Roland komplett verdunkelt. Beide sind rasend vor Wut. Rolands Blick hat Derik nicht verlassen. Roberts schaut jetzt auch wieder seine Richtung.

„Sie glauben dieser verklemmten Bitch doch kein Wort, oder? Sie hatte in ihrem Leben noch nie ein Date und ist wahrscheinlich noch Jungfrau, als ob ich darauf stehe!"

Ich muss mich jetzt wirklich anstrengen, um die Tränen zurückzuhalten. Auf einmal holt Roland aus und schlägt

Derik direkt ins Gesicht. Dieser fällt zu Boden und wimmert.

„Sie sind gefeuert!"

Er schaut in Richtung Roberts: „Wie heißen Sie eigentlich?"

„Steve Roberts."

Roland nickt nur. „Bitte helfen Sie mir, ihn aus der Praxis zu schaffen. Wir legen ihn einfach vor der Tür ab. Ich kann seinen Anblick nicht mehr ertragen."

Ich sehe, wie Derik noch etwas schreit, aber ich höre nichts mehr. Ich stehe neben mir, kann mich nicht bewegen. Die beiden packen ihn jeweils an einer Schulter und schleifen ihn aus der Praxis. Ich bleibe orientierungslos stehen. Wie konnte mich ein Mann so schnell durchschauen? Wir haben uns heute erst kennengelernt! Ich sehe die beiden wieder zurückkommen und, dass Roland mit mir redet. Ich höre nichts. Sein Mund bewegt sich, aber ich kann ihm einfach keine Geräusche entnehmen.

„Yasmin, bitte."

Das kommt nicht von Roland, sondern von Roberts. Ich sammle mich wieder, indem ich meine Augen schließe. Als ich mich beruhigt habe, schaue ich meinen Chef an, der mitgenommen wirkt.

„Warum hast du nichts gesagt? Ich kenne doch deine Geschichte und weiß, was passiert ist. Warum konntest du dich mir gegenüber nicht öffnen?"

Da wird Roberts hellhörig und, falls das möglich ist, noch wütender – er kann sich wohl zusammenreimen, was mir widerfahren ist…

„Man hat mir damals auch nicht geglaubt. Ich wollte stark sein und das Problem selbst lösen. Ich kann nicht immer schwach wirken und andere meine Probleme lösen lassen."

Da mischt sich Roberts ein und schaut mir direkt in die Augen.

„Ich glaube, du bist die Stärkste hier im Raum."

Seit wann duzen wir uns eigentlich? Ich wende mich wieder zu Roland.

„Ich hätte etwas sagen sollen, tut mir leid."

Er nickt traurig und legt seine Hand auf meine Schulter.

„Du gehst jetzt bitte nach Hause und ich will dich morgen hier nicht sehen. Ich übernehme deine Patienten. Ich werde morgen auch schauen, wie wir, gerade mit Deriks Patienten, weitermachen. Ich sorge dafür, dass er sie nicht mitnehmen kann. Am Donnerstag besprechen wir alles Weitere. Einen Tag schaffe ich es allein hier."

Ich stimme zu, denn mir fehlt die Kraft, um mich jetzt gegen Roland zu stellen.

Roland dreht sich zu Roberts und reicht ihm die Hand.

„Sie sind ein guter Soldat, danke für alles."

„Das ist selbstverständlich."

DREI

NACHFORSCHUNGEN

Mein Schrei weckt mich. Wie immer derselbe Albtraum. Dass ich heute gut schlafen kann, habe ich nach den gestrigen Ereignissen auch nicht erwartet. Ich schaue auf mein Handy. 13 verpasste Anrufe und 38 verpasste Nachrichten. Alle von Derik. Ich bin kurz geschockt. Aber ich werde die Nachrichten nicht lesen! Ich werde alles einfach löschen und ihn blockieren. Zum Glück weiß er nicht, wo ich wohne... Das weiß genaugenommen keiner. Es ist 6:23 Uhr. Ich musste gestern Abend noch oft an Steve Roberts denken. Wie konnte er mich so leicht durchschauen? Zwischen uns ist irgendwas. Wir beide haben es gemerkt. Ich weiß nicht, ob ich Steve als Patienten behalten kann. Allein, dass er es geschafft hat, dass ich ihn duze, geht zu weit. Die Stunde am Freitag nehme ich noch wahr, danach schauen wir weiter. Notfalls muss ich ihn an Roland abgeben. Ich denke, er wird mich sowieso auf Steve ansprechen. Er hat die Schwingungen sicher auch bemerkt...selbst Derik hat das. Steve wollte mich gestern unbedingt nach Hause begleiten, das habe ich aber nicht zugelassen. Er hat dann darauf bestanden, dass ich ihm meine Nummer gebe und mich melde, sobald ich daheim bin. So etwas hat bisher noch niemand geschafft. Ich öffne auf dem Handy den Chat zwischen Steve und mir:

18:46 ich: Ich bin sicher zuhause angekommen...danke nochmal. Wir müssen am Freitag in der Stunde bereden, wie wir die Sitzungen ab sofort handhaben wollen.

18:47 Steve: Da bin ich beruhigt! Ich will dich gerne als Therapeutin behalten. Ich weiß, heute war kein leichter Tag für dich, aber es ist außerhalb der Therapie passiert und hatte mit meiner posttraumatischen Belastungsstörung und meinen Problemen nichts zu tun. In deine Probleme werde ich mich nicht einmischen, wenn du das nicht willst. Das verspreche ich dir!

22:35 ich: Wir müssen das Thema trotzdem professionell handhaben. Ich schlage vor, wir konzentrieren uns am Freitag erst auf deine Sitzung und reden danach über den Vorfall.

22:37 Steve: Okay, klingt gut. Gute Nacht, Yasmin.

22:41 ich: Gute Nacht.

Ich bin ein bisschen enttäuscht, dass er nicht mehr geschrieben hat. Ich muss mir Gedanken machen, wie genau wir mit dem Vorfall umgehen wollen. Aber darum kümmere ich später. Wenn ich heute schon einen freien Tag habe, werde ich ihn auch nutzen! Ich wollte sowieso Nachforschungen zum Geschäftspartner von Herrn Kowalski anstellen. Daher werde ich ihn heute spontan in der übernommenen Firma besuchen und hoffen, dass er sich auf ein Gespräch mit mir einlässt. Das wird mich für den Tag genug ablenken. Davor erledige ich aber noch ein paar Haushaltsaufgaben, zu denen ich sonst unter der Woche nie komme. Danach geht es ins Fitnessstudio und erst dann werde ich Herrn Brunner ein Besuch abstatten.

Ich habe auf dem Besucherparkplatz der Firma geparkt. Sie ist größer, als ich dachte. Ich checke mein Make-Up noch einmal kurz im Rückspiegel, da ich mich im Fitnessstudio geschminkt habe. Das Training ist nicht sonderlich gut verlaufen, ich konnte mich kaum konzentrieren. Entweder musste ich an Derik oder an Steve denken. Auch die Kopfhörer und die laute Musik haben es nicht geschafft, meine Gedanken zum Schweigen zu bringen. Beim Trainieren kann ich normalerweise abschalten und mich sicher fühlen, doch das hatte heute keinerlei Wirkung. Damals habe ich mit Fitness angefangen, um mich verteidigen zu können. Gestern war ich aber starr und sogar kurz nicht ansprechbar. Für mich war es in vielerlei Hinsicht ein schlechter Tag. Er hat mir gezeigt, dass ich noch stärker an meinen Problemen arbeiten muss und doch nicht so weit bin, wie ich gedacht habe. Aber dazu später, ich muss mich jetzt auf das konzentrieren, wofür ich hierhergefahren bin! Ich steige aus dem Auto aus und laufe zum Eingang – den kann man nicht übersehen. Er ist groß und rund mit automatischen Schiebetüren. Überall ist das Logo abgedruckt: ein roter Kasten mit den schwarzen Buchstaben J+M. Nicht sonderlich einfallsreich meiner Meinung nach, aber ich bin kein Marketingexperte. Ich bemerke, wie mein Handy vibriert.

10:57 Steve: Morgen Yasmin, konntest du gut schlafen nach dem gestrigen Tag?

Er hat tatsächlich geschrieben! Ich freue mich wie ein kleines Kind. Ich werde ihm aber erst nach dem Gespräch hier antworten. Die Tür der Firma öffnet sich automatisch. Von hier aus sehe ich schon die Empfangsdame.

„Hallo, willkommen bei der J+M Bauunternehmen GmbH, wie kann ich Ihnen helfen?"

„Hallo, ich bin Yasmin Hardwood. Ist Herr Brunner zufällig heute im Haus?"

„Haben Sie einen Termin bei ihm?"

„Nein, ich komme unangekündigt – ich bin die Psychologin von Jürgen Kowalski, dem ehemaligen Inhaber dieser Firma. Ich hätte diesbezüglich ein paar Fragen, die ich gerne Herrn Brunner direkt stellen würde. Ist er gerade zu sprechen?"

Sie sieht mich schockiert an. Es scheint, als hätte man den Namen hier schon länger nicht mehr erwähnt.

„Ähm…ich weiß nicht, ob-"

„Bitte rufen Sie ihn doch kurz an und geben durch, dass ich da bin. Ich denke, er wird sicher ein paar Minuten Zeit für mich haben!"

Ihre Augen werden größer, aber sie geht, wenn auch zögerlich, ans Telefon und wählt eine Nummer.

„Hallo Herr Brunner, ähm, wie soll ich sagen…eine Frau Hardwood ist hier. Sie ist wohl die neue Psychologin von Herrn Kowalski. Ja…ja…hat Sie nicht gesagt…das habe ich nicht gefragt…mhm…das weiß ich nicht… okay…ja…gebe ich weiter."

Sie legt auf.

„Er ist gerade in einer Besprechung, danach kommt er Sie holen, in fünf bis zehn Minuten. Er hätte gerne einen

Nachweis, dass Sie wirklich die Psychologin sind. Können Sie etwas vorweisen?"

Ich nicke. „Ich habe ein Schreiben der Einrichtung auf meinem Laptop, das kann ich Herrn Brunner dann gerne zeigen."

„Dann nehmen Sie doch solange im Wartebereich Platz. Kann ich Ihnen etwas zu trinken anbieten?"

„Nein, aber danke."

Der Wartebereich ist direkt neben dem Empfang: vier Stühle, die auf einem runden Teppich stehen, und in der Mitte ein kleiner Tisch, den man leider nicht zum Arbeiten nutzen kann. Ich mache es mir auf einem Stuhl bequem, auf dem man den ganzen Eingangsbereich gut im Blick hat. Ich habe zum Glück meinen Laptop mitgenommen und öffne das Schreiben schon einmal. Da ich das Gefühl habe, dass ich länger auf Herrn Brunner warten werde, fange ich an, meine Strategie für Freitag zu planen. Erst beginnen wir die eigentliche Therapiestunde: Wir müssen die Ereignisse besprechen, die zur posttraumatischen Belastungsstörung geführt haben. Langsames Herantasten. Ich mache den Anfang, aber er muss es von sich aus erzählen können. Dann sollten wir Übungen suchen und finden, die ihm helfen, dieses Problem in den Griff zu bekommen. Ich will mich außerdem an die unbekannte Frau herantasten. Ich glaube immer noch, dass sie wichtig oder ausschlaggebend ist. Mein Gefühl sagt mir, dass da mehr dahintersteckt. Gerade als ich den Gedanken abgeschlossen habe, sehe ich einen Mann auf mich zukommen. Er sieht sportlich und lässig aus mit einem stinknormalen Shirt und Jeans. Er will wohl nicht den Chef heraushängen lassen. Er sieht müde aus; er scheint wohl viel zu tun zu haben.

„Hallo – Sie müssen Frau Hardwood sein? Ich bin Kurt Brunner. Sie sind also die neue Psychologin von Jürgen.“

Er nennt ihn bei Vornamen. Sie stehen sich wirklich nahe.

„Genau richtig – danke, dass Sie mich so kurzfristig empfangen.“

Ich strecke ihm meinen Laptop mit dem Schreiben der Klinik hin. Er nickt kurz, sagt aber erstaunlicherweise nichts mehr dazu.

„Können wir uns vielleicht irgendwo in Ruhe unterhalten?“

„Sicher, wir können in mein Büro gehen.“

Sein Büro ist im ersten Stock. Er geht voraus und ich folge brav. Oben angekommen öffnet er direkt die erste Tür und bittet mich hinein. Sein Büro ist ziemlich kalt eingerichtet. Keine Bilder, keine Dekoration, keine Pflanzen – er ist wohl eher der minimalistische Typ.

„Hier, nehmen Sie Platz. Darf ich Sie direkt im Vorfeld etwas fragen? Warum hat Jürgen denn eine neue Psychologin zugewiesen bekommen?“

Er fackelt nicht lange und wirkt besorgt. Ich empfinde das als unpassend.

„Der Vater eines Opfers hat mich darum gebeten, ihn als Patienten aufzunehmen. Er hat ihn in der psychiatrischen Einrichtung aufgesucht und wollte ihn zur Rede stellen. Vorgefunden hat er dort einen hilflosen Mann, der alles verloren hat und nicht mehr weiterleben wollte.“

„Oh…“

Man sieht, dass es ihm schwerfällt, über das Thema zu reden.

„Sie haben ihn dort noch nie besucht, oder?“

Er schüttelt den Kopf. Gesprächig wirkt er nicht, ich hoffe, das ändert sich noch.

„Um Herrn Kowalski besser behandeln zu können, habe ich noch offene Fragen, die ich gerne klären würde. Kann ich Ihnen einige davon stellen?"

Er schaut skeptisch, nickt aber widerwillig. Ich habe mit mehr Widerstand gerechnet. Hier kommt nach etlichen Jahren plötzlich eine Psychologin und er nimmt das alles hin, ohne zu diskutieren?

„In den Akten von Herrn Kowalski habe ich extrem wenig Angaben zu Ihnen gefunden. Wurden Sie jemals richtig zu dem Thema befragt?"

Er wirkt nervös und kratzt sich den Kopf.

„Es stand doch nie in Frage, dass er die vorgeworfene Tat begangen hat, oder? Warum sollte man mich dann befragen?"

„Die Morde hat er eindeutig begangen, das ist klar. Aber es gibt sehr viele Lücken in seinen Akten, die Sie hätten füllen können. Sie standen sich doch nahe, oder? Sie sind immerhin sein Geschäftspartner, Sie duzen ihn und haben sogar die Beerdigung geplant und bezahlt sowie ihn zu verschiedenen Psychologen geschickt?"

Seine Miene verfinstert sich. Er setzt sich aufrechter hin, als ob er eine Verteidigungsposition einnehmen würde. Mein Gefühl sagt mir, dass er sicher etwas zu verheimlichen hat. Die Frage ist nur, was und wie schlimm ist das Geheimnis?

„Wir waren Arbeitskollegen, die eine Leidenschaft für Fußball und den Bau teilten. Das war es aber auch schon. Alles andere habe ich nur gemacht, um die Firma zu schützen. Die Firma hatte immerhin einen Ruf zu verlieren!"

„Wenn Sie das sagen… Wie Herr Kowalski und Sie sich kennengelernt haben, steht in den Akten. Hier ist aber nicht verzeichnet, warum und wie die Entscheidung gefallen ist, Sie als Geschäftspartner einzusetzen in der Firma."

Ich merke, dass er sich wieder beruhigt. Die angespannte Haltung behält er trotzdem bei.

„Beim zufälligen Treffen in der Sportbar sind wir nach dem Spiel ins Gespräch gekommen. Ich war neu und kannte niemanden in der Stadt, daher war es schön, sich zu unterhalten. Er erzählte viel über Frau und Kind – ich erzählte, wie ich nach der Scheidung etwas Neues wollte, hier liegengeblieben und aktuell auf Jobsuche war. Ich erzählte ihm, dass ich davor auch schon mit dem Bau zu tun hatte, da hat er mich spontan zu einer Vorstellung in die Firma eingeladen, weil er kürzertreten wollte."

„Noch in der Bar hat er Sie zum Vorstellungsgespräch eingeladen, obwohl Sie sich gerade kennengelernt hatten?"

„Ja, wir haben die Bar nicht verlassen. Ich fand es auch komisch und dachte, er meint es nicht ernst. Immerhin hatten wir ein paar Bier getrunken. Ich hatte aber nichts zu verlieren und bin dann am nächsten Tag in der Firma vorbeigekommen."

„Er hat Sie aber nicht direkt an dem Tag eingestellt, oder?"

„Nein, wir hatten ein normales Vorstellungsgespräch – Anschreiben und Lebenslauf habe ich zum Termin mitgebracht. Die Zusage hatte ich erst nach einem Probetag, das war eine Woche später. Da habe ich die Zusage aber direkt am Ende des Probetags bekommen."

Merkwürdig, dass man einem Fremden so sehr vertraut. Aber nicht jeder musste so eine traumatische Erfahrung wie ich machen. Normalen Menschen fällt es leichter, anderen blind zu vertrauen. Dass er aber getrunken hat, höre ich zum ersten Mal. Dazu steht nichts in der Akte. Ich finde den Hinweis wichtig, da er immerhin nur alkoholisierte Menschen getötet hat.

„War das Vertrauen schnell da? Ich stelle es mir ziemlich schwer vor, auf einmal die Leitung der Firma teilen zu müssen, wenn man Jahre davor alles allein entscheiden konnte. Dazu kannte er Sie nicht lange."

Er lacht und ich schaue ihn verwirrt an. Was genau ist an der Aussage denn komisch?

„Das Vertrauen war da, aber er konnte trotzdem schwer Aufgaben abgeben. Deswegen hatten er und seine Frau auch oft Streit, und wir ehrlich gesagt auch."

Dass Herr und Frau Kowalski sich oft stritten, höre ich zum ersten Mal. Genauso, dass die beiden Geschäftsführer sich uneinig waren. Ich habe das Gefühl, die Polizei hat nie jemanden befragt und alle Psychologen vor mir haben das einfach akzeptiert oder nicht beachtet.

„Handelte es sich bei Ihren Streits ausschließlich um die Arbeit?"

„Ja. Ich wurde eingestellt, um ihn zu entlasten, das wollte er aber nicht. Erst, als seine Frau mit der Scheidung drohte, sah er ein, dass es so nicht weitergehen konnte. Ab da waren wir gleichgestellte Geschäftspartner."

„Haben Sie für mich einen zeitlichen Rahmen zum Eingrenzen?"

Da wird seine Miene direkt wieder dunkler und er zögert mit seiner Antwort.

„Sechs Monate vor dem Unfall…"

Damit habe ich nicht gerechnet. Ich bekomme langsam das Gefühl, ich kann mich auf die Akten nicht verlassen. In ihnen fehlt mehr als die Hälfte der Informationen.

„Und nach dem Unfall haben Sie von heute auf morgen die ganze Firma geleitet. Das stelle ich mir ziemlich schwierig vor, wenn man erst sechs Monate vorher als gleichgestellter Geschäftspartner aufgetreten ist."

„Ich weiß, dass Sie denken, Sie wären hier auf etwas gestoßen. Ich kann Ihnen versichern, das ist Zufall!"

Er fühlt sich angegriffen. Tatsächlich wollte ich ihm mit der Aussage nichts unterstellen.

„Ich möchte einfach nur meine Lücken schließen, für die Akten. Um Herrn Kowalski richtig behandeln zu können, muss ich alle Fakten kennen."

„Glauben Sie nicht, es ist für ihn schon zu spät?"

Ich schaue ihn verwirrt an. Er selbst hat ihn zu Psychologen geschickt und so auf Besserung gehofft. Entweder hat er noch nie daran geglaubt oder er hat seine Hoffnung einfach mit der Zeit aufgegeben.

„Haben Sie ihn nicht nach dem Unglück zu verschiedenen Psychologen geschickt?"

Er nickt und wirkt nachdenklich.

„Ja, aber nur, weil ich verzweifelt war! Er war immer noch Teilhaber und das Gesicht der Firma. Er hat mich eingestellt, um ihn in der Firma zu unterstützen – schlussendlich habe ich sie gerettet!"

Also ging es ihm nur um die Firma? So eine Aussage hat er vorher auch schon getroffen… Da kommt mir ein Geistesblitz. Was, wenn ihm wirklich nur die Firma wichtig war? Kowalski war bei sehr vielen Psychologen. Deswegen konnte man vor Gericht auch besser argumentieren, dass er als unzurechnungsfähig gilt. Er hatte sich oft Hilfe gesucht und alle waren gescheitert, konnten aber ernsthafte Probleme bezeugen. Was, wenn Herr Brunner es genau darauf abgezielt hatte? Mit den ganzen Schreiben und Resultaten konnte man schnell beweisen, dass Herr Kowalski keine Firma leiten konnte.

„Wissen Sie, was ich mich schon seit Beginn des Falls frage? Wie haben Sie es eigentlich geschafft, ihn so leicht aus der Firma hinauszuwerfen? Lassen Sie mich raten, durch die vielen unterschiedlichen Psychologen sah es für jeden Richter so aus, als sei er nicht fähig zur Leitung einer Firma, wodurch Sie Ihren Beschluss einfach bekommen haben… Oder liege ich falsch?"

Auf einmal ist es ganz still und Herr Brunner behält den Blick auf seinem Schreibtisch.

„…Anfangs war das nicht meine Intention…"

Ein Hauch von Mitleid liegt in der Luft.

„Anfangs?", hake ich nach.

„…Ja. Die ersten…ich glaube drei Wechsel waren wirklich nötig. Die Psychologen waren nicht geeignet oder verschrieben einfach nur Medikamente. Es hat sich teilweise sogar verschlimmert durch die Medikamente. Er wollte sie nicht nehmen und wenn er sie genommen hatte, wurde er wirklich unerträglich. Ich wusste nicht weiter. Ein Freund hat mich dann auf die Idee gebracht... Ich weiß, wie das klingt. Ich bin aber kein schrecklicher Mensch! Anfangs wollte ich ihm wirklich helfen! Es hat aber nichts gebracht. Ich musste doch an die Firma denken! Nur meinetwegen, weil ich so schnell gehandelt habe, hat die Firma überhaupt noch einen Ruf!"

Ich werfe ihm einen bösen Blick zu. Da vertraut man einem Menschen und er nutzt schamlos die Situation aus. Genau deswegen würde ich mich Fremden nie so einfach öffnen. Er hat Herrn Kowalski einfach sein Lebenswerk genommen.

„Sie haben nur zum Wohl der Firma gehandelt, das haben Sie selbst gesagt. Es ging Ihnen keine Sekunde lang um Herrn Kowalski. Sie haben in unserem Gespräch kein einziges Mal erwähnt, wie schrecklich die Geschehnisse für ihn waren. Ziemlich oft wurde aber erwähnt, dass die Firma ihr Gesicht bewahren musste oder Sie die Firma gerettet haben."

„Ich habe aber niemanden umgebracht oder angestiftet, wenn Sie das denken. Warum sind Sie sonst hier! Nachdem ich die Firma übernommen habe und er seine Wohnung kurz darauf verloren hat, habe ich Jürgen nie wieder gesehen! Erst in der Zeitung dann wieder…"

„Wonach Sie dann alle Maßnahmen ergriffen haben, damit man ihn mit der Firma nicht in Verbindung bringen kann! Hören Sie, ich unterstelle Ihnen nichts, Herr Brunner. Wie erwähnt, ich möchte Herrn Kowalski helfen und die Lücken in seiner Akte schließen."

Er nickt nur. Ich bin noch immer verwundert.

„Ich habe es am Anfang des Gesprächs zwar schon erwähnt, aber ich muss noch einmal fragen. Niemand vor mir hat Ihnen solche Fragen gestellt, oder? Weder die Polizei noch ein Therapeut?"

Er schüttelt den Kopf. Unglaublich. Da begeht jemand neun Morde und die einzige Person, die Informationen über ihn besitzt, wird nicht annähernd befragt.

„Ich habe nur noch eine Frage – kann ich den Gerichtsbeschluss einsehen, durch den Herr Kowalski seine Firma an Sie verloren hat? Ich brauche ihn für die Therapiestunde. Ich möchte ihn damit konfrontieren."

Er wirkt verwirrt.

„Ist das nicht fies?"

Dieser Mann hat ihn aus der Firma geworfen und hängt sich jetzt an so etwas auf.

„Nein, fies ist es, diesen Schritt gegangen zu sein! Ich möchte ihn mit Dingen konfrontieren, die er geliebt hat.

Neben seiner Familie war es auch die Arbeit. Er hat die Firma komplett selbstständig aufgebaut. Ich hoffe, ich kann wieder so etwas in ihm wecken."

Er schweigt und sieht mich traurig an. Dann nickt er leicht.

„Können Sie haben. Sollten Sie zukünftig etwas von mir brauchen, kommen Sie bitte nicht mehr unangekündigt."

Im Auto schaue ich mir den Gerichtsbeschluss nochmals genau an. Ich habe gelogen. Durch den Beschluss hoffe ich, mehr Informationen über Herrn Brunner bekommen zu können. Ich traue ihm nicht. Ich werde dem Ganzen zuhause weiter nachgehen. In diesem Moment fällt mir wieder ein, dass ich die Nachricht von Steve noch nicht beantwortet habe.

10:57 Steve: Morgen Yasmin, konntest du gut schlafen nach dem gestrigen Tag?
13:02 ich: Ich schlafe im Allgemeinen nicht sehr gut...heute habe ich aber besonders schlecht geschlafen. Wie geht es dir denn?

Ist es wirklich eine gute Idee, mit meinem Patienten zu schreiben? Ich muss das unbedingt am Freitag besprechen, so kann es auf Dauer nicht weitergehen, wenn ich ihn als Patienten behalten soll. Fürs Erste fahre ich aber wieder nachhause und schaue, was ich zu meinem neuen Fall herausfinden kann.

Dort angekommen, koche ich zuerst. Viel habe ich nicht mehr da, weshalb meine Wahl auf Nudeln mit einer scharfen Tofu-Tomatensoße fällt. Während die Nudeln kochen, schaue ich beinahe obsessiv, ob Steve mir antwortet. Und tatsächlich, es erreicht mich eine neue Nachricht.

14:39 Steve: Du fragst, wie es mir geht? Du hattest doch den Vorfall gestern! Es tut mir leid, dass du nicht gut schlafen kannst. Sicher, dass alles gut bei dir ist?
14:41: ich: Wirklich, alles gut.
14:43: Steve: Ich bekomme meine Akten morgen früh. Soll ich sie dir dann kurz bei der Arbeit vorbeibringen? Ich kann in meiner Pause vorbeifahren. Dann kannst du dich in Ruhe auf Freitag vorbereiten.
14:50: ich: Okay, komm dann einfach vorbei – ich bin morgen den ganzen Tag im Büro und habe keinen Termin außer Haus.

Damit sehe ich ihn dann insgesamt dreimal diese Woche. Ich muss definitiv mit meinem Chef über Steve und den Fall reden. Zuerst werde ich aber essen und meine Fälle so gut es geht vorbereiten. Dadurch, dass Deriks Patienten auf Roland und mich verteilt werden müssen und Roland nächste Woche in Urlaub ist, muss ich so gut vorarbeiten, wie es nur geht. Ich liebe zwar meinen Job über alles und Überstunden machen mir nichts aus, aber einen Tag Erholung in der Woche brauche ich trotzdem. Sonst wirkt sich die Erschöpfung auf die Qualität meiner Arbeit mit den Patienten aus, und das ist nun mal ein No-Go.

Es ist mittlerweile 23:36 Uhr. Ich habe alle meine Sitzungen für diese und nächste Woche vorbereitet. Damit sollte ich genug Zeit haben, die Patienten von Derik zu übernehmen und mich einzuarbeiten, die Vertretung von Roland auszuführen und meine eigenen Patienten zu behandeln. Das Gute bei meinen Patienten ist, dass ich aktuell nur zwei neue Fälle habe. Alle anderen gehören zur Routine und benötigen nicht so viel Vorarbeit. Herrn Kowalskis Fall habe ich schon komplett durchgeplant. Zu dem Beschluss, den ich von Herrn Brunner erhalten habe, konnte ich jedoch leider heute nichts mehr herausfinden. Das muss ich auf einen späteren Zeitpunkt verschieben. Auch Steves Fall kann ich erst morgen mit der Akte, die ich in seiner Mittagspause erhalte, weiter ausarbeiten. Da ich aber morgen noch drei Therapiestunden, eine Teambesprechung, die Urlaubsübergabe habe und zudem das Gespräch mit Roland allein suchen möchte, denke ich, dass die Akte und damit die Vorbereitung für Freitag bis nach Feierabend warten muss. Bis mein Chef aus dem Urlaub kommt, werde ich wohl kaum Freizeit haben. Meine Freizeit besteht sowieso nur aus Sport und Weiterbildung. Ich habe nur eine richtige Freundin, Natascha. Sie reist sehr viel durch ihren Job als Detektivin im internationalen Bereich. Sie selbst hat sich das ausgesucht. Aktuell ist sie in Dubai. Da hat sich scheinbar eine reiche Frau versteckt, die hierzulande aber noch einen Haufen Schulden abbezahlen muss. Ich freue mich, wenn ich sie wieder sehen kann. Ihr kann ich fast alles anvertrauen. Wir haben uns im Kinderheim kennengelernt. Ihre Eltern wollten sie damals nicht, weshalb sie von einer Pflegefamilie zur anderen gewandert ist und nie gut behandelt wurde. Dadurch ist sie auf die schiefe Bahn geraten. Wir beide haben einander unterstützt und gegenseitig aufgebaut. Als wir volljährig waren, sind wir in die erste gemeinsame Wohnung gezogen und haben studiert. Wie sie wohl auf die aktuellen Ereignisse reagieren würde? Sie würde sich freuen, dass ich das erste Mal einen Menschen attraktiv und anziehend finde. Sie würde mir wahrscheinlich raten, die Regeln zu brechen und mich mit Steve zu verabreden.

Ehrlicherweise weiß ich nicht einmal, ob Steve und ich gegen eine Regel verstoßen. Ich schaue wieder auf mein Handy. Ich habe eine verpasste Nachricht von Steve.

19:16 Steve: Wie war dein Tag heute? Konntest du dich gut erholen?

23:51 ich: Ich habe den Tag gut genutzt, um mich auf die kommenden Wochen auf der Arbeit vorzubereiten. Dadurch, dass wir im Büro jetzt eine Person weniger sind und mein Chef nächste Woche im Urlaub ist, werde ich viel zu tun haben. Ich bin auch eben erst mit der Vorbereitung meiner Patienten fertig geworden.

23:52 Steve: Tut mir leid, dass du so viel Stress hast. Dann wirst du die kommenden Tage kaum Freizeit haben, oder?

23:53 ich: Alles in Ordnung. Ich liebe meinen Job. Ich werde jetzt versuchen zu schlafen. Gute Nacht, Steve.

23:55 Steve: Gute Nacht!

VIER

DAS NACHBEBEN

Ich habe verschlafen. Als Abendlektüre habe ich gestern noch ein paar Fälle durchgelesen und bin währenddessen eingeschlafen – dieses Mal habe ich wenigstens eine bessere Nacht gehabt. Aber der Schlaf und ich werden wohl nie Freunde. Ich laufe hektisch zur Bürotür. Ich kann es mir eigentlich nicht leisten, heute zu spät zu kommen, es steht noch so viel Arbeit an! Verzweifelt suche ich meinen Schlüssel. Ich räume meine Tasche selten aus, kein Wunder, dass ich nie etwas finde. Da ist er! Kaum mache ich die Tür auf, höre ich schon die Stimme von Derik. Ich erstarre. Ich schaue in den Raum und sehe Roland mit unserem Firmenanwalt vor der Empfangstheke stehen, zusammen mit Derik und einem anderen Anzugträger. Das wird wahrscheinlich sein Anwalt sein. Dass Derik seine Patienten nicht so leicht hergibt, hätte ich mir denken können. Ich habe trotzdem nicht damit gerechnet, ihn so schnell wieder sehen zu müssen...

„Hallo Frau Hardwood, gut, dass Sie da sind" begrüßt mich unser Firmenanwalt und gibt mir die Hand. Roland kommt direkt zu mir gelaufen und nimmt mich zur Seite.

„Yasmin, du musst leider alle Termine für heute verschieben, wenn möglich. Heute werden wir den ganzen Vormittag mit den zwei Anwälten und Derik über seine Patienten verhandeln – mir tut es leid, dass du wieder in einem Raum mit ihm sitzen musst, ich-"

Ich unterbreche ihn. Ich verstehe vollkommen, dass Roland die Patienten nicht im Stich lassen möchte.

„Ich verstehe, dass die Patienten Vorrang haben. Es ist wichtig, dass sie bei uns bleiben. Ich halte es aus, sonst melde ich mich, versprochen!"

„Melde dich aber wirklich, ja? Am Nachmittag haben wir schon zwei Kandidaten hier, die sich auf die neue Stelle beworben haben. Eine ist eine alte Bekannte von mir, die ich auf die Stelle angesprochen habe. Der andere Kandidat hat sich normal beworben. Da fällt mir ein, dass ich dir gar nicht erzählt habe, dass ich Stelle von Derik so schnell wie möglich besetzen möchte, oder? Ich wollte dich gestern damit nicht stören. Dazu kommt noch, dass wir uns kurz vor Feierabend über meine Vertretung beraten müssen. Um alle Patienten, die ich verschieben konnte, habe ich mich bereits gekümmert. Die übernehme ich dann direkt nach meinem Urlaub. Drei Patienten musst du nächste Woche jedoch für mich vertreten! Im Detail werden wir wie gesagt heute kurz vorm Feierabend darüber reden."

„Alles klar! Ich gehe kurz ins Büro und verschiebe meine Termine. Das sollte kein Problem sein. Die kann ich auch nächste Woche wahrnehmen."

Wir sitzen im Konferenzraum, es ist mittlerweile kurz vor zwölf Uhr. Es ist für mich doch schlimmer als gedacht, mit Derik im gleichen Raum zu sitzen. Ich habe ihn bis jetzt keines Blickes gewürdigt. Die Firma wird sich wahrscheinlich nicht außergerichtlich mit Derik einigen können, also nähern wir uns meinem Horrorszenario. Meine letzte Aussage vor Gericht ist nicht sonderlich gut gelaufen. Ich denke, dieses Mal würde mir auch niemand Glauben schenken. Ich höre der Diskussion nicht mehr zu. Bisher hat man mich auch nur zwei Mal aufgefordert, Stellung zu nehmen. Roland nimmt mich gut in Schutz. Ich ertrage es aber nicht mehr. Ich beschließe, den Raum kurz zu verlassen, Roland wird nichts dagegen haben. Ich habe ihm schließlich versprochen, dass ich mich melden würde. Mit einem Blick symbolisiere ich, dass ich eine Pause brauche. Er nickt und sagt in die Runde:

„Frau Hardwood muss uns kurz verlassen. Ich denke, es hat niemand etwas dagegen?"

Da ich nichts Gegenteiliges höre, gehe ich aus dem Raum, ohne Blickkontakt aufzunehmen. Ich muss an die frische Luft, also laufe ich direkt zum Praxisausgang und verlasse die dann auch. Mir wird schwarz vor Augen und schwindlig. Ich will weinen und schreien zugleich. Das ist alles zu viel. Ich denke immer zuerst an das Wohl der Patienten, aber aktuell wünsche ich mir, Derik würde einfach seine Patienten mitnehmen, damit ich meine Ruhe habe! Allein solche Gedanken sind grauenvoll. Ich will aber nie wieder in so einer Situation stecken. Ich muss meine Gedanken umlenken, aber es funktioniert nicht. Also schließe ich meine Augen und versuchte abermals, mich zu beruhigen. Ich hörte noch, wie jemand meinen Namen ruft, aber in diesem Moment falle ich.

Um mich herum wird die Welt wieder klarer und ich schaffe es, meine Augen zu öffnen. Direkt vor mir sehe ich Steves Gesicht. Träume ich?

„Yasmin, ist alles okay? Was ist denn passiert?"

Seine Stimme ist panisch. Jetzt erinnere ich mich – er wollte mir heute seine Fallakte vorbeibringen. Er scheint ein gutes Timing zu haben – ich merke jetzt erst, dass ich auf der Straße liege. Das ergibt Sinn, ich bin schließlich ohnmächtig geworden. Mir fällt auf, dass mein Kopf schmerzt.

„Kannst du mir helfen, aufzustehen?"

Und schon nimmt er mich auf die Arme und stellt mich hin. Mir ist immer noch schwindlig und ich stolpere. Er drückt mich fester an sich. Ich fasse mir an den Kopf, der wirklich besorgniserregend schmerzt.

„Soll ich einen Arzt rufen?"

„Nein, bitte nicht, es geht langsam wieder."

Ich will seine Arme nicht verlassen. Es fühlt sich fantastisch an. Geborgen und warm, dazu riecht er auch verdammt gut. Ich schaue zu ihm hoch. Erst jetzt bemerke ich, wie groß er eigentlich ist. Er erwidert meinen Blick. So nah sind wir uns noch nie gekommen…

„Was ist denn passiert?"

Mit diesen Worten holt er mich in die Realität zurück. Ich löse mich aus seinem Griff, sammle mich wieder und atme tief durch.

„Heute ist einfach ein anstrengender Tag. Ich hatte gehofft, es wäre anders gelaufen…"

Er sieht mich fragend und besorgt an.

„Wie wäre es, wenn wir erst einmal hineingehen, dann kannst du dich hinsetzen, etwas trinken und dich beruhigen."

„Nein, bitte nicht," rufe ich, „ich kann da nicht rein, solange…", und stoppe.

Solange Derik dort noch ist, zusammen mit seinem schmierigen Anwalt, kann ich nicht zurück ins Gebäude. Steves Stimme nimmt einen strengeren Ton an.

„Solange was, oder sollte ich lieber sagen wer?"

Ich bin zu erschöpft, um zu diskutieren, und wünsche mich weg von hier, weg von Derik.

„Hier gibt es ein Café um die Ecke, da kann man auch etwas Kleines essen. Lass uns kurz dorthin gehen. Dann kannst du zur Ruhe kommen, Kräfte sammeln und wir sind auch weiter weg von deinem Büro. Was hältst du davon?", bietet Steve an.

„Das klingt gut." Ich bin froh, dass er das vorgeschlagen hat. Erstaunlich, wie gut er die Ruhe bewahren und die Situation direkt wieder unter Kontrolle bringen kann.

Ich habe Roland geschrieben, dass er sich bitte melden soll, wenn Derik aus der Praxis ist. Außer der Bestellung, die wir aufgegeben haben, haben Steve und ich noch kein Wort gewechselt. Ich habe einen Latte Macchiato und einen Flammkuchen mit Tomate und Peperoni bestellt und er einen schwarzen Kaffee und ein Serrano-Sandwich. Wir sitzen draußen vor dem charmanten Café. Der Kaffee wird uns gerade serviert und Steve bedankt sich bei der Kellnerin. Danach schaut er mich wieder besorgt an.

„Was ist passiert, Yasmin?"

Ich atme laut ein. Irgendwie habe ich gehofft, wir könnten das Thema ruhen lassen.

„Du bist mein Patient. Allein, dass wir hier zusammensitzen, geht viel zu weit und verstößt gegen all meine Prinzipien!"

„Ich wollte ja ins Büro gehen und spontan ist mir nichts Besseres eingefallen."

Dabei schaut er mich mit einem schiefen Grinsen an. Ich bin auch froh, eine Ablenkung und Abstand zwischen mir und Derik zu haben.

„Im Prinzip war es auch eine gute Idee, ich wollte da schnell weg. Dass wir Patient und Therapeutin sind, sollten wir trotzdem mehr respektieren!"

Er nickt und wir blicken uns tief in die Augen. Ich befürchte, meine Warnung ist bei uns beiden nicht angekommen. Ich will es noch einmal klarer darstellen.

„Wir müssen einfach ein bisschen darauf achten, wenn ich dich als Patienten behalten soll. Wir müssen mehr Abstand wahren."

„Warten wir die Sitzung morgen erst einmal ab. Ich denke, dann verstehst du, wie sehr du mir tatsächlich hilfst."

Diese Aussage, völlig aus dem Nichts, verwirrt mich. War mein erster Gedanke doch richtig, hat sein Trauma mit einer Frau zu tun? Ich kann mich nicht zurückhalten und muss nachhaken.

„Dann war mein erster Gedanke richtig. Neben den Verletzungen und der fehlenden Verbundenheit zu deinem Vater, steckt auch eine Frau hinter deinen Problemen?"

Er grinst nur, was mich in diesem Moment wirklich nervt. Er kann nicht solche Anspielungen machen und mich dann zappeln lassen. Das Spiel mache ich nicht mit. Ich sollte es einfach so stehen lassen. Die Therapiestunde am Freitag wird für Aufklärung sorgen.

„Egal, das Thema gehen wir am Freitag in der Therapie weiter an. Da werde ich für meine Arbeit dann auch bezahlt."

Das will ich ihm noch unbedingt reindrücken. Er denkt, er wäre schlauer als ich, so ist es aber nicht. In diesem Moment bringt uns die Kellnerin das Essen.

„Dein ehemaliger Arbeitskollege ist gerade in der Praxis, oder?"

Ich fokussiere mich mit aller Kraft auf das Schneiden meines Flammkuchens. Ich habe genug von dem Thema. Trotzdem kicke ich ein und nicke, wieso ich schwach geworden bin, kann ich mir leider nicht erklären..

„Er wurde aber nicht wieder eingestellt?!"
„Nein, nein. Mach dir da keine Sorgen. Er weigert sich, seine Patienten abzugeben. Mein Chef möchte sie ihm nicht überlassen. Er wird sie aber nicht so leicht hergeben. Daher sind auch die Anwälte da. Wir sind seit heute Morgen dabei, eine Lösung zu finden..."
Unsere Blicke kreuzen sich. Seine Miene ist wieder finsterer. Jetzt reden wir doch darüber.
„Er ist dir aber nicht zu nah gekommen?"
„Nein."
Jetzt klingt er wieder besorgt, aber auch gleichzeitig wütend.
„Also war dir die Begegnung zu viel und deswegen bist du umgekippt?"
Ich sehe ihm direkt in die Augen, bekomme aber keinen Ton heraus. Wieso kann er die Fragen nicht einfach sein lassen? Man sieht doch, dass mir das Thema unangenehm ist!
„Also war da doch mehr?!"
Seine Hände ballen sich zu Fäusten. Das muss ich direkt entschärfen, danach müssen wir das Thema aber sein lassen. Sonst bekomme ich noch einen Nervenzusammenbruch, sollte es so weitergehen.
„Nein, es ist nur..." Ich atme tief ein und versuche, mich zu beruhigen.
„Die Anwälte werden sich nicht außergerichtlich einig, davon bin ich überzeugt. Das bedeutet, ich muss wieder vor Gericht. Ich kann das nicht noch einmal..."

Er setzt dazu an, etwas zu sagen.

„Mir ist das alles gerade zu viel, Steve. Ich kann und will nicht darüber reden. Lass uns bitte das Thema wechseln!"

Er wirkt weiterhin besorgt, nickt aber. Wir schweigen. Das ist mir aber lieber als das Gespräch über Derik.

„Was isst du denn am liebsten?"

Ich schaue ihn an. Smalltalk wird sicher eine gute Ablenkung sein, also lasse ich mich darauf ein.

„Italienisch. Nudeln und Pizza. Hauptsache Tomatensoße und ohne Fleisch. Und deins?"

„Ich liebe Gerichte mit Hähnchen. Du bist also Vegetarierin? Seit wann denn?"

„Seit ich 16 bin. Mir hat Fleisch nie gut geschmeckt, daher ist es keine sonderlich große Überraschung gewesen, als ich beschlossen habe, es komplett durchzuziehen."

„Lieblingsgetränk zum italienischen Essen?"

„Weißwein! Lass mich raten, bei dir wäre es eher Bier?"

Er nickt und lacht.

„So leicht durchschaubar bin ich also?"

Die Aussage ist interessant. Ich selbst finde Steve sehr schwer zu durchschauen. Ich weiß nicht, wann ich das letzte Mal so viele Probleme dabei hatte, hinter die Fassade und das Wesen von jemandem zu blicken.

„Ich finde dich tatsächlich schwer zu durchschauen. Ich dachte anfangs, ich hätte dich gelesen, aber dann kamen immer mehr Dinge, die mich zum Zweifeln gebracht haben. Schlimmer finde ich aber, dass ich mir von dir leicht in die Karten schauen lasse. Normalerweise passiert mir das nicht..."

Wir schauen uns wieder in die Augen. Ich verstehe wirklich nicht, warum ich so leicht zu brechen bin. Das Duzen, das Essen hier und die Herausgabe meiner

Handynummer wären bei anderen nie in Frage gekommen.

„Ich mache normalerweise auch immer dicht. Sobald du die Akte von mir gelesen hast, wirst du sehen, dass du weiter bist als manch andere Personen in meinem Leben."

„Auch als die unbekannte Frau?"

Ich kann mir einen eifersüchtigen Unterton nicht verkneifen. Ich hoffe, er hat es nicht gemerkt.

„Lies meine Akte, dann weißt du es."

Die Aussage nervt mich. Dazu äußern kann ich mich aber nicht, denn mein Handy klingelt. Es ist Roland.

„Hey Roland, ich hoffe, es war okay, dass ich nicht mehr wiedergekommen bin. Ich konnte einfach nicht mehr bei ihm sein!"

„Alles gut, Yasmin, wir haben doch vorher ausgemacht, dass du dich meldest, sobald es zu viel für dich wird. Ich bin auch froh, dass du gegangen bis, es wurde noch sehr unschön. Das erzähle ich dir aber persönlich. Um 14 Uhr kommt die erste Bewerberin. Jetzt brauche ich erstmal eine Pause und komme dann direkt zum Gespräch. Anschreiben und Lebenslauf habe ich dir gemailt."

„Alles klar, ich bereite mich vor. Bis nachher!"

Ich wende mich an Steve.

„Ich muss jetzt wieder ins Büro. Kann ich deine Akte bekommen?"

Aus seiner Manteltasche holt er eine zusammengeklappte Akte und übergibt sie mir.

„Danke, ich werde mich heute Abend in deinen Fall einlesen und die Sitzung morgen vorbereiten."

„Alles klar – die Rechnung übernehme ich. Du kannst in die Praxis gehen, ich weiß doch, wie viel du zu tun hast."

„Steve, ich-"

„Keine Sorge, das hier war kein Date, sondern einfach nur ein Mittagessen. Du kannst gerne beim nächsten Mal bezahlen."

Ich rollte mit den Augen

„Danke dir, bis morgen!"

Der Tag vergeht wie im Flug. Mein Chef und ich haben zwei Bewerbungsgespräche im Laufe des Nachmittags. Wir sind uns ziemlich schnell einig, dass seine Bekannte die offene Stelle bekommen soll. Sie ist im Alter von Roland; sie kennen sich noch durchs Studium. Jessica Karl ist 43 Jahre alt, ihre alte Praxis konnte ihr keine Vollzeitstelle anbieten. Sie wollte, da ihre Tochter jetzt alt genug ist, wieder mehr arbeiten und voll in den Berufsalltag einsteigen. Sie wirkt sympathisch – genau das brauchen wir. Selbst, wenn wir Deriks Patienten nicht bekommen sollten, wird es genug Arbeit geben. Die Zusage bekommt sie von Ina, der Empfangsdame und Frau von Roland, morgen zugesendet. Morgen ist auch der letzte Arbeitstag von Ina und Roland, bevor sie in den Urlaub gehen. Die Urlaubsübergabe geht schnell. Da es sich nur um eine Woche handelt, konnte Roland viele Termine einfach verschieben. Ich muss nur drei Problemfälle übernehmen, wovon ich zwei schon kenne. Daher wird das keine Schwierigkeit darstellen. Die dritte Patientin aber ist ein Härtefall. Sie heißt Birgit Lohmeyer und hat zwanghaft versucht, ein Kind zu bekommen. Leider hat es nie funktioniert; sie hatte viele Fehlgeburten. Auch Alternativen waren erfolglos. Sie hat ihrem Mann die Schuld gegeben und ihn in einem Streit mit einem Messer attackiert. Er hat überlebt und danach direkt die Scheidung eingereicht. Gerichtlich wurde sie zu einer Geldstrafe und einer Freiheitsstrafe auf Bewährung verurteilt. Durch die positive Aussage des Ex-Manns ist das Urteil der leichten Körperverletzung gefallen. Ab da wollte sie durch One-Night-Stands schwanger werden. Auch erfolglos. Sie konnte mit dem Gedanken nicht leben, kinderlos zu sein, und schritt zum Suizidversuch. Durch die Therapie von Roland ist sie aktuell auf einem guten Weg, aber noch nicht stabil.

Nach der Übergabe kommt für Roland der wahrscheinlich schwerste Teil – mir zu gestehen, dass der Fall mit Derik vor Gericht landen wird. Im Vertrag gibt es eine Wettbewerbsklausel, die verbietet, Kunden abzuwerben bzw. mitzunehmen bei außerordentlichen Kündigungen. Dagegen wird Derik aber klagen. Ich habe beschlossen, Roland das Leben zu vereinfachen.

„Er klagt, weil er zu Unrecht gekündigt wurde und man sich nicht außergerichtlich einigen kann. Habe ich recht?"

Er schaut mich traurig an.

„Er klagt auch wegen Körperverletzung gegen mich, hier sind wir uns aber einig geworden. Zwar nicht gerecht, aber wichtig ist es, die Patienten zu behalten. Ich weiß, du willst nicht vors Gericht, und ich weiß, wie sehr dich das belastet. Wenn du sagst, du stehst es nicht durch, lassen wir die Patienten fallen."

Ich bin überrascht. Das würde er für mich tun? Gut, er kennt meine Geschichte, aber das ist zu viel. Der Gedanke, dass ich vor Gericht muss, bereitet mir zwar Angst und löst jetzt schon Übelkeit in mir aus, aber die Patienten verdienen eine bessere Behandlung. Ihnen muss geholfen werden und nicht mir.

„Wenn es nicht anders geht, schaffe ich das. Die Patienten haben Anspruch auf eine gute Behandlung! Ich bin mir sicher und werde meine Meinung nicht ändern."

Er nickt verständnisvoll: „Dann gebe ich es dem Anwalt so weiter. Wir sollten damit für heute Feierabend machen."

„Noch eine kurze Sache" werfe ich ein.

Ich möchte die Komplikationen mit Steve ansprechen. Ich weiß nicht, was das zwischen uns ist, aber ich habe mich viele Male nicht korrekt verhalten. Im Vertrag steht zwar nur, dass die Professionalität gewahrt werden soll, aber ich bin unsicher, wie weit ich mich schon in der Grauzone befinde.

„Ich höre?"

Er sieht besorgt aus.

„Es geht um Roberts ..."

Man merkt direkt, wie er hellhöriger wird, aber er lächelt.

„Ihr versteht euch richtig gut, oder?"

Ich nicke.

„Du kennst meine Geschichte! Ich dachte ehrlicherweise nicht, dass ich überhaupt jemanden mal so anziehend finden würde. Aber er hat etwas an sich, das kann ich nicht beschreiben. Es geht so weit, dass wir uns Duzen und privat Nachrichten schreiben. Heute Mittag, als ich frische Luft schnappen musste, bin ich in Ohnmacht gefallen, mir war alles einfach zu viel. Er war da, weil er mir seine Akte bringen wollte. Danach waren wir zusammen essen...und er hat gezahlt."

Ich kann Rolands Gesichtsausdruck nicht deuten. Er muss sich schon um Derik Sorgen machen und jetzt komme ich noch dazu. Ich kann verstehen, wenn ihm das alles zu viel wird! Roland war schon immer eine Art Mentor für mich, ich bewundere ihn. Wir arbeiten auch ähnlich und genau deswegen glaube ich, dass er damals mein Potenzial direkt bemerkt hat. Ich suche selten Rat, aber wenn, dann bei Roland. Ich schäme mich, dass er meinetwegen so viel Stress hat.

„Danke, dass du so ehrlich bist. Also ich bin froh, dass er da war. Er hat gesehen, was ich nicht wahrgenommen habe, und das, obwohl wir uns so gut kennen. Es verletzt mich, dass du dich mir nicht anvertrauen konntest. Noch mehr verletzt es mich aber, dass ich es übersehen habe und ein Fremder es sofort sehen konnte. Was ich aber direkt bemerkt habe, dass es zwischen euch knistert. Ich muss sagen, privat freue ich mich für dich, wirklich. Ich kenne dich und diese Fortschritte, die du gerade machst, sind unglaublich wichtig! Er wirkt wie ein guter Mensch und ihr könntet einander bestimmt guttun. Als Chef sehe ich noch keine Verstöße, wenn du in deiner Erzählung nichts ausgelassen hast. Ihr solltet allerdings immer auf einer professionellen Ebene bleiben. Dates sind für mich eine Grauzone, das müsstest du nach Empfinden entscheiden. Sobald es aber darüber hinaus geht, sobald es körperlich wird, musst du ihn abgeben. Bisher hattet ihr kein Date und keinen Kuss? So kannst du ihn als Patienten noch behalten. Je nach Entwicklung können wir Patienten tauschen oder Jessica übernimmt ihn. Aber ich will, dass du mich auf dem Laufenden hältst. Das sage ich dir als Chef. Als Freund interessiert es mich natürlich auch, aber das Chefsein hat hier Vorrang.“

Ich wusste nicht, dass der Vorfall mit Derik Roland so sehr verletzt hat. Das hätte ich mir aber denken können. Er weiß alles über meine Vergangenheit, aber bei dem neuen Problem konnte ich mich ihm nicht anvertrauen. Ich hätte wissen müssen, wie sehr ihn das treffen würde!

„Danke, Roland. Ich weiß nicht, was das zwischen uns ist – ich halte dich aber als Chef auf dem Laufenden und als Freund danke ich dir, dass du so viel Verständnis hast.“

Er nickt. „Jetzt geh nach Hause und ruhe dich aus. Nächste Woche musst du fit sein, um die Praxis am Laufen zu halten. Ich mache auch nicht mehr so lange. Ich bin froh, nächste Woche weg zu sein. Nach dem Stress diese Woche brauche ich eine Pause zum Abschalten!“

Als ich endlich zuhause ankomme, fällt mir eine Last von den Schultern. Ich bin so erschöpft und will einfach nur schlafen. Aber leider habe ich noch viel zu tun! Ich habe beschlossen, Essen zu bestellen und mir beim Essen Steves Akte anzuschauen. So spare ich Zeit und kann hoffentlich schnell ins Bett.

Mit der bestellten Pizza und einem Glas Weißwein mache ich es mir am Esszimmertisch bequem. Irgendwie bin ich nervös beim Gedanken, die Akte aufzuschlagen. Ich habe schon viele Eindrücke von Steve gesammelt, jedoch waren diese nur privater Natur. Wenn ich die Akte durchlese, habe ich Angst, die aktuelle Wahrnehmung, die ich von Steve habe, zu verändern. Ich habe Steve als herzensguten Menschen kennengelernt, der mehr auf andere achtet als auf sich selbst. Aber ich kann das Studieren der Akte nicht weiter vor mir herschieben.

Steve Roberts ist dreißig Jahre alt und ledig. Sein Dad war auch im Militär und ist bei einem Einsatz ums Leben gekommen. Seine Ma ist früh an Krebs gestorben. Er wuchs im Kinderheim auf und war ab und zu in Pflegefamilien. Steve konzentrierte sich aber vollkommen auf seine Militärkarriere und blieb daher nicht lange in einer Familie. Er musste sehr hart arbeiten. Damals war er zu schmächtig und wurde abgelehnt. Steve war komplett fokussiert aufs Trainieren und verpasste dadurch seine ganze Kindheit. Er war nie feiern oder nahm an anderen altersgerechten Aktivitäten teil. Er hatte einen Freund im Kinderheim, der beim ersten Versuch ins Militär aufgenommen wurde. Steve wurde erst beim fünften Mal akzeptiert. Dafür musste er viel tun. Im Grunde hatte er es dem vielen Training, dem Ernährungsumstieg und seiner späten Pubertät zu verdanken, dass er schlussendlich doch alle Kriterien erfüllen konnte. Beim Militär stieg er rasch auf und gewann an Anerkennung. Er wurde überall für seinen Führungsstil, seine Motivation und seine

Hingabe in den höchsten Tönen gelobt. Es gibt keinen einzigen schlechten Eintrag über ihn. Für den Unfall, bei dem er und drei weitere Leute schwer bis tödlich verletzt wurden, gibt er sich selbst die Schuld. Er hat den Fall zweimal untersuchen lassen. Beide Male war das Ergebnis, dass er in der Situation komplett richtig gehandelt hat. Damals führte er eine Truppe durch ein Haus, in dem Frauen und Kinder festgehalten wurden. Ein Gegner trug einen Granatengürtel. Dieser war von Steves Position aus nicht erkennbar. Der Gürtel wurde gezündet und fünf Angreifer, drei Kinder und zwei Frauen starben noch vor Ort. Von seiner Truppe kam eine Soldatin ums Leben und drei Soldaten wurden schwer verletzt: sein Freund aus Kindheitstagen, ein unbekannter Kollege und Steve selbst. Der Unfall löste seine posttraumatische Belastungsstörung aus. Diese wurde aber meines Erachtens schon vom Militärpsychologen behandelt. Er hat wirklich großartige Arbeit geleistet. Das sah meine Vorgängerin genauso. Ganz bewältigen kann man so was nie, denn durch bestimmte Ereignisse kann das Trauma immer wiederkehren. Dies ist auch bei seiner Polizeiarbeit einmal der Fall gewesen. Meine Kollegin hat ihn dazu erfolgreich behandelt, wenn auch unnötig intensiv. Was von beiden aber weiterhin bemängelt wird, ist seine Distanz zu Menschen. Sein Freund hat sein Bein verloren und ist immer noch in Behandlung, der unbekannte Kollege ist der Einzige, der nach dem Unfall wieder eingesetzt werden konnte. Die Soldatin starb auf dem Weg zur Krankenstation. Laut der Akte waren sie und Steve kein Paar, aber es bestand wohl Interesse von beiden Seiten. Er hatte grundsätzlich aber schon immer Angst, Bindungen aufzubauen. Gerade Frauen meidet er. Zur Beziehung mit der Soldatin hat er nur angegeben, dass sie nie zusammen waren und nicht mehr als ein Kuss zwischen ihnen war. Über Gefühle hat er nie geredet, das hat sowohl der Militärpsychologe als auch die Polizeipsychologin nicht geschafft. Der Militärpsychologe hat sich auf die posttraumatische Belastungsstörung konzentriert und die Polizeipsychologin konnte kaum Erfolge vorweisen. Sie konnte die guten Ergebnisse der Belastungsstörung aufrechterhalten, aber mehr nicht. Die Bindungsprobleme ging sie katastrophal an. Wie Steve schon erzählt hat, wurde er gezwungen, auf Dates zu gehen. Die Notizen zu den Dates sind schrecklich zu lesen. Ich kann nachvollziehen, wie schlimm das für Steve gewesen sein muss. Hier stehen Sachen wie: „Hat sie nicht geküsst" oder „er hat nicht einmal ihre Brüste angeschaut". Extrem unprofessionelle Notizen. Sie forderte auch immer Bilder der Frauen, mit denen sich Steve traf. Da stellte er sich aber quer. Deswegen sind auch negative Einträge vorhanden wie: „Patient weigert sich, zu kooperieren, und erfüllt die Aufgaben nicht sinngemäß", „Nimmt seine Therapiestunden nicht ernst". Schwachsinn! Als Steve seinen Typ Frau nicht mithilfe von Promis definieren konnte, sollte er seine perfekte Frau beschreiben. Auch hier blockierte er. Laut der Aufzeichnungen hat Steve wirklich durch die Polizeipsychologin keinen therapeutischen Erfolg vorzuweisen – kein Wunder.

Ich verstehe jetzt auch seine Aussage. Klar, die Belastungsstörung muss weiterhin behandelt werden, damit diese sich nicht wieder verschlimmert, aber sein Grundproblem ist die Bindungsangst. Davon habe ich zwar persönlich nichts gemerkt, ich weiß aber, dass sie vorhanden ist. Ich war wahrscheinlich die erste Person, an der er wieder Interesse gezeigt hat, genauso wie er bei mir. Ich habe ihn ohne eine einzige Therapiesitzung schon mehr therapiert, als meine Vorgängerin, aber auch nur aus dem Grund, dass wir beide eine Verbindung haben. Ich bin ehrlicherweise ratlos. Ich weiß nicht, wie ich seine

Therapie morgen angehen soll. Ich muss Steve dazu bringen, über die Beziehung mit der verstorbenen Soldatin zu reden, und damit auch über seine Gefühle. Aber gerade bezüglich der Bindungsängste weiß ich nicht, wie ich vorgehen soll. Bei mir zeigt er diese Ängste bisher nicht. Wie soll ich also etwas therapieren, das vor mir nicht gelebt wird?

Nach einiger Zeit habe ich mein Konzept für die morgige Sitzung ausgearbeitet. Einige Sachen muss ich wohl leider spontan angehen. Ich hoffe, dass ich in der Sitzung schnell ein klares Bild von Steve bekomme, mich konzentrieren kann und die Sache professionell durchziehe. So schaffe ich es dann hoffentlich, die Themen, die ich nicht vorbereitet habe, spontan anzugehen. Hoffentlich geht mein Plan auf. So einen chaotischen Ansatz habe ich bisher noch nie bei einem Patienten ausgearbeitet. Steve hat es wirklich geschafft, mir nicht nur auf der persönlichen Ebene meinen Kopf zu verdrehen, sondern auch auf meiner professionellen Ebene.

FÜNF

STEVE ROBERTS

Die erste Patientin des heutigen Tages habe ich gerade aus meinem Büro verabschiedet. Die Sitzung lief super, die Erfolge der Patientin werden immer größer. Mit ein bisschen Glück können wir die Therapie bald beenden. Das ist das Beste an meiner Arbeit. Zu sehen, wie ein Patient in den Stunden nach und nach die Ängste und Probleme bekämpft und am Ende erfolgreich aus den Sitzungen geht. Der größte Erfolg ist natürlich, wenn der Patient nicht mehr auf Therapie angewiesen ist, und dieses Ziel ist bei ihr zum Greifen nahe. Jetzt steht aber gleich mein Termin mit Steve an. Zugegebenermaßen bin ich etwas nervös. Ich bin noch nie so unvorbereitet in eine Sitzung gegangen, aber ich weiß einfach nicht, wie ich bei manchen Themen vorgehen soll. Ich verlasse das Büro, um mir einen Kaffee zu holen. In der Küche werde ich überrascht. Roland und Steve sitzen beide dort, quatschen und trinken einen Kaffee.

„Oh, hey, du bist ja schon da?"

Steve zeigt mit dem Blick auf die Küchenuhr, die an der Wand hängt.

„Wir haben 11:09 Uhr, damit hätte unser Termin eigentlich vor neun Minuten begonnen."

Ich werde es wohl nie schaffen, pünktlich zu sein. So unter die Nase reiben muss er es mir trotzdem nicht!

„Yasmin ist immer unpünktlich, daran kannst du dich schon einmal gewöhnen, Steve!", kommentiert Roland lachend.

Seit wann duzen sich die beiden und warum macht er verdammt nochmal solche Andeutungen? Ich fange an, es zu bereuen, mich Roland anvertraut zu haben. Ich weiß, dass es richtig war, aber solche Aussagen und die Aufmerksamkeit, die ich jetzt bekomme, nerven mich.

„Ja, das habe ich schon gemerkt" entgegnet Steve lachend.

Ich strafe beide mit einem bösen Blick und lasse mir kommentarlos einen Kaffee raus.

„Also ihr beiden, ich verabschiede mich schon einmal! Ich habe jetzt einen Termin außer Haus und mache danach direkt Feierabend. Yasmin, hast du noch Fragen bevor ich in Urlaub gehe? Notfalls kannst du auch jederzeit anrufen!"

Ich schüttle den Kopf und umarme ihn zum Abschied.

„Nein, alles gut! Es wird sicher ohne Probleme laufen. Du sollst deine freien Tage genießen."

Er grinst und wünscht Steve und mir noch einen schönen Tag.

Steve hat es sich auf dem Sofa in meinem Zimmer bequem gemacht. Ich will unbedingt wissen, was die beiden besprochen haben und seit wann sie sich duzen. Das möchte ich noch vor der eigentlichen Therapiestunde klären, mich macht das nämlich wahnsinnig.

„Seit wann duzen Roland und du euch?"

Steve lacht und zieht seine Augenbrauen hoch: „Gehört das schon zur Therapie? Seit heute, er hat es mir angeboten."

Meine Augen werden schmaler. Kaum rede ich mit Roland über ihn, bietet er ihm das Du an. Super.

„Und was habt ihr so geredet?"

Er lacht einfach weiter.

„Hast du etwas zu befürchten?"

Mein Blick verhärtet sich noch weiter.

„Wir haben kurz über Derik geredet. Sobald es vor Gericht geht, werde ich als Zeuge gebraucht. Er hat sich außerdem bedankt für meine Unterstützung, an dem Tag und gestern. Sonst haben wir nur kurz über Fußball gequatscht."

„Das mit der Zeugenaussage hat er mir gar nicht erzählt…"

„Er will dich eben beschützen. Ihr beide seid gut befreundet, oder?"

„Ja, und er ist wirklich der beste Chef überhaupt. Ich bin sehr dankbar, hier arbeiten zu können."

Ich klappe meinen Laptop auf und öffne die Notizen, die ich für die heutige Sitzung vorbereitet habe. So chaotisch waren meine Notizen und meine Vorgehensweise noch nie. Ich bin aufgeregt.

„Also, fangen wir an! Ich habe mir gestern Abend deine Akte durchgelesen. Vorweg zwei Sachen. Dein Militärpsychologe hat sich fast ausschließlich auf die posttraumatische Belastungsstörung konzentriert, was vollkommen richtig war. Als Militärpsychologe sollte sein Hauptaugenmerk darauf liegen, damit Langzeitfolgen direkt verhindert werden können. In meinen Augen hat er die Belastungsstörung super behandelt. Die Therapie war effizient, mit gut strukturierten Herangehensweisen. Ganz geheilt hat er die Störung nicht, aber so etwas wird nie komplett therapiert sein. Was man im Krieg erlebt, ist leider so schrecklich, dass es Rückfälle geben kann. Ich weiß, du hattest schon einen Rückfall, was auch nicht schlimm ist, sondern normal. Dein Militärpsychologe hat wirklich gute Arbeit geleistet. Deine Polizeipsychologin dagegen... naja sie hat dafür gesorgt, dass die gute Vorbehandlung erhalten geblieben sind, mehr aber auch nicht. Sie hat sich fast nur auf deine Ängste bezüglich Beziehungen fokussiert. Aber wie du schon beim Kennenlerngespräch angedeutet hast, ihre Ansätze waren...fragwürdig. Auch deinen Rückfall hat sie nicht optimal behandelt, selbst wenn es erfolgreich war. Ich würde sagen, da kein neuer Rückfall der posttraumatischen Belastungsstörung vorliegt, konzentrieren wir uns dieses Mal wirklich auf die Bindungsstörung. Hervorgerufen wurde sie wohl durch den Unfall damals, der auch deine Karriere zerstört hat. Wegen deiner Verletzungen darfst du nicht mehr beim Militär arbeiten. Der Einsatzbericht und auch deine zwei Untersuchungen haben deutlich gezeigt, dass man in der Situation nicht anders hätte handeln können. Da du das noch nicht siehst und dir immer noch die Schuld gibst, konntest du deine Probleme diesbezüglich noch nicht lösen. Dein bester Freund aus Kindheitstagen hat ein Bein verloren und befindet sich immer noch in Behandlung. Deine Freundin, oder was auch immer sie zu diesem Zeitpunkt war, ist gestorben. Hier sollten wir als erstes anknüpfen, an deiner Beziehung zu Emma Carier."

Steve schaut mir direkt in die Augen und wirkt verärgert.

„Wir waren in keiner Beziehung! Den Rest hast du aber gut zusammengefasst."

„Gut, dann erzähle mir mehr. Was für eine Art Beziehung oder Verbindung hattet ihr denn?"

Er unterbricht den Blickkontakt keine Sekunde und atmet schwer.

„Wir waren oft zusammen auf Einsätzen und haben dadurch viel Zeit miteinander verbracht. Max, mein Freund aus Kindheitstagen, war der Meinung, sie würde auf mich stehen. Für mich war sie nur eine gute Freundin, die obendrein eine ausgezeichnete Soldatin war. Ich habe die Anzeichen anfangs nicht bemerkt, man hat mich aber immer darauf aufmerksam gemacht. Gegen Ende habe ich es auch gesehen. Sie hat mich einmal geküsst. Mehr war da nicht. Von meiner Seite war es zumindest nur freundschaftlich.“

„Wurde der Kuss von dir erwidert?“

Er zögert und schaut weg. Es wirkt, als hätte er Schuldgefühle.

„Ja.“

„Was hast du dabei gefühlt?“

Er schweigt. Ich warte kurz, aber es kommt nichts. Das Thema ist ihm unangenehm. Ich kann aber seine Schuldgefühle noch nicht ganz zuordnen.

„Gut, dann eine andere Frage. Wann ist der Kuss passiert und wie ist er zustande gekommen?“

Er zögert erneut, aber hebt seinen Blick.

„Wir haben das Fahrzeug für den Einsatz geladen… unseren letzten Einsatz…“

Jetzt setzt sich langsam ein Bild für mich zusammen.

„Damit ist der Einsatz mit dem Unfall, der dich verletzt und sie getötet hat, gemeint?“

Er nickt traurig.

„Wir wussten nicht, wie viele Menschen dort festgehalten wurden, daher war es von Anfang an ein Einsatz, der schwer einzuschätzen war, und jeder wusste um die Gefahren. Sie hat mich gefragt, an wen ich denken würde, falls dies mein letzter Einsatz sein sollte. Meine

Antwort war mein Vater. Ich habe sehr oft an ihn gedacht, wenn ich im Einsatz war. Ich stellte ihr die gleiche Frage…"

Er stoppt und Stille füllt den Raum. Ich kann mir aber denken, worauf die Erzählung hinausläuft. Daher auch die Schuldgefühle.

„Steve?"

Er schaut mich an. Sein Blick ist voller Reue. Er traut es sich aber nicht auszusprechen.

„Steve, warum fühlst du dich schuldig?"

Er betrachtet seine Hände und sagt nichts. Ich muss meine Taktik ändern.

„Darf ich eine Vermutung anstellen?"

Er nickt nur und schaut weiterhin seine Hände an. Ich atme tief durch und senke meine Stimme, um einfühlsamer zu wirken.

„Also, als Antwort hat sie dich wahrscheinlich geküsst. Eventuell hat sie vorher noch zugegeben, dass sie an dich denken würde oder dass sie Gefühle für dich hat, und hat dich erst dann geküsst. Du hast wahrscheinlich nichts dazu gesagt und hattest nicht mehr die Gelegenheit, ihr deine Gefühle zu offenbaren, da sie danach im Einsatz gestorben ist?"

Er ist regungslos. Selbst sein Atem ist kaum zu hören. So wird er das Erlebte nicht verarbeiten. Ich muss ihn aus der Reserve locken.

„Ihr letzter Gedanke war an dich. Als sie gestorben ist, hat sie an dich gedacht. Daher bist du keine Beziehungen eingegangen oder hast Nähe zugelassen. Du fühlst dich schlecht deswegen."

Endlich richtet sich sein Blick auf mich, aber er sagt immer noch nichts.

„Was hast du bei dem Kuss gefühlt?" wiederhole ich.

„Nichts, ich hatte keine Gefühle für Emma. Das ist das Problem…"

Ich nicke. Ich bin froh, dass er sich endlich mitteilen kann.

„Deswegen deine Schuldgefühle. Sie hat an dich gedacht, dabei hattest du nur freundschaftliche Absichten und keine romantischen Gefühle wie sie. Wahrscheinlich konntest du die Tatsache nicht mehr aufklären. Daher lässt du keine Beziehungen oder Verbindungen zu dir zu. Aus Schuldgefühlen, da sich ihre letzten Gedanken um dich gedreht haben, deine aber nicht um sie."

Er nickt nur. Gut, dass ich das aufklären konnte. Ich muss das Thema aber noch tiefer angehen.

„Hattest du denn schon einmal eine ernsthafte emotionale Bindung zu jemandem, außer deinem Vater?"

Er löst sich aus seiner starren Position und scheint ruhiger zu werden. Die Zeit dafür lasse ich ihm. Dann spricht er:

„Nur einmal. Ich habe mir nicht wirklich die Zeit genommen, nur das Militär hat gezählt. Daher habe ich das Thema eher beiseitegeschoben. Zu Max habe ich eine tiefe Freundschaft aufgebaut, sonst aber habe ich alles andere ausblenden."

Einmal also. Die Frage ist, ob das in der Vergangenheit gewesen ist oder ob die Gefühle aktuell sind. Ich darf mich aber daran nicht aufhängen und versuche, mich wieder zu konzentrieren.

„Du darfst dich deswegen nicht verschließen, Steve. Es war kurz vor dem Einsatz, ihr hattet keine Zeit, darüber zu sprechen. So wie ich dich einschätze, hättest du es ihr gesagt, oder?"

„Ich wollte es ihr gerade sagen, doch dann kam die restliche Truppe und wir mussten los."

„Gefühle kann man nicht beeinflussen, sie passieren einfach. Du musst dich nicht schlecht fühlen, dass du ihr nicht mehr die Wahrheit sagen konntest. Und auch nicht, dass du nicht dasselbe empfunden hast!"

„Das ist mir mittlerweile klar geworden. Es hat zwar gebraucht, bis ich es verinnerlicht hatte, aber ich sehe es auch so."

Ich bin verwundert.

„Und seit wann siehst du das so?"

„Seit wir uns das erste Mal gesehen haben."

Ich bin schockiert und schaue ihn mit großen Augen an. Wie soll ich mit dieser Information umgehen, geschweige denn diese Sitzung noch professionell gestalten?

„Ich habe mich vor allem Frauen verschlossen und vor dem Unfall habe ich Frauen auf diese Weise nicht betrachtet. Kaum sehe ich dich und meine Meinung ändert sich. Ich weiß, es geht dir ähnlich! Du meintest, du datest nicht, und so, wie Roland auf die Belästigung von Derik reagiert hat, ist etwas Ähnliches schon einmal passiert, und trotzdem spürst du das auch. Leugnen brauchst du das nicht."

Ich starre ihn wortlos an. Ich bin sauer. Ich wollte professionell sein und ihm auf Dauer helfen. Damit hat er mir einen Strich durch die Rechnung gemacht.

„Yasmin, ich weiß-"

„Du weißt gar nichts! Was du glaubst zu wissen, ist nicht einmal ein Bruchteil meiner Geschichte! Außerdem geht es hier um dich, nicht um uns! Wie soll ich die Sitzungen denn fortführen, nach dem, was du gerade gesagt hast? Klar, ich sehe auch, dass du Fortschritte gemacht hast. Die Akten stimmen nicht mit dem überein, wie ich dich erlebt habe oder dich sehe. Aber deswegen weiß ich nicht, wie wir die Therapie aufrechterhalten sollen mit mir als Psychologin!"

Trocken kontert er: „Roland meinte, ich könnte zu ihm wechseln."

Das war's, jetzt bin ich auf 180. Ich springe auf, bei der Aufregung kann ich nicht mehr sitzen!

„Also habt ihr doch mehr beredet! Du machst mir die Sache nicht einfach, Steve."

Er bleibt ruhig und lässt mich nicht aus den Augen.

„Er hat mit dem Thema angefangen und meinte, ihr hättet darüber geredet, und hat mir als Praxisinhaber die Regeln deutlich gemacht. Bisher haben wir übrigens keine gebrochen."

Meine Hand landet auf meinem Kopf. Ich bin so wütend, warum hat er das gemacht? Steve steht auch auf und kommt mir näher. Ich schaue ihn nur böse an.

„Egal, was du vorhast, lass es, Steve" warne ich.

Er bleibt stehen und hebt unschuldig seine Hände.

„Ich wollte dich nur beruhigen. Du hast recht. Ich weiß nicht, was du durchgemacht hast. Du musst es mir auch nicht erzählen. Aber ich würde nach all meinen Erlebnissen trotzdem versuchen, mich auf das hier einzulassen…"

„Was hast du dir von diesem Gespräch erhofft? Dass ich sage: Hey, wir sind beide gestörte Persönlichkeiten, die es endlich geschafft haben, zu einer Person eine Verbindung aufzubauen. Lass uns alles über Bord werfen und es versuchen?! Dir ist bewusst, dass du für diese und nächste Woche noch deine Diensttauglichkeit brauchst?!"

„Ja, aber danach könnte Roland übernehmen."

Ich drehe mich weg und will gehen, aber Steve hält mich am Arm fest. Es kribbelt. Ich stoppe und schaue ihn an.

„Siehst du, du spürst es auch."

So ein Idiot.

„Ich bin dazu emotional und psychisch nicht in der Lage, Steve. Ich habe echt viel durchgemacht. Außerdem würde ich meine Pflichten als Psychologin verletzen, wenn ich dir einfach eine Diensttauglichkeit ausstellen würde, ohne Therapie."

Er nimmt meine andere Hand und kommt mir noch näher.

„Wir könnten es aber versuchen, gib uns doch nur eine Chance! Und wir würden ja die Therapie noch machen, bis Roland aus dem Urlaub kommt, damit verletzt du deine Pflichten nicht."

Wir sind uns extrem nahe. Ich muss irgendwie einen klaren Kopf bewahren.

„Nicht diese und nächste Woche, dafür sind deine Stunden zu wichtig!"

Ich setze mich wieder hin und führe mir die Erfolge, die wir trotz allem gemacht haben, vor Augen. Er bleibt stehen und schaut mich an. Ich versuche, ihn so gut es geht zu ignorieren.

„Ich habe den Durchbruch mit Emma notiert. Du konntest dich zum ersten Mal richtig öffnen. Daran knüpfen wir beim nächsten Mal an."

Er setzt sich wieder. Er hat wohl akzeptiert, dass seine Stunden Vorrang haben. Ich versuche, die Professionalität zu wahren und fahre mit der Therapie fort.

„Wie gefällt es dir, Kommissar zu sein? Kommt es an deine alte Motivation zum Soldatensein ran?"

Steve lacht, bemerkt dann aber meinen bösen Blick und versucht, sich wieder zu konzentrieren und die Sache ernst zu nehmen.

„Es kommt der Motivation von damals ziemlich nahe. Anfangs war ich zwar skeptisch, aber Wieland hat mir gezeigt, was es wirklich heißt, ein Kommissar zu sein. Es macht Spaß und dabei hilft man der Menschheit. Mir fehlt die Führung eines Teams aber extrem."

„Spürst du die Verbindung zu deinem Vater auch noch so stark wie früher?"

Er muss kurz nachdenken.

„Nicht so wie früher. Es war vor allem zu Beginn schwer, aber ich versuche es."

Ich sehe ihm an, dass es ihm immer noch schwerfällt, über seinen Vater zu reden.

„Wir können nach anderen Verbindungen zu deinem Vater suchen. War nur das Militärdasein gleich? Ihr habt doch sicher auch andere Gemeinsamkeiten, über die man eine Verbindung aufrechterhalten kann."

Ich sehe den Schock in seinen Augen. Hat er darüber noch nie nachgedacht?

„Mhm, ich weiß nicht. Haben du und dein Dad denn noch andere Gemeinsamkeiten?"

Ich lache, tatsächlich freute ich mich über die Frage.

„Wir liebten es beide, als Entspannung zu malen. Das habe ich früher oft gemacht, doch aus Zeitgründen habe ich es dann bleiben lassen. Wir beide hatten auch das Klavierspielen, was ich aber auch aufgegeben habe, da kein Klavier in meine Wohnung passt. Also neben dieser Arbeit hier hätte ich auch andere Möglichkeiten, eine Verbindung zu meinem Dad aufzubauen. Die hast du sicher auch, es kann auch etwas ganz Banales sein."

Er schaut sich im Büro um. Hier hängt tatsächlich eines meiner Bilder von einer Frau mit Sonnenblumen, aber abstrakt angehaucht.

„Ist das Bild von dir?", fragt er und zeigt darauf.

Ich nicke.

Er scheint beeindruckt. „Du hast viele versteckte Talente, nicht?"

Frustriert versuche ich, das Gespräch wieder auf ihn zu lenken.

„Hier geht es nicht um mich. Dein Dad und du habt doch sicher noch andere Gemeinsamkeiten, oder?"

Er hebt unschuldig seine Hände.

„Fußball, wir beide hatten die Leidenschaft für die gleiche Mannschaft."

„Dann ist das deine Aufgabe bis zur nächsten Sitzung. Versuche, die Bindung zu deinem Dad über Fußball wieder aufzubauen. Also beim Fußballschauen an ihn zu denken oder zu seinem Grab zu gehen und mit ihm die Ergebnisse zu teilen. Beim nächsten Mal will ich dann einen Bericht, wie es funktioniert hat."

„Kann ich machen."

Ich mache mir erneut Notizen auf meinem Laptop.

„Gut, das war's dann auch für die heutige Stunde. In der nächsten gehen wir mehr auf das Thema Beziehungsängste ein und schauen, wie gut sich die Verbindung zu deinem Dad verbessert hat."

Er nickt.

„Was machst du heute noch? Wie wäre es wieder mit einem Mittagessen? Dieses Mal kannst auch du zahlen und ich habe wirklich keine Hintergedanken. Nur ein Essen, kein Date!"

Ich checke kurz meinen Terminkalender. Eigentlich hätte ich Feierabend, aber ich will noch ein bisschen für nächste Woche vorbereiten. Das kann ich allerdings auch zuhause machen. Ein unschuldiges Mittagessen ist damit noch drin. Ich sollte mich eigentlich nach dieser Stunde und den Andeutungen von Steve nicht darauf einlassen. Ich unterschreibe erst einmal die Diensttauglichkeit.

„Ich halte das für keine gute Idee, Steve."

Er steht auf und kommt auf mich zu.

„Ich halte es für eine sehr gute Idee! Wie beim letzten Mal im Café. Einfach nur reden. Wirklich keine Hintergedanken meinerseits, nur der Wunsch, dass wir uns näher kennenlernen. Und da das letzte Essen laut Roland kein Regelbruch war, sollte es dieses Mal auch okay sein. Also, was sagst du? Ich suche das Restaurant aus und du bezahlst?"

Er schaut mich mit einem süßen, schiefen Grinsen an, das meine Entschlossenheit bröckeln lässt. Außerdem hat er recht, Roland meinte, dass ein Essen nicht zu weit gehen würde und selbst Dates in der Grauzone wären.

Deshalb ist ein stinknormales Mittagessen ohne Hintergedanken tatsächlich in Ordnung.

„Na gut. Ein Essen, keine Hintergedanken und ich zahle!"

„Versprochen!"

Steve hat ein kleines, italienisches Restaurant ausgesucht. Es freut mich, dass er sich meine Präferenzen beim Essen gemerkt hat. Ich bestelle eine Rucola-Pizza und er eine Pizza mit scharfer Salami.

„Hast du noch mehr verstecke Talente, außer dem Malen und Klavierspielen?"

Ich lache. Ich bin froh, dass wir das Gespräch aus der Therapie nicht wieder aufnehmen und er sich wirklich an sein Versprechen hält.

Steve entgegnet entrüstet auf mein Lachen: „Was denn, bisher kennst nur du mich. Ich weiß sehr wenig über dich!"

„Du bist auch mein Patient, da wäre es schlimm, wenn du mir nichts erzählen würdest!", stachle ich ihn an. „Aber ja. Ich habe früher gerne Ballett getanzt. Das habe ich aber noch in meiner Kindheit aufgegeben."

„Wieso gibst du deine Talente denn immer auf? Ich finde es schade. Du scheinst so ein talentierter Mensch zu sein, aber du hältst nie daran fest. Warum?"

Das stimmt. Ich habe eigentlich alle meine Hobbys aufgegeben, das aber auch aus gutem Grund. Ich werde ihm die Wahrheit erzählen, dann wird er mich verstehen.

„Das Malen hat mich traurig gemacht. Klar ist es eine gute Verbindung zu meinem Dad, aber meine Ma hat es gegen Ende gehasst, wenn mein Dad und ich gemalt haben. Wir hatten irgendwann keinen Platz mehr im Haus und Kunst kann man nicht so einfach entsorgen. Wir haben die Bilder dann kurzzeitig verkauft, doch meine Ma war dagegen, dass Fremde ins Haus kommen. Als ich also nicht mehr wusste, wohin mit meiner Kunst, und auch nicht preisgeben wollte, wo ich wohne, habe ich es gelassen. Die Kunst hat mich außerdem an einen Streit meiner Eltern gegen Ende erinnert. Das Klavierspielen habe ich tatsächlich nur aufgegeben, weil ich in meiner Wohnung keinen Platz für ein Klavier habe und nirgendwo anders spielen will. Ich habe damals schon nur für mich gespielt, und das wollte ich nicht ändern."

„Und das Ballett?"

Ich senke den Blickkontakt, kann aber nicht verhindern, dass mir der Atem etwas wegbleibt.

„Ich liebe das Tanzen, schon immer. Jedes Mal aber, wenn ich angefangen habe…habe ich es schnell wieder aufgegeben…"

„Wenn du es so sehr geliebt hast, wie konntest du es so einfach aufgeben?", fragt Steve verwundert, aber besorgt.

„Ich verbinde mit Ballett immer den Tod meiner Eltern. Nach dem Ballettunterricht habe ich eine kriminelle Gruppe bei uns zuhause überrascht, die sich an meinem Dad rächen wollte. Ich musste alles mit ansehen. Danach haben sie mich entführt. An diese Zeit denke ich nicht gerne, daher war es sehr leicht, diese Liebe aufzugeben."

Die Wahrheit zu erzählen, ist erstaunlich einfach. Ich will Steve bei dem Thema nur die Wahrheit sagen und mein inneres nicht verstecken. Irgendwann, je nachdem wie es mit uns weiter gehen wird, hätte er es sowieso erfahren.

Steve wirkt betroffen, aber verständnisvoll und liebevoll zugleich. Zum Glück kommt unser Essen und unterbricht den Moment.

„Ich würde dich trotzdem gerne mal tanzen sehen, Klavier spielen hören oder hätte gerne ein Kunstwerk von dir."

Dabei lächelt er mich an. Er sieht wirklich gut aus.

„Du weißt doch gar nicht, ob ich gut in alledem bin! Viele haben Hobbys und sind trotzdem schlecht in ihnen.“

„Wenn es wie bei deiner Kunst und deiner Arbeit als Psychologin ist, habe ich keine Zweifel daran, dass du tanzen und spielen kannst.“

Nach einer kurzen Pause hakt er nach.

„Du erwähnst deine Ma kaum. Ihr hattet nicht so eine gute Beziehung?“

Mich hat noch nie jemand nach meiner Ma gefragt, jeder hat es einfach so hingenommen und sich nicht getraut, noch mehr in meiner schlimmen Vergangenheit herumzustochern. Ich finde es aber gut, dass er sich traut, und vor allem, dass er diese Dinge bemerkt.

„Wir hatten ein schwieriges Verhältnis. Du wirst überrascht sein, aber tatsächlich war sie Soldatin. Sie lebte für den Beruf. Als sie meinetwegen kürzertreten musste und nicht mehr an die Front konnte, war sie unglücklich. Es gehörte nie zum Plan meiner Ma, sich zu verlieben und eine Familie zu gründen. Ich war ungeplant und meine Eltern heirateten tatsächlich nur meinetwegen. Mein Dad meinte es wäre Schicksal gewesen. Er wollte immer heiraten und Kinder haben, nur meine Ma hat sich dagegen gesträubt, bis ich unerwartet kam. Danach war sie zuerst Feuer und Flamme und hat sogar meinem Dad den Antrag gemacht! Ich persönlich glaube nicht ans Schicksal. Meine Ma hätte nie Frau oder Mutter werden sollen. Ich weiß, das klingt hart, aber sie hat es gehasst. Anfangs war sie zwar begeistert und ist mit auf den Schicksalszug aufgestiegen, doch das hat sich schnell geändert. Irgendwann hatte sie keine Zeit mehr für uns, sondern war nur noch mit den Kollegen bei der Arbeit. Sie hat nie an Feiertagen wie Ostern oder Weihnachten mitgemacht. Kurz vor ihrem Tod haben meine Eltern beschlossen, sich scheiden zu lassen. Ich habe heimlich gelauscht, daher wusste ich davon. Mein Dad hat wirklich lange um diese Ehe gekämpft, aber meine Ma hatte aufgegeben. Sie wollte auch kein Sorgerecht für mich beantragen und hat es freiwillig meinem Dad überlassen. Sie hat uns gegen Ende hin gehasst und ihn dafür verantwortlich gemacht, dass sie beruflich stehengeblieben ist. Dabei hat sie damals den Antrag gemacht und um schwanger zu werden, gehören immer noch beide dazu!"

Steve schaut nachdenklich.

„Ich habe es auch nie geplant zu meiner Zeit als Soldat. Ich war damals genau wie deine Mutter…"

Er wirkt traurig. Ich nehme seine Hand.

„Du bist nicht wie meine Ma. Zumindest habe ich dich nie so erlebt. Wie du früher warst, weiß ich nur aus deinen Erzählungen. Und selbst da. Meine Ma war gefühlskalt. Du hast Schuldgefühle wegen Emma. Allein deswegen bis du nicht wie meine Mutter! Ich habe bisher auch keine Zukunft mit Familie geplant, deswegen ist man aber nicht emotionslos. Sie hätte sich einfach auf das Familienleben einlassen sollen. Das wollte sie aber nie."

Er drückt meine Hand, was sich verdammt gut anfühlt. Wir schauen uns wieder tief in die Augen.

„Du bist wunderschön, weißt du das eigentlich?"

Ich spüre, wie meine Wangen glühen. Bestimmt bin ich ganz rot! Warum muss er auch so plötzlich das Thema wechseln. Ich lasse mich trotzdem darauf ein.

„Du siehst auch nicht wirklich schlecht aus." Ich ziehe meine Hand weg. „Aber bitte nicht jetzt. Du brauchst die Stunden. Wenn wir uns darauf einlassen, muss die Sache mit deiner Therapie geklärt sein!"

Er nickt und lächelt dabei.

„Irgendwelche Pläne fürs Wochenende?", fragt Steve.

„Meine beste Freundin kommt. Sie ist beruflich gerade in Dubai, besucht mich aber für ein paar Tage. Sie hat den

Samstag für uns verplant. Was wir aber genau machen, hat sie noch nicht gesagt. Und du?"

„Oberkommissar Wieland feiert seinen Geburtstag mit seiner Polizeitruppe. Ich habe vergessen, wie der Club heißt, zu dem wir gehen. Die Jungs freuen sich jedenfalls schon extrem."

„Stimmt, das hat er in seiner letzten Sitzung erzählt!"
Steve nickt.

„Ja, und er scheint die Erlaubnis seiner Frau dafür sogar bekommen zu haben, daher schlägt deine Therapie wohl gut an."

Ich bin verwundert. In seiner hohen Position bei der Polizei erzählt er seinen Kollegen, was zuhause bei ihm los ist? Das hätte ich nicht erwartet und ehrlich gesagt, an seiner Stelle auch nicht getan.

„Er hat erzählt, warum er zur Therapie geht?"

„Ja, er ist da offen und ehrlich. Das erwartet er aber auch von uns. Als sein Sohn den Unfall hatte, ging es ihm wirklich eine Zeit lang sehr schlecht. Dann noch die Vorwürfe seiner Frau – das war alles sehr schwer für ihn."

„Ich hätte nicht gedacht, dass er bei der Polizei so offen darüber sprechen würde, er hat davon auch nie etwas erwähnt. Aber wir reden auch nicht so viel über die Arbeit in den Stunden."

Da kommt mir plötzlich ein schrecklicher Gedanke.

„Sprichst du bei der Arbeit über deine Therapie?"

„Mit Wieland, ja."

Na toll, jetzt wirke ich bei ihm unprofessionell. Außerdem wundert es mich, ich hätte nicht gedacht, dass Steve sich einer Person anvertrauen kann. Er scheint wohl ein ähnlich gutes Verhältnis zu seinem Chef zu haben, wie ich zu meinem.

„Was hast du denn erzählt?"

Er lacht. Man sieht die Schadenfreude in seinem Gesicht und das frustriert mich.

„Er war erstaunt, dass das Kennenlerngespräch schon so erfolgreich bei mir angeschlagen hat. Ich habe ihm erzählt, woran es lag, genauso wie du deinem Chef wahrscheinlich. Da hast du mir auch nicht erzählt, was genau du mit ihm besprochen hast."

Wir beide schauen uns an und lachten laut. Steve schaut auf die Uhr.

„Ich muss langsam wieder zur Arbeit."

„Du kannst ruhig gehen, dieses Mal zahle ich schließlich."

„Du hast recht, dann bis nächste Woche und ich wünsche dir ein schönes Wochenende mit deiner besten Freundin!"

„Danke, das wünsche ich dir auch. Bis nächste Woche."

SECHS

MÄDELSABEND

Es ist Samstagvormittag. Ich stehe am Terminal. Nataschas Flugzeug ist schon gelandet, sie sollte also jede Minute bei mir sein. Wir haben uns schon seit fast sechs Wochen nicht mehr gesehen und ich freue mich riesig. Es gibt so viel zu erzählen. Sie weiß noch nichts von Steve und Derik. Ich wollte solche Themen nicht am Telefon besprechen und wusste, dass wir uns bald sehen würden. Ich bin gespannt, wie sie auf beide Neuigkeiten reagieren wird, besonders darauf, dass ich zum ersten Mal eine Person anziehend finde.

„Yasi!", schreit Natascha durch das ganze Terminal, bis sie vor mir steht und mich in den Arm nimmt.

„Und, wie war der Flug, alles gut bei dir?"

Ich versuche mich aus ihrer Umarmung zu befreien.

„Ich bin müde durch die Zeitverschiebung. Ich freue mich aber so sehr dich zu sehen! Es ist wieder viel zu lange her!"

„Ich habe dich auch vermisst" gebe ich zu. „Ich weiß, du hast den ganzen Samstag für uns schon durchgeplant, aber wie wäre es mit Essen in unserem Lieblingscafé? So wie ich dich kenne, hast du bestimmt Hunger!"

„Genau das wollte ich auch vorschlagen! Du kennst mich einfach zu gut."

Auf der Fahrt erzählt Natascha einige Details zu ihrem aktuellen Fall, aber für mehr reicht es nicht. Das Café ist in der Nähe des Flughafens, daher kommen wir schnell an.

„Ich habe dir übrigens ein paar Souvenirs aus Dubai mitgebracht! Ich bin schon so auf deine Reaktion gespannt."

„Die kannst du mir zeigen, sobald wir in meiner Wohnung angekommen sind. Du willst sicher noch kurz schlafen, oder?"

„Nur kurz, wir müssen uns noch viel erzählen und heute Abend müssen wir fit sein!"

Ich schaue sie verwundert an.

„Fit sein wofür?"

„Wir gehen heute feiern! Bevor du nein sagst, in Dubai gibt es keine süßen Typen, also brauche ich mal wieder ein bisschen Action und heute öffnet ein neuer Club, da gehen wir hin!"

Ich seufze.

„Weil wir nur heute und Sonntag zusammen haben, lasse ich es dir durchgeben. Beim nächsten Mal kannst du so etwas aber komplett vergessen! Du weißt, wie sehr ich es hasse, feiern zu gehen!"

Unser Essen kommt und Natascha erzählt noch viel von der Arbeit, welche Leute sie kennengelernt hat und wie das Land und die Kultur dort sind. Wir beide vertrauen uns alles an, auch unsere Arbeitsfälle. Strenggenommen dürften wir nicht im Detail darüber sprechen, da wir an eine Schweigepflicht gebunden sind. Bei uns gegenseitig machen wir jedoch die einzige Ausnahme. Gerade bei solchen Berufen wie den von uns beiden tut es gut, sich einfach alles von der Seele reden zu können, das brauchen wir immer mal wieder. Natürlich erzählen wir die Geschichten niemandem weiter. Wir sitzen insgesamt über eine Stunde im Café und so lange dauern auch ihre Erzählungen an. Es ist spannend; ich liebe es, wenn sie von neuen Kulturen oder ihrer Arbeit redet. Man unterschätzt die Detektivarbeit immer. Tatsächlich ist sie anstrengend und zeitraubend, aber die Geschichten, die Nat zu erzählen hat, sind dafür umso spannender! Bei meiner Arbeit geht es eher darum, sich das Leid anzuhören und dies zu heilen. Das liebe ich an meinem Job und würde nie tauschen wollen. Die Geschichten von Nat sind allerdings eine willkommene Abwechslung. Wir zahlen schließlich und machen uns auf den Weg zu mir.

Als wir gerade die Wohnung betreten, kann Nat ihre Neugier nicht mehr zurückhalten und platzt heraus:

„So, jetzt habe nur ich erzählt, was gibt es bei dir Neues? Was habe ich verpasst?"

Wir haben es uns auf dem Sofa bequem gemacht und sie schaut mich ungeduldig an, wie ein kleines Kind. Ich habe dieses Mal so viel zu erzählen, ich weiß gar nicht, wo ich anfangen soll. Mein Leben ist normalerweise eher langweilig. Es besteht im Grunde nur aus meiner Arbeit und Nat.

„Ich habe zwei neue Fälle erhalten. Der erste ist ein bisschen düster. Kurz zusammengefasst, es geht es um einen Vater, dessen Frau und Kind vor einiger Zeit gestorben sind. Deren Tod hat er nie verkraftet und alles verloren. Er hat dann die Rache für sich entdeckt und ist dadurch zum Serienmörder geworden. Er wurde geschnappt, als unzurechnungsfähig erklärt und ist jetzt in einer psychiatrischen Einrichtung. Ein Vater, der sein Kind durch ihn verloren hat, hat mich gebeten, den Fall zu übernehmen. Wir hatten bisher nur eine Sitzung, die ist aber ziemlich schnell eskaliert. Ich habe es schlussendlich immerhin geschafft, dass er mir vertraut, indem ich etwas von mir erzählt habe. Da wir die erste Sitzung nur dafür gebraucht haben, dass er mir Vertrauen schenkt, bin ich noch nicht sehr weit gekommen…"

„Echt düster und der arme Vater. Klar, er ist durchgedreht und hat Menschen ermordet, trotzdem tut er mir extrem leid. Wie geht es dir damit, dass du über deine Vergangenheit sprechen musstest?"

Ich zucke die Schultern. „Wie immer. Es war schwer, aber ich musste es tun. Er musste verstehen, dass ich seinen Schmerz nachvollziehen und er mir vertrauen kann und muss, damit diese Therapie Wirkung zeigt. Mich hat es eher genervt, wie der Betreuer mich danach angeschaut hat. Du weißt, wie sehr ich es hasse, von Fremden Mitleid zu bekommen!"

Sie nickt mitfühlend. „Und der zweite Fall?"

„Der ist ein bisschen komplizierter. Erinnerst du dich an den Oberkommissar?"

„Mit dem querschnittsgelähmten Sohn, wofür seine Frau ihn verantwortlich macht?

„Genau. Einer seiner Kommissare ist ehemaliger Soldat, der jede Woche als diensttauglich erklärt werden muss, weil er eine posttraumatische Belastungsstörung hat. Er heißt Steve."

Da wird Natascha direkt hellhörig und schaut mich mit großen Augen an. Sie setzt sich aufrecht hin, als wüsste sie schon, dass jetzt etwas Großes auf sie zukommt.

„Seit wann nennen wir Namen und duzen Patienten!?"

Ich lache und werde rot. Wie soll ich die letzte Woche am besten beschreiben? Und wie Steve?

„Ich habe noch nie so einen Menschen getroffen. Es hat von Anfang an zwischen uns geknistert und er sieht so verdammt gut aus. Er verhält sich immer wie ein Gentleman und legt viel Wert auf Ehrlichkeit und ist extrem höflich… Aber er ist mein Patient…zumindest aktuell noch. Roland hat angeboten, ihn zu übernehmen. Ich habe ihm gesagt, dass da etwas zwischen uns ist. Aber-"

Da unterbricht mich Nat vor Aufregung quietschend:

„Was gibt es da noch zu überlegen? Seit wir uns kennen, hast du keinerlei Interesse an irgendeiner Person gezeigt. Ich muss ihn kennenlernen, er muss etwas Besonderes sein. Da gibt es kein Wenn und Aber!"

Ich gehe dazwischen, bevor sie sich noch mehr in die Situation hineinsteigern kann.

„Beruhige dich erst einmal, ich date ihn doch überhaupt noch nicht. Wir hatten bisher nur zwei Mittagessen, die nicht als Dates gezählt haben, er ist schließlich mein Patient. Mein Chef ist nächste Woche im Urlaub, bis dahin kann ich ihn nicht abgeben, selbst wenn ich wollte. Währenddessen werde ich das Ganze überdenken. Bitte lass mich das allein entscheiden und meine eigenen Erfahrungen machen!"

Sie stöhnt und rollt die Augen.

„Na gut…"

„Danke. Und es ist noch etwas vorgefallen, mit Derik."

Sie schaut mich verwundert an.

„Der schmierige Typ, der dich immer zu einem Date überreden will?"

Ich nicke.

„Vor einem Monat hat er mich berührt, ohne meine Erlaubnis. Auch die Anfragen zum Essen sind immer schlimmer geworden. Steve hat meinen Chef auf die Belästigung aufmerksam gemacht, als er seine erste Therapiestunde bei mir hatte. Da habe ich auch gestanden, dass Derik mit der Belästigung zu weit gegangen ist. Roland hat ihn rausgeworfen und will seine Patienten behalten. Derik ist aber der Meinung, dass ihm zu Unrecht gekündigt wurde. Daher klagt er gegen die Praxis. Im schlimmsten Fall muss ich vor Gericht."

Nat packt meine Hand unterstützend und schüttelt den Kopf.

„Ich fand den Typen noch nie sympathisch! Aber die wichtigste Frage: Warum hast du es mir oder deinem Chef nicht direkt erzählt? Dass du Probleme hattest, deinem Chef das Ganze anzuvertrauen, kann ich sogar irgendwie nachvollziehen, auch wenn ihr euch so gut versteht und er deine ganze Vergangenheit kennt. Gerade dann ist es schwierig, sich verletzlich zu zeigen. Aber warum hast du es mir nicht erzählt? Ich bin deine beste Freundin, wir teilen alles und helfen uns gegenseitig. Einen ganzen Monat lang hast du mir das verschwiegen? Wieso konntest du dich einem Fremden anvertrauen, aber nicht mir?!"

Auch hier muss ich sagen, dass ich nicht daran gedacht habe, wie sehr es Nat verletzten würde, dass ich mich ihr nicht anvertrauen konnte, genauso wie Roland. Es stimmt, wir teilen normalerweise alles. Ich konnte es aber dieses Mal nicht. Ich wollte es einfach allein klären und ihr erst davon erzählen, wenn wir uns wieder sehen. Gerade bei diesem Thema hatte ich das Gefühl, mich allein beweisen zu müssen und habe die wenigen Leute, denen ich vertraue, verletzt…

„Ich habe es Steve auch nicht erzählt, er hat einfach gemerkt, wie unwohl ich mich Derik gegenüber fühle und hat Derik direkt eine Ansage gemacht."

Nat kann schon wieder lachen.

„Ich mag den Typen, hast du ein Bild von ihm?"

„Nat, lass das! Geh jetzt schlafen, damit wir noch genug Zeit zum Richten und Vortrinken haben!" Aber dann atme ich noch einmal tief durch. „Es tut mir leid, ehrlich. Ich konnte mich irgendwie niemandem anvertrauen. Ich hatte das Gefühl, es allein schaffen zu müssen."

Nat blickt mir tief in die Augen. „Wann verstehst du endlich, dass du nicht allein bist und das auch nie wieder sein wirst. Du hast niemandem etwas zu beweisen! Solltest du mir so etwas noch einmal verheimlichen, haben wir ein ernsthaftes Problem."

Ich weiß, dass der letzte Satz scherzhaft gemeint ist, aber trotzdem genau so gemeint war. Ich kichere laut los. Nat muss auch kichern, worüber ich froh bin. Kurz hatte ich Angst, dass dieses Thema das ganze Wochenende zerstören würde.

Mittlerweile ist es kurz vor Mitternacht. Nat und ich glühen vor und richten uns. In der Zeit, in der sie geschlafen hat, war ich duschen und habe ein bisschen für die Arbeit recherchiert. Ich habe versucht, mehr über den Beschluss, Herrn Kowalski von seiner Firma zu trennen, herauszufinden. Das war aber eine Sackgasse. Ich konnte aber mit Herrn Kowalskis Anwalt von damals reden, als er versucht hat, seine Firma zu behalten. Dieser hat Herrn Kowalski auch in den Mordprozessen vertreten und so erfolgreich dafür gesorgt, dass dieser nicht lebenslang ins Gefängnis, sondern in die psychiatrische Anstalt kam. Diese Strategie hat der Anwalt auch von Anfang an verfolgt. Herr Kowalski hat die Morde direkt zugegeben und wollte laut Anwalt auch bestraft werden. Die beiden haben aber insgesamt wenig geredet. Er hat sich gegenüber seinem Anwalt wohl nicht wirklich geöffnet. Er hat nur die Richtigkeit der Anklage bestätigt und dass er dafür auch bestraft werden wolle. Kein leichter Fall, obwohl es sich um einen Top Anwalt handelt. Natürlich habe ich auch gefragt, wer für die Kosten aufgekommen ist. Das war tatsächlich wieder Herr Brunner. Für den

Prozess gegen die Firma hat Herrn Kowalski ihn zwar selbstständig engagiert und bezahlt, aber für den Mordprozess war es sein Geschäftspartner. Das hat er nicht erwähnt. Ich habe aber auch nicht explizit danach gefragt.

„Was ziehst du eigentlich an, Yasi? Ich überlege, das hellbraune Kleid anzuziehen, mit den weißen, hohen Schuhen. Meinst du, das passt?"

„Klar passt das! Ich denke, ich bleibe bei einem schwarzen Kleid und schwarzen hohen Schuhen."

Ich habe mich noch nie für farbenfrohe Kleidung begeistern können und trage Schwarz am liebsten. Wenn es aber ums Schminken geht, bin ich extravaganter unterwegs. Ich liebe es, mich zu schminken. Gerade ziehe ich mir den Eyeliner und trage etwas Lidschatten und roten Lippenstift auf. Danach habe für Nat ein Longdrink mit Wodka und Energie gemacht und mir gleichzeitig noch ein Glas Wein geholt. Ich werde es heute eher ruhig angehen lassen, während Nat beschlossen hat, heute richtig feiern zu wollen. Nat braucht noch um sich fertig zu machen, daher habe ich mich in der Zeit im Ganzkörperspiegel betrachtet. Durch das schwarze Kleid und das Make-up stechen meine grünen Augen heute extrem raus. Meine blasse Haut und meine schwarzen Haare sorgen wieder dafür, dass man mich mit Schneewittchen verwechseln könnte. Ich mag meinen Look zwar an mir, aber besonders hübsch finde ich mich trotzdem nicht. Wenigstens sieht man mir meine neunundzwanzig Jahre nicht gleich an.

„Kann es sein, dass du immer dasselbe anziehst, wenn wir feiern sind?"

„Ja, ich fühle mich so einfach am wohlsten. Wie heißt eigentlich der neue Club, zu dem wir gehen? Ich würde ein Taxi rufen, das uns in einer Stunde abholen kommt."

Da klingelt es. Wir haben Pizza bestellt, um den Alkohol besser zu vertragen. Ich öffne die Tür, nehme die Pizzen entgegen und bringe sie ins Wohnzimmer zu Nat.

„Ah, sehr gut, es gibt doch nichts Besseres als Wodka und Pizza."

Ich muss lachen.

„Der Club heißt Fame und liegt im Industriegebiet. Laut der Instagram-Seite sind schon richtig viele Leute da. Im Feed haben sie auch schon gezeigt, wie die Leute Schlange vor dem Club stehen."

Ich schaue Nat böse an. Wir hätten sicher früher da sein müssen, um überhaupt noch reinzukommen. Bis wir losfahren, wird es sicher schon halb eins sein.

„Kommen wir in den Club überhaupt noch rein?!"

„Natürlich, du Dummerchen! Wir sind zwei attraktive Singles, die kurze Kleider und hohe Schuhe tragen. Wir kommen überall rein!"

Ich mag es nicht, wenn Nat so etwas macht. Das weiß sie. Deshalb weiht sie mich in ihre Pläne immer erst kurz vor Schluss ein.

Die Schlange vor dem Club ist endlos. Nat und ich drängeln uns deshalb vor und sie bezirzt den Türsteher. Das funktioniert tatsächlich und schon sind wir drinnen! Sie ist so gut, dass sie sogar die Handynummer des Türstehers bekommen hat. Nat sieht wirklich super aus. Lange, braunrote Haare und eine tolle Figur, die alles Wichtige betont. Sie bekommt viel Aufmerksamkeit von Männern und sie liebt es. Ich würde es hassen. Wenn wir zusammen unterwegs sind, denken viele, wir wären Geschwister. Ich finde nicht, dass wir uns so ähnlichsehen. Ich habe immerhin schwarze, lange Haare, bin größer und habe auch eine andere Körperform. Wir stellen uns an der Bar an, um etwas zu trinken zu holen.

„Der Club gefällt mir jetzt schon! Es gibt sechs Floors mit verschiedenen Musikrichtungen. Ich denke, wir werden heute sehr viel tanzen!", sagt Nat aufgeregt zu mir.

„Das ist tatsächlich cool, lass uns gleich durch jeden Floor gehen und schauen, wo uns die Musik am meisten anspricht. Da können wir dann tanzen."

„Genau mein Gedanke!"

Wir trinken beide ein Wodka mit Energie. Auch an der Bar werden wir beim Warten direkt von Männern angesprochen. Ich ignoriere sie und werde daraufhin als arrogante Schlampe beleidigt, aber wenigstens lassen sie mich in Ruhe. Nat flirtet kurz mit ihnen, gibt dabei einen falschen Namen an und tut so, als müssten wir kurz weg zu einer Freundin, verspricht aber, wiederzukommen. Das tut sie dann normalerweise nur, wenn die Typen sie richtig beeindrucken. Das ist dieses Mal zum Glück nicht der Fall und schon bald laufen wir durch die Floors und schauen uns um. Der Club ist riesig. Drei Floors gefallen uns: einer mit Latina-Musik, einer mit Hip-Hop und ein großer Raum mit VIP-Bereichen und durchmischter Musik. Wir bleiben eine Zeit lang im Latina-Raum, um zu tanzen. Nat schleppt mich zum Glück nicht oft in den Club, aber wenn sie es tut, genieße ich es nach einer Zeit irgendwie trotzdem. Endlich wieder tanzen zu können, gefällt mir hierbei am meisten. Unsere Clubbesuche sehen immer gleich aus. Wir beide tanzen und trinken. Während sie sich gegen Ende des Abends jemanden sucht, gehe ich unauffällig. Auch dieses Mal läuft es ähnlich. Wir tanzen und haben immer einen Drink in der Hand. Wir werden auf der Tanzfläche von vielen Männern angetanzt, doch ignorieren es und genießen die Zeit, um zu entspannen. Wir haben das wirklich mal wieder gebraucht! Ich muss auch zugeben, dass mir der Abend gut gefällt. Gerade nach den ganzen Ereignissen tut es gut mal abschalten zu können. Nat und ich sind schon bestimmt über zwei Stunden nur im Latina-Raum und trinken immer weiter, dabei wollte ich heute eigentlich relativ nüchtern bleiben. Während des Tanzens spüre ich plötzlich, wie ich von hinten an der Hüfte gepackt werde und jemand sich an mich drückt. Ich bekomme Panik, erstarre und lasse mein Getränk aus der Hand fallen. Nat regelt die Sache schnell, indem sie mich von dem Typen zerrt und ihn anschreit. Danach nimmt sie mich an die Hand und wir gehen zusammen in den Hauptraum. Hier ist mehr Platz und ich kann mich ein bisschen beruhigen. Sie regt sich weiterhin lautstark über den Mann auf und meldet ihn einem der Türsteher. Sollte dieser ihn finden, wird er ihn aus dem Club werfen. Dafür bin ich ihr sehr dankbar. Als ich es geschafft habe, mich zu beruhigen, bestellt Nat eine Runde Drinks für uns beide. Mittlerweile merke ich den Alkohol schon deutlich, wahrscheinlich habe ich deswegen nicht direkt darauf bestanden, den Club zu verlassen.

„Wieso müssen manche Männer so aufdringlich sein?" sagt Nat wütend, trinkt ihr Getränk in einem Zug aus und stellt es noch wütender ab. Der Barkeeper serviert direkt den nächsten.

„Alles gut, Nat! Ich habe mich wieder beruhigt. Wir sollten uns von so etwas den Abend nicht verderben lassen. Lass uns einfach hier weiter tanzen. Zurück in den anderen Raum will ich aber Erstmal nicht."

Gerade als wir die Tanzfläche ansteuern wollen, höre ich meinen Namen. Wir beide schauen uns um.

„Frau Hardwood!"

Auf einmal steht Herr Wieland vor mir. Nat schaut mich verwirrt an. Das kann doch nicht wahr sein! Er feiert seinen Geburtstag in diesem Club? Das heißt, Steve ist auch hier und ich bin angetrunken. Diese ganzen schicksalhaften Begegnungen mit Steve werden langsam echt anstrengend. Ich will nicht, dass er mich in diesem Zustand sieht.

„Herr Wieland, alles Gute zum Geburtstag! Sie feiern Ihren Geburtstag in dem Fall hier, oder?"

Nat legte ein breites Grinsen auf. Da ich Nat erzählt habe, dass ich durch Herrn Wieland Steve als Patienten bekommen habe, kann sie wahrscheinlich eins und eins zusammenzählen.

„Was für ein Zufall, Sie hier zu sehen! Ja, meine Frau hat mir erlaubt, meinen Geburtstag so zu feiern. Unglaublich, oder? Früher wäre so etwas nie möglich gewesen. Das habe ich nur Ihnen zu verdanken!"

Dabei umarmt er mich. Aufgrund seiner Tollpatschigkeit und seines Geruchs erkenne ich unschwer, wie betrunken er ist. Mir ist das unangenehm und definitiv zu viel Körperkontakt.

„Alles klar, Herr Wieland…"

Nat merkt, wie unwohl ich mich fühle, und hilft mir, mich aus der Umarmung von Herrn Wieland zu befreien. Erst der aufdringliche Tänzer und jetzt das. Ich bin an einem Punkt angekommen, an dem ich gerne einfach nur gehen will.

Nat gibt Herrn Wieland die Hand. „Hallo, Herr Wieland, ich bin Frau Romana, Frau Hardwoods beste Freundin. Ich wünsche Ihnen auch alles Gute zum Geburtstag! Draußen gibt es einen Raucherbereich. Wie wäre es, wenn wir alle an die frische Luft gehen?"

Sie kann wie immer meine Gedanken lesen. Ich bestelle uns noch einmal etwas zu trinken, denn genau das brauche ich jetzt. Die Drinks sind schnell da und wir verlassen den Club in Richtung Raucherbereich gemeinsam mit Herrn Wieland. Dabei flüstert mir Nat zu:

„Sehe ich jetzt eventuell doch Steve? Das muss Schicksal sein!"

Ich verdrehe nur die Augen. Ich hoffe wirklich, ich sehe ihn nicht! Draußen gibt es Sitzmöglichkeiten, die wir direkt ansteuern.

„Roberts ist von Ihnen begeistert, Frau Hardwood. Er ist schon richtig aufgetaut. Ich wusste, dass Sie gut sind! Ich habe gehört, Sie mögen ihn? Er mag Sie auch sehr gerne, davor hat er noch nie über Frauen gesprochen."

Natascha lacht. Ich würde am liebsten im Boden versinken. So habe ich mir meinen Abend sicher nicht vorgestellt! Ich wusste, dass Steve ihm von mir erzählt hat, aber das geht wirklich zu weit. Ich bin auch seine Therapeutin und solche Aussagen können meinem Ruf schaden. Ich bin sauer und unsicher, wie ich mich weiter verhalten soll.

„Ich hole mir kurz eine Zigarette" sagt Nat – sicherlich, um das Thema zu wechseln.

„Ich habe welche, kann ich dir eine anbieten?", antwortet eine unbekannte Stimme.

Ich drehe mich um. Die Stimme gehört zu einem Mann, der auf einmal neben Nat aufgetaucht ist. Auf den zweiten Blick sehe ich, dass hinter dem Unbekannten Steve steht! Ich wollte ihn doch nicht sehen! Er sieht aber fantastisch aus: mit schwarzem Langarmhemd, das in seiner Hose steckt, und schicken Anzugschuhen.

„Hallo, Yasmin, was ein Zufall, dass wir uns hier sehen! Wie es aussieht, habt ihr unseren Chef gefunden?", sagt Steve amüsiert.

Nats Augen werden groß und sie ignoriert den gutaussehenden Typen mit den Zigaretten.

„Du bist Steve?! Ich bin Natascha, aber alle nennen mich Nat. Yasi, du hast nicht erwähnt, wie heiß er aussieht...", jetzt nimmt sie den attraktiven Kerl mit der Zigarette doch wahr, „...du hättest allgemein erwähnen können, wie gut Kommissare aussehen!"

Jetzt weiß er, dass ich Nat von ihm erzählt habe. Super, ich würde am liebsten auf der stelle kommentarlos verschwinden und alle hier zurücklassen.

„Du musst dann die beste Freundin sein" erwidert Steve und reichte Nat die Hand. Danach dreht er sich zu mir: „Yasi? Ist das dein Spitzname? Süß, das hast du nie erwähnt."

Nat grätscht direkt wieder in die Unterhaltung.

„Steve, magst du mir nicht deinen gutaussehenden Kollegen vorstellen?", zwinkert sie ihn an. Ich schäme mich. Der Unbekannte gibt erst Nat und dann mir die Hand.

„Ich bin Ali, schön, euch kennenzulernen."

Danach gibt Ali Nat die gewünschte Zigarette und die beiden kommen ins Gespräch. Steve stellt sich zu mir und lacht dabei wie ein kleines Kind.

„Wir sehen uns zurzeit wirklich jeden Tag. Mir gefällt das. Du siehst übrigens atemberaubend aus. Das Kleid steht dir wirklich gut!"

Er wirkt komplett nüchtern. Natürlich, er ist ein Gentleman, der wahrscheinlich auf all seine Kollegen hier aufpasst und auch der Fahrer für alle sein wird.

„Dein Chef hat uns gefunden…", seufze ich und schaue auf Herrn Wieland, der einfach auf dem Stuhl eingeschlafen ist.

„Ja, er hat sich zu sehr gefreut, dass er feiern gehen durfte. Wir wollten ihn nach Hause schicken, da ist er uns abgehauen. Ich glaube aber, seine Frau sollte ihn so sowieso nicht sehen."

Ich nicke und bemerke, dass Nat inzwischen Ali küsst. Unglaublich. Die beiden haben nicht einmal fünf Minuten geredet. Zum Glück besitzt sie meinen Wohnungsschlüssel nicht. Sie soll ruhig zu ihm gehen. Ich bin nach ihren Worten noch sauer. Steve bemerkt die beiden auch und grinst.

„Ich muss mich für Nat entschuldigen – sie hat sehr viel getrunken…"

„Alles gut, deine Freundin scheint nett zu sein und steht wohl auf meinen Kollegen. Darf ich wissen, was du ihr über mich erzählt hast? Leugnen brauchst du es nicht, sie hat mich ja direkt erkannt" lacht Steve.

Ich bin sprachlos. Ich habe zu viel getrunken und zu viel erlebt, um noch klar zu denken.

„Ähm…ich…viel habe ich nicht erzählt…"

Steve schaut mir in die Augen.

„Du hast wohl auch gut mit getrunken, sonst wäre dir sicher etwas Besseres als ‚ähm' eingefallen." Er hört einfach nicht auf zu lachen.

Wieso kennt er mich so gut?

„Yasi, das ist doch nicht schlimm. Es ist gut, dass du Spaß hast! Ich finde, wir sollten den Spaß auch nicht stoppen. Lass uns tanzen gehen! Ich wollte dich doch sowieso tanzen sehen! Es gibt hier wohl einen Floor mit Latina-Musik, lass uns da hingehen!"

„Ähm… Steve…"

„Keine Widerrede, wir gehen jetzt tanzen! Oder willst du lieber Nat und Ali beim Rummachen zusehen? Na komm!"

Er packt mich an der Hand und wir laufen zum Latina-Floor. Mir gefällt dieses Durchgreifen, aber ich habe Angst, dass der aufdringliche Typ von vorhin noch da sein könnte. Im Raum angekommen gehen wir sofort auf die Tanzfläche. Ich bin erst steif und schaue mich immer wieder nervös um. Von dem aufdringlichen Mann ist nichts mehr zu sehen. Da ich auf der Tanzfläche nur herumstehe, zieht mich Steve näher zu ihm, bis wir eng umschlungen tanzen. Er ist ein richtig guter Tänzer! Normalerweise würde ich bei so einem Körperkontakt wieder Panik bekommen, aber gerade fühlt es sich gut an. Ich tanze also mit und taue langsam auf. Es ist fantastisch.

Wir lachen, tanzen und sind oft eng umschlungen. Die Zeit vergeht wie im Flug. Wir tanzen immer weiter und alles um uns herum ist unwichtig. Ich weiß nicht, wann ich das letzte Mal so viel Spaß hatte. Doch irgendwann unterbricht uns das Klingeln meines Handys. Ich schaue darauf – Nat ruft mich an – und bemerke die Uhrzeit. Wir sind sicher schon über eine Stunde in dem Raum. Ich starre einfach auf das Handy und weiß nicht so recht, was ich machen soll. Steve sieht das. Er nimmt mich bei der Hand und bringt mich zurück in den Raucherbereich. Hier läuft die Musik nicht so laut, daher kann man gut telefonieren. Doch mir geht es auf einmal richtig schlecht und mir wird schwindlig. Wir sind zu schnell hinausgelaufen oder der Alkohol macht sich jetzt bemerkbar. Auch das geht nicht an Steve vorüber. Er hält mich fest und geht ans Handy. Nach kurzer Zeit legt er auf.

„Natascha ist zu Ali gegangen. Sie hat mir verraten, wo du wohnst. Ich bringe dich jetzt nach Hause," sagt Steve zu mir.

Ich bin nicht mehr ganz bei mir. Wir holen unsere Jacken und gehen dann zu einem schwarzen BMW.

„Jetzt mit einem anderen Typ rauskommen, mich aber rauswerfen lassen?! Du Nutte solltest besser aufpassen, mit wem du dich anlegst!", höre ich nur von der Seite. Steve und ich schauen beide hin. Da steht tatsächlich der Tänzer, der mich im Club belästigt hat. Das hat gerade noch gefehlt. Er torkelt in unsere Richtung, aber Steve stellte sich vor mich.

„Wer ist das? Kennst du ihn?", fragt Steve.

„Er hat mich im Club beim Tanzen belästigt. Er ist einfach von hinten gekommen und hat sich an mich gepresst… Ich war geschockt. Nat hat ihn beleidigt und mich weggezerrt und nachher dafür gesorgt, dass er rausgeworfen wird."

Der Kerl steht jetzt vor uns und sieht extrem wütend aus.

„Ich habe dich was gefragt! Warum schleppst du den ab und mich lässt du rauswerfen?", brüllt er.

Steve greift direkt ein, bleibt aber erstaunlicherweise sehr ruhig: „Du solltest erstens mehr Respekt vor Frauen haben, zweitens hat sie mich nicht abgeschleppt oder andersherum und drittens war deine Aktion im Club eine Belästigung! Man kann sich nicht beim Tanzen einfach einer Frau aufdrängen. Wir regeln das jetzt folgendermaßen. Du entschuldigst dich bei ihr und verschwindest dann. Wenn nicht, rufe ich meine Polizeikollegen und wir klären die Sache im Revier. Ich bin Kommissar und kann dich festnehmen lassen. Gründe hast du mir dafür schon genug geliefert!"

Der Typ starrt Steve an, dreht sich um und will gehen.

„So läuft das nicht, Freundchen! Ich sagte, du musst dich entschuldigen! Im Club haben sie deine Personalien aufgenommen. An die komme ich also als Kommissar leicht ran. Entschuldige dich und ich verfolge das hier nicht weiter. Haben wir uns verstanden?"

Der Mann wendet sich zu uns, murmelt: „Entschuldigung" und macht sich danach direkt wieder auf den Weg. Unglaublich, wie Steve das geregelt hat. Dabei ist er die ganze Zeit echt ruhig geblieben. Als der Fremde nicht mehr zu sehen ist, schaut Steve zu mir.

„Ist alles okay bei dir?" fragte er mit besorgter Stimme.

Ich nicke, bekomme jedoch kein Wort mehr heraus.

„Okay, ich bringe dich jetzt nach Hause. Mit dir wird es nie langweilig!"

Wir steigen ins Auto und Steve hilft mir. Kaum mache ich meine Augen kurz zu und wieder auf, sind wir auf

einmal vor meiner Wohnung. Steve hilft mir auch beim
Aussteigen. Auf dem Weg zur Wohnung stolpere ich. Er
nimmt mich auf seine Arme und trägt mich den Rest des
Wegs. Als ich dann meine Augen wieder öffne, setzt er
mich in meiner Wohnung ab. In diesem Moment wird mir
schlecht und ich kann mich kaum aufrecht halten. Dann
wird alles dunkel.

SIEBEN

DER TAG DANACH

Ich wache in meinem Bett auf. Mir ist immer noch schlecht. Ich erinnere mich daran, dass Steve mich nach Hause gebracht hat, aber ich weiß nicht mehr, wie ich ins Bett gekommen bin. Ich bin durstig. Ich stehe auf, um in die Küche zu gehen. Mein Schädel brummt und alles dreht sich. Mit jedem Schritt intensiviert sich dieses Gefühl. Als ich meine Schlafzimmertür öffne, rieche ich Essen. Habe ich gestern Nacht im Vollrausch noch gekocht? Ich laufe zur Küche und bleibe geschockt im Türrahmen stehen. Da ist Steve, ohne Oberteil und in der Jeans von gestern und macht Frühstück. Ich bin komplett verwirrt. Hat er etwa hier übernachtet? Lief zwischen uns mehr? Haben wir miteinander geschlafen?! In mir steigt Panik auf. Steve hat mich mittlerweile bemerkt.

„Morgen, Yasi, geht es dir wieder besser?"

Ich kann meine Gedanken immer noch nicht ordnen und setze mich erst einmal auf den Barhocker am

Küchentresen. Er schaut mich erwartungsvoll an und bringt mir Kaffee. Ich kann aber kein Wort herausbringen.

„Der sollte dir gegen deinen Kater helfen" sagt er lachend.

Ich schaue ihn an. Er sieht ohne Shirt gut aus. Wie kann ein Mensch nur so gut aussehen? Plötzlich fällt mir auf, dass Nat nicht in der Wohnung ist. Woher weiß er denn, wo ich wohne? Das habe ich nie erwähnt.

„Wieso weißt du, wo ich wohne, und wo ist Nat?"

Er lacht: „Du kannst dich echt nicht mehr erinnern?", und zieht dabei seine Augenbrauen hoch.

Ich versuche, mein verkatertes Hirn anzustrengen.

„Wir waren tanzen und dann hat Nat angerufen…"

„Genau. Wir sind in den Raucherbereich gegangen und Natascha hat mir am Telefon gesagt, dass sie bei meinem Kollegen Ali ist, und mir verraten, wo du wohnst, damit ich dich nach Hause bringen kann. Du konntest nicht mehr richtig laufen. Vor dem Club hat dann noch ein Typ Stress gemacht. Als wir hier waren, musstest du dich übergeben. Ich habe kurz gebraucht, um dein Bad zu finden. Dann habe ich dich ins Bett gebracht. Ich hatte Angst, dass du im Schlaf erbrechen musst. Deshalb habe ich mich neben dich ins Bett gelegt. Ich hoffe, das war okay? Du sahst echt süß aus beim Schlafen" grinst er.

Ich schlage meinen Kopf auf den Küchentresen. Da lerne ich so einen perfekten Mann kennen und dann passiert so etwas. Ich bin extrem peinlich berührt. Und dann noch der Stress vor dem Club? Er muss denken, dass man mich nicht allein lassen kann und ich förmlich Ärger anziehe. Steve hebt meinen Kopf wieder an, um mir in die Augen zu sehen. Ich will am liebsten im Boden versinken.

„Lass den Kopf nicht hängen…und das wortwörtlich. Ich fand den Abend gestern perfekt. Ich hatte mich zwar nicht wirklich auf den Club mit meinen Arbeitskollegen gefreut, einfach weil ich so etwas nicht mag, aber dann habe ich dich getroffen. Du hast mir den Abend gerettet. Es war schön, dich mal so entspannt und locker zu sehen. Normalerweise bist du immer verkrampf in meiner Gegenwart. Das warst du zwar anfangs auch, doch beim Tanzen hast du dich komplett fallen lassen. Das war ein wunderschönes Gefühl… Du bist wunderschön." Dabei bricht er den Blickkontakt nicht ab und nimmt meinen Kopf in seine Hände.

„Aber ich…"

Steve unterbricht mich.

„Kein Aber. Du hattest Spaß und warst entspannt. Der Abend war schön."

Wir schauen uns tief in die Augen und unsere Gesichter kommen sich näher. Dann springt der Toaster hoch. Gerettet von einem Toaster. Steve lacht. Er nimmt seine Hände von meinem Kopf und holt die fertigen Toasts.

„Es gibt Eier mit Toast und Avocadocreme. Ich hoffe, es ist okay, dass ich an deinen Kühlschrank gegangen bin?"

Ich nicke. „Danke, Steve."

„Für dich doch immer!", zwinkert er mir zu.

Er serviert das Essen und setzt sich neben mich.

„Natascha scheint nett zu sein, woher kennt ihr euch?"

„Aus dem Kinderheim. Wow, das Essen ist richtig lecker!"

Er lacht und freut sich über das Kompliment.

„Danke, ich koche echt gerne. Mein Dad konnte nie sonderlich gut kochen und ich hatte viel Freizeit. Und übrigens hatte ich recht, du bist eine sehr gute Tänzerin."

Ich kichere verlegen.

„Du bist aber auch nicht schlecht. Ich habe noch nie so gut und intensiv mit jemandem getanzt."

Ich habe meine Gedanken mal wieder laut ausgesprochen. Ich hasse mein verkatertes Gehirn.

„So einen schönen Abend wie gestern hatte ich, glaube ich, noch nie. Allein, wie es sich angefühlt hat…"

„…Fantastisch…"

Ich muss lernen, meine Klappe zu halten. Ich schlage mir die Hände vors Gesicht. Er steht auf und nimmt sie weg. Wir schauen uns an und kommen uns näher. Wir küssen uns. Das Gefühl ist nicht beschreibbar, so gut ist es. Der Kuss wird intensiver. Ich stehe auf, Steve presst mich gegen den Küchentresen. Dann hebt er mich auf den Tresen. Unsere Lippen trennen sich dabei nie. Auf einmal klingelt die Tür. Wir schrecken beide auf und schauen uns geschockt an. Was ist gerade passiert?

Es klopft. „Yasi, mach auf, hier ist Nat!"

Steve hebt mich wieder von der Küchenzeile und läuft in Richtung Sofa. Da liegt sein Hemd, das er rasch überwirft. Ich gehe komplett in Schockstarre zur Tür und öffne sie. Nat rennt mir praktisch entgegen und mich dabei fast um.

„Ich hatte eine unglaubliche Nacht. Ali ist toll. Ich habe noch nie so einen-"

Sie stoppt. Ihr Blick landet auf Steve und ein Grinsen breitet sich auf ihrem Gesicht aus. Steve schaut Nat und dann mich verwirrt an. Nat hat sich schon immer gewünscht, dass ich einen Partner finden würde. Sie hat sich Sorgen gemacht, da ich fast alle Menschen meide, vor allem männliche. Sie hatte wahrscheinlich die Befürchtung, dass ich nie jemanden in mein Leben lassen würde. Ich weiß nicht, wie ich reagieren soll, zum Glück übernimmt Steve.

„Ali ist wirklich ein toller Kollege und Freund. Ihr passt gut zusammen. Ich freue mich für euch. Willst du Frühstück? Ich habe gekocht und es ist noch genug da."

„Danke dir. Ali hat von dir auch nur in den höchsten Tönen gesprochen… Was machst du hier? Ist was zwischen euch gelaufen?!" Dabei schaut Nat uns mit erwartungsvollen Augen an. Ich will darauf nicht antworten, nicht vor Steve. Zum Glück nimmt er wieder das Ruder in die Hand.

„Wir könnten dich das gleiche fragen. Was ist zwischen Ali und dir gelaufen?", zwinkert Steve Nat zu.

Sie lacht nur. Nat hatte noch nie Probleme sich mitzuteilen und setzt ihr verschlagendes Gesicht auf.

„Wir sind zusammen im Bett gelandet. Und ihr?", stachelt sie zurück.

„Wir nicht" sagt Steve in einer Seelenruhe.

Nat rollt spielerisch die Augen. Dass trotzdem etwas zwischen uns gelaufen ist, weiß sie nicht. Ein Glück, ich werde es ihr in Ruhe erzählen, sobald Steve nicht mehr da ist. Nat schaut auf die Uhr.

„Yasi, wärst du sehr sauer, wenn ich den restlichen Tag mit Ali verbringen würde? Ich weiß, wir haben Pläne, aber ich muss morgen früh wieder los und dachte-"

Ich unterbreche sie.

„Natürlich ist es in Ordnung. Wir telefonieren einfach, sobald du wieder in Dubai bist. Dein Einsatz ist ja auch bald vorbei. Nur noch drei Wochen, dann sind wir wieder vereint. Das halte ich schon aus. Genieße deine Zeit mit Ali. Mich freut es, dass es nach langer Zeit wieder jemand geschafft hat, dich so umzuhauen und mitzureißen."

Sie umarmt mich.

„Du bist die Beste, weißt du das eigentlich?"

Wir packen ihre Sachen zusammen und verabschieden uns. Ali wird sie morgen früh zum Flughafen bringen. Das Gespräch über Ali und sie und über Steve und mich werden wir führen, wenn sie in Dubai angekommen ist. Zur Verabschiedung übergibt sie mir noch mein Geschenk aus Dubai: einen Traumfänger. Wir lachen. Sie kennt meine Albträume, daher ist das Geschenk lustig, aber auch durchdacht. Wir umarmen uns zum Abschied bestimmt fünf Minuten. Sie hat ein schlechtes Gewissen, weil sie die restliche Zeit hier mit Ali verbringt. Ich versuche, ihr Gewissen zu beruhigen. Es ist wirklich nicht schlimm und ehrlich gesagt, freut es mich, dass sie so glücklich wirkt! Nach der Verabschiedung setze ich mich zu Steve, der Nat und mir Freiraum gelassen hat, was wirklich nett von ihm ist. Wir frühstücken beide schweigend weiter. Komische Situation. Wie weit wir gegangen wären, wenn Nat nicht geklopft hätte? Das werden wir wohl nie erfahren. Die wichtigere Frage ist aber: Wie machen wir weiter? Wir haben definitiv die Grauzone verlassen, die Roland definiert hat. Als Patienten kann ich ihn also nicht mehr behalten. Wie soll es dann privat bei uns weitergehen? Ich muss schauen, was das zwischen uns ist. Ich hatte gestern so viel Spaß, das hatte ich seit dem Tod meiner Eltern nicht mehr. Irgendetwas führt uns immer zusammen. An Schicksal glaube ich zwar nicht, aber es hat so viele zufällige Treffen gegeben, dass ich es nicht mehr ignorieren kann. Wir müssen es also versuchen… Aber erst, wenn ich ihn übergeben kann. Das bin ich meinem Chef schuldig! Das bin ich auch Steve schuldig, damit er auch nächsten Freitag seine Diensttauglichkeit bekommt. Die Frage ist nur, wie sieht er das Thema? Er war lockerer unterwegs als ich, ihm steht aber auch nicht die berufliche Zukunft im Weg. Erst einmal möchte ich das Schweigen allerdings nicht brechen. Als ich mit dem Frühstück fertig bin, stehe ich auf und fange an, die Küche aufzuräumen. Dann stelle ich mich zu ihm und schaue ihn an.

„Falls ich zu weit gegangen bin, tut es mir leid. Ich bin normalerweise nicht so und-" sagt Steve leise.

Mitten im Wort unterbreche ich ihn durch einen Kuss. Danach sehen wir uns in die Augen. Er lacht und sieht dabei richtig süß aus.

„Du bist nicht zu weit gegangen. Du hattest recht, wir haben eine Chance verdient – aber erst, wenn mein Chef dich übernehmen kann. Das bin ich ihm schuldig. Dazu brauchst du nächste Woche Freitag noch deine Diensttauglichkeit. Wenn wir das hier also wirklich versuchen wollen, dann erst nach der Sitzung..." entscheide ich.

„Damit kann ich leben!", lächelt er und nimmt mich in den Arm.

Es fühlt sich so verdammt gut und vertraut an. Ich bin überglücklich. Solche Gefühle hatte ich bei einem Menschen bisher nie. Ich will nicht, dass die Umarmung aufhört. Doch nach ein paar Minuten löst sich Steve. Er zeigt auf ein Bild an meiner Wand.

„Sind die Bilder eigentlich auch von dir? Hast du sie alle selbst gemalt?"

Ich nicke und Steve schaut sich das Bild in der Küche genauer an. Es zeigt die Tür eines gelben Hauses, von Pflanzen eingenommen. Die Pflanzen sind nicht überwuchert, sondern kräftig grün und wachsen frei vor sich hin. Vor dem Haus blüht ein wunderschöner Garten. In diesem Garten stehen ein blauer Stuhl mit einem Korb Orangen und insgesamt drei Orangenbäume. Ich liebe das Bild. Ich habe es nach einer Spanienreise mit Nat gemalt. Die Reise war so schön, dass sie mich inspiriert hat.

„Yasi, du bist richtig talentiert! Das Bild in deinem Büro war schon gut, aber dieses ist noch besser!"

Ich lache. „Meine Bilder spiegeln immer meine Gefühle wider. Dieses Bild hier spiegelt die schöne Spanienreise mit Nat wider. Das Bild im Büro eine depressive Phase. Da ich Sonnenblumen liebe habe ich versucht, so meine Stimmung wieder aufzubauen. Daher hängt es auch im Büro. Da passt es vom Thema und der Atmosphäre besser rein. Zuhause achte ich immer, dass hier nur eine positive Atmosphäre ist und damit mein perfekter Rückzugsort ist. Was machst du heute noch so, Steve?" und versuche so das Thema zu wechseln.

Da Nat bei Ali ist, habe ich spontan Zeit und würde diese gerne mit Steve verbringen. Natürlich nur innerhalb der Grauzone und der Regeln von Roland.

„Heute ist Sonntag, da habe ich nichts vor. Hast du etwas Bestimmtes im Sinn? Ich bin für alles offen."

„Auf jeden Fall etwas Entspanntes. Ich brauche Ruhe mit meinem Kater!"

Wir beide lachen und setzen uns zusammen auf mein Sofa.

„Was machst du denn sonst immer so sonntags?", fragt Steve.

„Sonntag ist der einzige Tag in der Woche, an dem ich entspannen kann. Ich gehe meistens ins Fitnessstudio und gegen Abend schaue ich meine Serie mit einem Wein und Snacks. Wie sieht dein Sonntag aus?"

Steve schaut mich amüsiert an.

„Ich gehe den Sonntag auch meist ruhig an. Morgens jogge ich meine Runde, wie an jedem anderen Morgen auch, aber danach schaffe ich es, ins Fitnessstudio zu gehen. Dann mache ich oft zuhause ein paar Atemübungen und schaue Fußball oder so. Was machst du für Sport?"

Ich schaue ihn schockiert an. „Du joggst jeden Morgen?!"

Steve lacht nur. „Ich bin ehemaliger Soldat und jetzt als Kommissar bei der Polizei tätig. Sport ist schon immer Pflichtprogramm bei mir. Du hast aber meine Frage nicht beantwortet."

Steve schaut mich erwartungsvoll an, aber ich muss ihn enttäuschen.

„Nur Yoga und Selbstverteidigung…"

Er nickt nur und sagt nichts dazu. Zum Glück. Ich will nicht erklären, warum ich mit Selbstverteidigung angefangen habe. Steve kennt auch allgemein bisher wenig meiner Vergangenheit. Abhängig davon, was das zwischen uns wird, werde ich es ihm aber irgendwann erzählen müssen…

„Ich habe tatsächlich noch nie Yoga gemacht. Ich mache nur Atemübungen zu Entspannung, aber das war es auch schon. Wie wäre es, ich zeige dir ein paar Selbstverteidigungsübungen und du mir ein paar Yogaübungen?"

Ich kichere. Er kennt wahrscheinlich viele Selbstverteidigungsübungen als ehemaliger Soldat. Das kann mir also sogar wirklich weiterhelfen, daher beschließe ich, mich darauf einzulassen.

„Klingt gut!"

Der Tag verläuft super. Wir gehen kurz bei Steve vorbei, damit er seine Sportklamotten und frische Kleidung mitnehmen kann. Dann fahren wir zu meinem üblichen Sportstudio und toben uns in einem der Fitnessräume aus. Zur Auflockerung beginnen wir mit Yoga. Steve stellt sich dabei ein bisschen tollpatschig an und wir müssen sehr viel lachen. Zum Glück nimmt er es nicht so ernst, wenn etwas nicht auf Anhieb funktioniert. Darüber bin ich froh. Ich habe Steve zwar als gefühlvollen Menschen kennengelernt, aber ich hatte Angst, dass er die Übungen zu ernst nehmen könnte. Wir probieren verschiedene Yogaübungen aus. Ich suche aber bewusst jene heraus, die für Anfänger geeignet sind. Nach einer kurzen Pause wechseln wir zur Selbstverteidigung. Steve zeigt mir, wie man sich verteidigen kann, wenn jemand plötzlich hinter einem erscheint, wie man sich gegen jemanden mit Waffe wehrt oder wie man reagieren kann, wenn einem etwas gestohlen wird. Bei einer Übung schaffe ich es sogar, ihn zu Boden zu werfen. Ich bin erstaunt, wie leicht es geht, obwohl Steve größer und trainierter ist als ich. Laut Steve liegt es nur an den richtigen Handgriffen. Die Selbstverteidigung habe ich mir sonst durch ein Buch angeeignet. Das ist aber definitiv nicht so effektiv wie die Übungen von Steve. Er rät mir auch davon ab, mir Selbstverteidigung selbst beizubringen. Man lernt vor allem durch praktische Übungen und gewinnt nur dann Selbstvertrauen. Und es fühlt sich wirklich anders und vor allem besser an, die Übungen direkt aktiv anwenden zu können. Steve und ich beschließen, von nun an jeden Sonntag zusammen zu trainieren. Er wird fitter in den Yogaübungen und erhält so einen Ausgleich zu seinem Job und ich werde fitter in der Selbstverteidigung und bekomme mehr Selbstvertrauen. Ich bin auch froh, dass Steve immer noch nicht nachgefragt hat, warum ich so viel Wert auf die Selbstverteidigung lege. Nach intensiven drei Stunden beenden wir das Training. Ich bin komplett fix und fertig. Wir fahren wieder zu mir. Während ich dusche, geht Steve noch eine kleine Runde joggen. Er hat wirklich viel Energie und Ausdauer.

„Na, wie war deine Joggingrunde?", begrüßte ich Steve, als er zurückkommt.

„Ich bin nur eine kleine Runde gelaufen. Aber gleich um die Ecke ist ein Wald. Der perfekte Weg zum Joggen! Ich bin dann irgendwann umgedreht. Ich glaube aber, für große Runden lohnt es sich definitiv! Jetzt habe ich allerdings Hunger! Ich dusche schnell und kann uns dann was kochen."

„Du hast doch schon das Frühstück gemacht. Jetzt bin ich an der Reihe!"

Im Kühlschrank finde ich nicht viel, habe aber schon eine Idee, was man daraus machen könnte.

„Ich habe noch Feta und Tomaten da. Wir könnten daraus eine Soße machen und mit Nudeln essen."

„Okay, klingt gut. Sollen wir dazu einen Wein trinken und deine Serie schauen? The Walking Dead, oder?"

Es ist schön, wie er komplett Rücksicht auf mich nimmt und mir so genau zuhört. Während er duscht, koche ich.

Beim Essen trinken wir Rotwein und schauen die Serie. Man merkt Steve an, dass er kein Fan ist. Aber er sagt aus Nettigkeit nichts. Dafür kommentiert er dauernd, dass es nicht möglich wäre, so einen Menschen zu töten, oder dass es auch bei Zombies unlogisch wäre. Ich finde es süß, dass er sich so hineinversetzt. Ich schaue gerne Serien, weil ich dabei gut abschalten kann. Ich analysiere Menschen im echten Leben immer, in Serien aber mache ich mein Kopf aus und kann den Plot genießen. Bei Steve ist das wohl nicht der Fall. Je mehr Folgen wir schauen, desto entspannter wird Steve jedoch. Ich glaube, irgendwann gefällt ihm die Serie sogar.

„Yasmin, wach auf!"

Steve rüttelt mich leicht. Ich bin während der Serie wohl eingeschlafen. Ich schaue auf die Uhr. Es ist mittlerweile 23:26 Uhr.

„Oh nein, ich bin eingeschlafen?"

Er nickt. „Ja. Ich bin jetzt auch müde und muss morgen arbeiten. Ich fahre nach Hause, okay?"

Steve und ich haben wirklich den ganzen Tag miteinander verbracht. Ich fand es wunderschön und würde mir wünschen, er müsste nicht gehen. Aber er braucht am Freitag noch die Diensttauglichkeit und ich kann als Psychologin diese Grenze nicht überschreiten.

„Sehen wir uns die Woche noch?"

„Morgen Abend telefonieren Nat und ich. Sie hat mir bestimmt viel zu erzählen. Außerdem werde ich die gesamte Woche Überstunden machen müssen, da ich allein in der Praxis bin. Zudem haben wir am Freitag unsere Sitzung. Da sehen wir uns spätestens."

Steve lächelt.

„Morgen bin ich ganztags auf einer Fortbildung inklusive Übernachtung. Dienstagmorgen komme ich zurück und arbeite wieder normal. Können wir uns dann schon treffen? Natürlich nur, wenn es dir nicht zu viel ist. Ich weiß, dass du warten willst, bis du mich abgeben kannst. Aber wir können einfach so wie heute einen entspannten Abend verbringen."

Ich lache. Ich freute mich, dass er mich nochmal sehen will vor der Therapiestunde am Freitag. Ich warte schon ungeduldig darauf, ihn endlich abgeben zu können.

„Gerne! Wir schreiben dann einfach."
Ich begleite Steve zur Tür:"Gute Nacht, Steve. Komm gut heim."

Er küsst mich zum Abschied.

„Gute Nacht." , und schließt hinter sich meine Haustüre.

ACHT

DIE SITZUNG

Der Arbeitstag am Montag geht wie im Flug an mir vorbei. Ich habe viele Patienten, die strikt getaktet sind, ohne Pause. Ich musste schließlich letzte Woche viele Patienten verschieben und diese müssen unbedingt ihre Therapiesitzungen nachholen. Dazu habe ich drei Patienten von Roland übernommen, die ich zusätzlich in meiner Woche unterbekommen musste. Eine habe ich heute eingeschoben, der Härtefall ist am Mittwochnachmittag dran und der dritte Fall am Donnerstagvormittag. Ich mache heute Überstunden und meine letzte Sitzung beginnt erst um 19 Uhr. Ich bin froh, dass die Patienten Verständnis für die Verschiebungen haben. Sie kennen aber den wirklichen Grund der Terminverschiebung nicht. Ich habe als Grund meine Gesundheit angegeben. Dass Derik schuld ist, wissen sie zum Glück nicht. Nur Deriks Patienten haben mitbekommen, dass es Probleme in der Praxis gab. Diese

Patienten tun mir am meisten leid. Wegen so eines Idioten stehen ihre Erfolge und Durchbrüche auf dem Spiel. Nach der letzten Sitzung muss ich noch einen Haufen Papierkram erledigen, was ich aber zuhause und nicht im Büro machen will. Dort angekommen, koche ich mir erst einmal Essen. Außer Kaffee hat mein Magen heute noch nichts bekommen, es war einfach so viel nachzuholen. Direkt nach dem Essen setze ich mich wieder an den Papierkram. Morgen habe ich den ersten richtigen Termin mit Herrn Kowalski. Ich bin schon ganz aufgeregt deswegen. Beim ersten Mal haben wir uns kennengelernt und ich musste sein Vertrauen gewinnen. Ich glaube, das ist mir ziemlich gut gelungen. Vom Betreuer habe ich auch die telefonische Rückmeldung bekommen, dass er meine Akte, die ich ihm nachträglich geschickt habe, tatsächlich gelesen hat. Der Betreuer und ich haben nur kurz telefoniert. Ich wollte einen Eindruck bekommen, wie ich bei Herrn Kowalski angekommen bin. Da er die Akte gelesen hat, wird mein Eindruck wohl gut genug gewesen sein. Meine Strategie für morgen steht soweit und ich bin zuversichtlich, dass diese Stunde besser als die letzte verlaufen wird. Wir werden erst die Ereignisse des Unfalls noch einmal durchgehen und darüber reden, wie er sich gefühlt hat. Wichtig ist aber auch, zu erfahren, wie er es erlebt hat, seine Freunde, seinen Job und seine Wohnung zu verlieren. Ich will dadurch erkennen, ab wann er seine Gefühle abgestellt hat. Die Mordserie an sich wird aber in dieser Stunde nicht angesprochen. Erst muss ich erkennen, ab wann er gefühlskalt wurde und dann werde ich auf die Morde, den Auslöser und die Gefühle dabei zu sprechen kommen. Je nachdem, wie gut die Sitzung läuft, kann ich die Medikamentendosis schon drastisch reduzieren. Das wurde mir auch vom Betreuer zugesagt. Ich hoffe, die Sitzung läuft so gut, dass wir auch wirklich das Ziel der neuen Dosierung angehen können. Das hängt aber allein von Herrn Kowalski ab. Wenn er sich nicht darauf einlässt, dann kann ich ihm nicht helfen. Ich bin aber zuversichtlich, dass es mit mir als Therapeutin gut laufen wird. Alle anderen haben zwar versucht, ihm zu helfen, wollten aber gleichzeitig nicht verstehen, warum er gemordet hat. Alle sind nur auf den schmerzlichen Verlust der Familie eingegangen. Allein, dass die Akten so viele Lücken und offene Fragen aufwerfen, zeigt mir, dass er direkt abgeschrieben wurde. So etwas würde ich nie tun! Ich bin ziemlich erschöpft, es war ein harter und langer Tag. Die ganze Arbeit und auch die Vorbereitung haben mir viel Kraft geraubt. Ich war so abgelenkt, dass ich jetzt erst bemerke, wie sehr ich Steve vermisse. Wir haben den ganzen Tag nicht geschrieben. Auf seiner Fortbildung kann er wahrscheinlich nicht ans Handy gehen. Auch das Warten auf Nats Anruf macht mich wahnsinnig. Ich bin zwar auch immer unpünktlich, aber ich hasse es, wenn andere sich nicht an die abgemachten Zeiten halten. Um 22:43 Uhr schafft Nat es dann endlich, mich per Videocall anzurufen.

Wir unterhalten uns fast drei Stunden lang. Es geht bei ihr ausschließlich um Ali und bei mir ausschließlich um Steve. Nat hat ernsthaftes Interesse an ihm. Das ist bisher nur einmal der Fall gewesen. Da sind sie auch ziemlich schnell zusammengekommen und geblieben. Sie war extrem glücklich und er hat ihr jeden Wunsch erfüllt und sie ihm genauso. Er war so aufmerksam und die beiden waren so ein süßes Paar, aber er hat alle getäuscht, sogar mich. Durch Zufall hat sie es herausgefunden. Wir standen an den Bahngleisen und haben auf einen Zug gewartet. Wir waren vorher shoppen gewesen und hatten danach beschlossen, noch kurz etwas trinken zu gehen. Am Bahnsteig war eine Frau, die telefonierte, während sie ihr Baby im Arm hielt. Da der Kleine nicht aufhören wollte zu weinen, war sie mit der Situation überfordert. Ihr Kinderwagen rollte plötzlich weg, denn sie hatte vergessen, die Rollenbremse zu betätigen. Nat und ich halfen ihr und brachten den Kinderwagen zurück. Sie bedankte und entschuldigte sich. Sie habe viel zu tun und eine hohe Position bei der Arbeit. Auf die Frage, wo der Vater sei, war die Antwort, dass er ein Job habe, bei dem er viel reisen müsse. Wir verstanden uns gut mit der Mutter und sie wollte uns ein Video zeigen, wie ihr Sohn seine ersten Schritte geht. Da sahen wir auf dem Bildschirmhintergrund ein Bild von dem Kleinen mit Nats Freund. Es stellte sich heraus, dass er der Vater und Mann war. Für Nat brach eine Welt zusammen. Er hatte ein Doppelleben geführt und beiden Frauen verkauft, dass er vom Geschäft aus viel reisen müsse. Tatsächlich pendelte er einfach nur zwischen beiden Wohnungen der Frauen hin und her und hatte einen normalen Bürojob. Nat stellte ihn zur Rede und machte Schluss. Sie wollte, dass er seine Frau darüber aufklärt, was er aber nie tat. Da sie Detektivin ist, nahm sie es dann selbst in die Hand. Sie folgte ihm und fand so heraus, dass er noch eine dritte Frau an der Angel hatte. Als sie genug Beweisfotos und die Adresse der Frauen hatte, spielte sie ihnen alles zu. Beide trennten sich dann von ihm. Nach dieser Geschichte hatte Nat aber keine Lust mehr, eine langfristige Beziehung einzugehen. Sie hatte Angst, sich zu binden und noch einmal den gleichen Schmerz durchleben zu müssen, weshalb sie nur lockere One-Night-Stands erlaubte. Ali ist der erste Mann, der sie wieder interessiert. Ihre Zeit in Dubai endet in drei Wochen. Dann hat sie vor, erst einmal wieder hier zu bleiben, um zu schauen, was daraus werden könnte. Ich freue mich wirklich für Nat. Sie hat das gebraucht. Sie ist immer vor sich selbst weggelaufen und wollte nie stehen bleiben. Ich bin erleichtert, dass es endlich mal wieder jemand geschafft hat, dass sie länger an einem Fleck bleiben möchte. Gleichzeitig freut sie sich auch für mich. Sie unterstützt meine Entscheidung, noch zu warten, bis mein Chef zurückkehrt. Fakt ist, ich habe noch eine Sitzung am Freitag mit Steve. Um seinen Fortschritt nicht zu gefährden, sind regelmäßige Sitzungen einfach wichtig. Dazu benötigt er auch die Bescheinigung, dass er für den Dienst einsetzbar ist. Außerdem ist sie auch der Meinung, dass ich meinen guten Ruf als Psychologin nicht aufs Spiel setzen sollte. Sie hat heute zum ersten Mal zugegeben, dass sie besorgt um mich gewesen sei. Ich habe vorher niemanden so nah an mich heranlassen und sie hatte Angst, dass ich es nicht mehr ausprobieren wollte. Tatsächlich trifft es das ganz gut. Anfangs habe ich noch versucht herauszufinden, wen ich interessant finde. Mit der Zeit habe ich es aber verdrängt und wollte es auch nicht mehr verfolgen. Zu der Zeit, in der Derik dann bei uns angefangen und mich belästigt und genervt hat, habe ich es aufgegeben. Doch dann kam Steve, gerade rechtzeitig. Nat und ich hatten noch nie so ein mädchenhaftes Gespräch wie heute. Ich freue mich darauf, dass sie länger hierbleiben wird. Dann habe ich meine beste Freundin endlich wieder bei mir. Es ist schon nach ein Uhr morgens, als wir das Telefonat beenden. Da morgen ein wichtiger Tag ist, mit der Sitzung mit Herrn Kowalski, versuche ich, noch so viel wie möglich zu schlafen, um fit zu sein. Steve schicke ich eine Gute-Nacht-Nachricht in der Hoffnung, dass er morgen wieder auf sein Handy schauen wird. Ich habe heute nichts mehr von ihm gehört, aber er hat auch angedeutet, dass er keine Zeit haben würde.

Mein Wecker klingelt mich aus dem Schlaf und aus meinem Traum. Wieder derselbe Albtraum, aber ich bin noch nicht an der Stelle angekommen, an der ich immer vor Schrecken aufwache. Erholt ist leider etwas anderes. Ich habe mir den Wecker eineinhalb Stunden früher gestellt als letzte Woche, denn ich habe Herrn Kowalski versprochen, pünktlich zu sein. Ich werde dieses Mal auch vorher nicht in die Firma gehen, sondern fahre nachher direkt in die Einrichtung. Ich werde mir von zuhause aus meine Vorgehensweisen und die Akten erneut durchlesen.

Ich schaffe es wirklich pünktlich zu dem Termin und bin froh, dass ich meine Vorsätze einhalten konnte. Mir wird aber angekündigt, dass der Betreuer von Herrn Kowalski, Herr Salmon, noch kurz mit mir sprechen will. Worum geht es wohl? Wir haben eigentlich alles vorher schon telefonisch geklärt – zumindest dachte ich das. Da Herr Salmon auf sich warten lässt, schaue ich kurz auf mein Handy und entdecke eine Nachricht von Steve. Doch gerade als ich sie lesen will, kommt der Betreuer auf mich zu.

„Hallo, Herr Salmon! Wie ist der Gemütszustand meines Patienten?"

„Neutral, was für Herrn Kowalski eine ziemliche Steigerung ist" antwortet er ziemlich genervt. Entweder hat er heute einen schlechten Tag oder es hat mit unserem Gespräch gleich zu tun. Mich wundert es immer noch, dass er kurz vor der Sitzung mit mir sprechen will.

„Das überrascht mich nicht, ich denke, es wird erst richtig bergauf gehen, sobald ich die Medikamentendosis senken darf. Oder hat sich daran etwas geändert? Ich muss sagen, dass Sie mich vor der Sitzung sprechen wollen, macht mich nervös."

Herr Salmon sieht aus, als wäre er gerade überfahren worden und sagte nichts. Ich liege mit meiner Einschätzung wohl nicht so falsch.

„Sie wissen, dass ich hierzu erst die Erlaubnis habe, wenn bestimmte Ergebnisse erzielt werden. Das Ziel heute ist die Kooperation, womit die Chefs ehrlicherweise ziemlich gnädig sind. Zu zwei Punkten gibt es allerdings Änderungen, die ich auch erst heute Morgen erhalten habe."

Ich wusste, dass etwas im Busch ist. Änderungen in letzter Minute nerven mich ungemein.

„Welche Änderungen wären das denn?"

Er schluckt.

„Sie haben darum gebeten, Herrn Kowalski für die Sitzung zu entfesseln. Dem habe ich leider vorschnell zugesagt. Das ist nicht erwünscht von oben. Die Hand- und Fußschellen werden bei keiner einzigen Sitzung abgenommen, das dient einfach der Sicherheit. Daran kann auch nichts geändert werden."

„Könnten Sie das Thema nach der heutigen Sitzung noch einmal mit den Chefs besprechen? Deren Meinung könnte entkräftet werden, wenn sie die Erfolge sehen. Ich empfinde es ehrlicherweise als Rückschritt. Wenn der Patient uns trauen soll, sollten wir ihm keinen Anlass geben, dies anzuzweifeln."

Er nickt und wirkt noch genervter als vorher. Ich glaube, er mag die Leiter der Klinik nicht sonderlich und versucht, ihnen aus dem Weg zu gehen.

„Kann ich gerne versuchen. Nun zum zweiten Punkt. Ich werde während der Sitzung neben Ihnen im Raum sitzen müssen, wenn Sie die Medikamentendosis angehen wollen."

Das ist der Punkt, der das Fass bei mir zum Überlaufen bringt.

„Das ist ein Scherz, oder? Wie soll er Vertrauen zu mir aufbauen, wenn ich einen Babysitter zur Seite gestellt bekomme? Ich verstehe die beiden Vorgaben nicht. Sie sorgen dafür, dass ich langsamer Fortschritte bei ihm erziehen werde als vorgesehen. Sie behindern meine Arbeit!"

Er zuckt mit den Schultern und entgegnet: „Die Klinik hat mit Ihnen bisher nie zusammengearbeitet und es fehlt beiderseits an Erfahrungswerten. Dazu wird dem Patienten nicht vertraut und er steht unter besonderer Beobachtung."

Ich verdrehe die Augen.

„Gut, aber in meiner Sitzung gelten meine Regeln, das heißt Sie reden nur, wenn Sie dazu aufgefordert werden, und sonst geben Sie keinen Ton von sich. Haben wir uns verstanden?"

Er nickt zustimmend.

Herr Salmon und ich setzen uns in den Raum und warten auf Herrn Kowalski. Dass der Betreuer jetzt neben mir sitzt, erschwert mir die Arbeit. Ich bin genervt. Wenn die Chefs zweifeln und Erfahrungswerte brauchen, sollen sie doch mit mir persönlich darüber reden. Ich hätte ihnen auch Patientenberichte mitbringen können. So kurz vor der Sitzung ergibt es jedenfalls keinen Sinn, mir lächerliche Regeln vorzusetzen. Wenn sie immer so arbeiten, ist es kein Wunder, dass bei Herrn Kowalski bisher noch kein Erfolg zu verzeichnen ist! Ich bin so sauer und weiß nicht, wohin mit meiner Wut. Ich muss mich aber beruhigen, da ich gleich professionell auftreten muss. Basierend darauf, dass Herr Salmon nicht mit mir redet und jeden Augenkontakt meidet, scheint man mir die Wut noch anzusehen. Die Tür geht auf, Herr Kowalski wird hereingebracht und setzt sich zu uns.

„Hallo, Herr Kowalski, schön, Sie wiederzusehen. Vorab direkt zwei Sachen. Ich habe darum gebeten, Ihnen heute ohne die Hand- und Fußfesseln begegnen zu dürfen, das wurde mir bedauerlicherweise verweigert. Hinzu kommt, dass Herr Salmon mich auf Befehl der Klinik begleiten muss. Das habe ich leider auch erst hier vor Ort erfahren und glauben Sie mir, dagegen werde ich noch vorgehen! Die gute Nachricht ist aber: Wenn wir heute gut zusammenarbeiten und das schließt leider Herrn Salmon neben mir mit ein, dürfen wir Ihre Dosierung senken. Haben Sie alles verstanden?"

Herr Kowalski nickte und Herr Salmon sieht schockiert aus. Wahrscheinlich, weil ich so direkt und ehrlich mit dem Patienten bin.

„Danke für Ihr Verständnis! Also, ich würde heute gerne über Ihre Gefühle sprechen. Dabei werden wir aber nur auf die Gefühle eingehen, die Sie unmittelbar nach dem Unfall hatten. Das reicht für heute. Ich will alles langsam angehen und nicht übertreiben. Ich hoffe, die kleinen Schritte sind für Sie in Ordnung. Ich will Sie komplett neu kennenlernen und die Notizen in den Akten nicht wirklich beachten. Da ich letztes Mal gesehen habe, wie schnell die Sitzung sie belastet hat, habe ich beschlossen, alles langsamer anzugehen. Ich weiß, das bedeutet auch, dass die Dosierungen zwangsläufig nicht so schnell reduziert werden können, aber ich bin der Meinung, dass Sie zu vorgeschädigt von den anderen Therapien sind. Sobald ich sehe, dass die Sitzungen besser laufen, steigern wir natürlich das Tempo! Sind sie mit der Vorgehensweise einverstanden?"

Er nickt wieder nur. Genau deswegen will ich auf die Bremse drücken. Er wird noch brauchen, bis er mir als Psychologin komplett vertraut. Wenigstens weiß ich, dass er mir als Mensch glaubt, da ich auch eine traumatische Vergangenheit habe. Damit lässt es sich gut arbeiten.

„Gut, dann fangen wir leicht an. Wie fühlen Sie sich jetzt gerade mit mir und Herrn Salmon im Raum. Wir würden Sie Ihr Gefühl beschreiben?"

Er schaut erst zu mir und dann zu Herrn Salmon. Er wirkt genervt, was ich verstehen kann. Mir geht es ähnlich. Ich hoffe, Herr Salmon mischt sich nicht in die Stunde mit ein, sonst erschwert er mir die Sache.

„Genervt."

Ich schreibe es mir auf. Wirklich ausgiebig erklärt hat er sich nicht, aber ich lasse es durchgehen. Ich versuche lieber, die Situation zu entschärfen und ihn nicht zu nerven.

„Verstehe ich. Wir fühlen gerade gleich. Nicht falsch verstehen, damit sind nicht Sie gemeint und auch nicht direkt Herr Salmon, sondern die Klinik. Um mein Gefühl zu beschreiben: Ich bin genervt, dass man mir kein Vertrauen schenkt und erst kurz vor der Sitzung mit zwei Änderungen gekommen ist, die ich nicht Unterschütze!"

Ich bilde mir ein, ein kleines Lächeln bei Herrn Kowalski zu sehen. Dafür merke ich aber auch, wie die Anspannung bei Herrn Salmon immer größer wird. Er fühlt sich mit den Aussagen sichtlich unwohl.

Ich fahre fort: „So eine ausführliche Antwort hätte ich gerne auch von Ihnen. Einfach kurz Ihr Gefühl nennen und dann beschreiben, wie es zustande gekommen ist, okay? Ich zeige Ihnen jetzt nach und nach ein Bild oder einen Gegenstand und Sie sagen, was Sie fühlen, und beschreiben warum. Haben Sie das verstanden, können wir starten?"

Er nickt schon wieder stumm. Ich habe eine Mappe mit verschiedenen Bildern zusammengestellt. Ich will leicht anfangen. Das erste Bild, das ich ihm zeige, ist das Logo seiner Lieblingsmannschaft. Er hat vor der Zeit hier drin und vor seiner Obdachlosigkeit sehr gerne Fußball geschaut. Ich betrachte ihn.

„Was fühlen Sie bei dem Bild?"

Er nimmt es in die Hand. „Traurigkeit…erinnert mich an bessere Zeiten. Ich vermisse es, ein Spiel zu schauen."

Ich nicke und hole das nächste Bild heraus. Dieses Mal gehe ich voll in die Offensive. Es ist ein Bild eines LKW.

Der LKW auf dem Foto stammt von der Firma, durch die der Autounfall verursacht wurde. Er schaute sich das Foto genau an und zuckt mit den Schultern.

„Ich fühle nichts. Das löst nichts in mir aus."

Ich schaue ihn verwirrt an. Er wird doch wohl die Spedition erkennen? Immerhin hat er dadurch seine Familie verloren.

„Sind Sie sicher? Schauen Sie sich das Bild bitte noch einmal genau an."

„Ein x-beliebiger LKW löst nichts in mir aus."

Er erkennt tatsächlich den LKW der damaligen Firma nicht wieder. Normalerweise sollte das sich nach so einem Ereignis eingebrannt haben. Klar, es war dunkel. Aber er musste den LKW der Firma so oft sehen. Am Unfallort, bei der Nachstellung des Tathergangs, usw. – und trotzdem erkennt er ihn nicht. Dieser LKW bzw. diese Spedition hat seine Frau und seine Tochter aus dem Leben gerissen! Irgendetwas stimmt nicht. Aber ich muss mit der Sitzung normal fortfahren.

„Okay, und bei diesem Bild?"

Das ist ein Bild des Automodells, das die Familie zum Zeitpunkt des Unfalls fuhr. Sein damaliges Auto wird er hoffentlich erkennen!

„Schuld."

Ich werde skeptisch und hake nach: „Wodurch definiert sich die Schuld bei Ihnen?"

„Ich bin das Auto damals gefahren."

Das passt meiner Meinung nach auch nicht ganz zusammen, aber wenigstens erkennt er das Auto. Aber warum Schuld und nicht Trauer? Klar, er ist das Auto gefahren, aber eigentlich sollte er eher Verlust oder andere Gefühle in die Richtung verspüren. Die Schuld an dem Unfall wird er nicht bei sich gesehen haben, sonst würden die begangenen Morde und die Rache keinen Sinn ergeben. Klar wird er am Anfang die Schuld bei sich gesucht haben und sicher hat er sich auch Gedanken gemacht, was er hätte tun können in der Situation. Aber nach all den Morden und die Rache, die er ausgelebt hat, macht das Gefühl im Zusammenhang mit dem Auto keinen Sinn! Ich lege das nächste Bild auf den Tisch. Es ist ein Familienbild mit seiner Frau, seiner Tochter und ihm. Er sieht das Bild und dreht es direkt um.

„Beschreiben Sie bitte Ihre Gefühle, Herr Kowalski."

„Verletzt."

Vorsichtig frage ich: „Warum verletzt?"

Er schüttelt den Kopf. Er will sich nicht öffnen. Ich werde aus seinen Gefühlen nicht schlau. Vieles passt nicht zusammen. Damit wir die Dosierung aber heute schon reduzieren können, muss er kooperieren.

„Herr Kowalski, wir müssen zusammenarbeiten, um die gewünschten Ergebnisse erzielen zu können. Wenn Sie nicht kooperieren, weiß ich nicht, ob Ihre neue Dosierung gestattet wird!"

Ich hoffe, dass ich es so schaffe, dass er seine Gefühle erklärt. Es ist kurz still im Raum. Herr Kowalski starrt auf den Tisch. Er scheint wohl innerlich mit etwas zu kämpfen.

„Ich bin allein…daher verletzt."

Ich nicke, aber es klingt für mich wie eine Ausrede. Die wird er sich wahrscheinlich gerade überlegt haben. Ich will darauf aber nicht weiter eingehen.

„Danke. Hier, das nächste Bild."

Es zeigt eine Wodkaflasche.

„Wut. Das hat mir alles genommen."

Es ist das erste Mal, dass seine Gefühle für mich Sinn ergeben. Durch den Alkoholkonsum des LKW-Fahrers wurde der Unfall verursacht und Frau und Kind sind gestorben. Bei seiner Auswahl der Mordopfer hat er ebenso darauf geachtet, dass sie getrunken hatten. Ich decke das nächste Bild auf, von seiner damaligen

Wohnung. Beim Rauswurf wurden fürs Protokoll einige Bilder gemacht. Zum Glück hat der Anwalt mir diese zur Verfügung gestellt.

„Genervt. Es war ungerecht, mich von dort zu vertreiben."

In dieser Wohnung ist seine Tochter aufgewachsen und das erste Gefühl, das dieses Bild bei ihm auslöst, ist genervt? Ich habe eine andere Reaktion erwartet. Die Wohnung war die einzige Verbindung, die er noch zu Frau und Kind hatte, daher hat er sich auch dorthin geflüchtet. Aber ,genervt' trifft das Gefühl nicht richtig. Ich werde aus Herrn Kowalski nicht wirklich schlau. Als nächstes zeige ich ihm den gerichtlichen Beschluss, der ihn die Firma gekostet hat. Er reißt mir den Beschluss aus der Hand und schaut mich schockiert an.

„Woher haben Sie das?!" Sein Tonfall wird laut und er springt auf vor Aufregung. Ich merke, wie Herr Salmon neben mir wieder nervöser wird. Da ich Angst habe, dass er mir dazwischenfunkt, schreite ich direkt ein.

„Ich habe letzte Woche Herrn Brunner einen Besuch in Ihrer alten Firma abgestattet. Mir ist aufgefallen, dass er nie wirklich befragt worden ist zu den Ereignissen und das wollte ich nachholen. Ich musste Lücken füllen. Ist es ein Problem für Sie, dass ich mit ihm geredet habe?"

Er schüttelt den Kopf und setzt sich wieder hin. Auch Herr Salmon neben mir beruhigt sich.

„Verlust. Ich habe die Firma aufgebaut und habe ihn nur in die Firma geholt, um mehr Zeit für die Familie zu haben. Das war der Dank…", sagt Herr Kowalski.

Ich nicke. Das Gefühl passt. Die Reaktion auf den Beschluss war trotzdem stärker als gedacht. Auf die vorherigen Bilder hatte ich ehrlich gesagt mit einem größeren Gefühlsausbruch gerechnet. Auch auf meine Frage hat er nicht geantwortet. Ich werde nachher darauf zurückkommen müssen. Jetzt werde ich mich aber erst einmal auf die Bilder und Herrn Kowalskis Gefühle konzentrieren. Ich hole ein Bild von Gräbern hervor. Auch auf meine Frage hat er nicht geantwortet. Ich werde nachher darauf zurückkommen müssen. Jetzt werde ich mich aber erst einmal auf die Bilder und Herrn Kowalskis Gefühle konzentrieren. Ich hole ein Bild von Gräbern hervor. Es sind nicht die Gräber der Frau und der Tochter, ich finde es geschmacklos, von Gräbern Bilder zu machen und wollte nicht extra dort vorbeifahren. Mich hätte es nur traurig gemacht, die ungepflegten Gräber zu sehen. Ich gehe zumindest davon aus, dass sie niemand pflegt. Beide Großeltern sind schon verstorben, daher wüste ich nicht, wer das übernommen haben soll.

„Neutral – das sind irgendwelche Gräber von Menschen, die ich nicht kenne" erwidert er.

Schlau, dass er es so formuliert hat. Das akzeptiere ich so aber nicht.

„Und wenn auf dem Bild die Gräber Ihrer Tochter und Ihrer Frau wären?"

„Es sind aber nicht die Gräber und ich will die auch nicht sehen."

„Was löst diese Aussage und meine Nachfrage in Ihnen aus?"

„Wut."

„Wieso Wut?"

„Weil mich die Nachfrage von Ihnen wütend macht und ich darüber nicht reden möchte."

Ich schüttle den Kopf, die Ausrede akzeptiere ich auch nicht.

„So einfach mache ich es Ihnen dieses Mal nicht, Herr Kowalski. Warum wollen Sie nicht darüber reden? Bitte weichen Sie der Frage nicht aus und antworten Sie!"

Er schaut mir in die Augen. Er ist rasend vor Wut und kurz davor, seine Kontrolle zu verlieren. Ich brauche hierzu aber seine Antwort.

Daher ziehe ich mein altbekanntes Ass aus dem Ärmel: „Sie wollen die niedrigeren Dosierungen, dafür müssen Sie kooperieren. Ich will nur wissen, warum Sie wütend sind. Ich werde es nicht kommentieren. Bitte, lassen Sie uns zusammenarbeiten. Es wird sich lohnen!"

Er schaut mich einfach nur an und sagt nichts mehr. Ich lasse ihm kurz die Ruhe. Das hilft. Er entspannt sich.

„Ich wollte sie so nicht begraben lassen, das hat man einfach entschieden, ohne mich. Man hätte mich respektieren sollen."

Ich nicke kommentarlos. Allerdings habe ich das Gefühl, ich trete auf der Stelle. Diese Sitzung hat mehr Fragen aufgeworfen als beantwortet. Seine Antworten ergeben für seine Situation, zumindest, wie sie in den Akten beschrieben ist, keinen Sinn. Irgendetwas übersehe ich hier. Ich denke kurz nach. Die Dosierung ist eventuell so hoch, dass sie seine Gefühle verschleiert. Aber das kann nicht nur an den Medikamenten liegen, vor allem wäre er dann nicht so wütend geworden. Da hat er seine wahren Gefühle offenbart. Trotzdem bin ich der Meinung, dass er durchweg ehrlich war. Das Bild der Gräber ist das letzte. Ich will aber noch einmal nachhaken. Ich spüre, dass sowohl Herr Brunner als auch Herr Kowalski mir etwas verschweigen.

„Gut, danke, Herr Kowalski, für die gute Zusammenarbeit. Sie haben all meine Fragen beantwortet. Das waren alle Bilder. Ich hätte allerdings, bevor wir die Stunde beenden, noch eine Frage an Sie. Würden Sie mir die noch beantworten?"

Er wirkt verwundert, aber nickt.

„Sie waren ziemlich sauer, als Sie erfahren haben, dass ich und Herr Brunner Kontakt hatten. Wieso?"

Er lacht. „Er ist kein guter Mensch und hat mir meine Firma weggenommen. Er hat mich hier nie besucht. Hat anfangs einen auf Freund gemacht… Ich hätte ihn meiden und mir die Führung nie mit ihm teilen sollen!"

Den ersten Teil verstehe ich. Aber warum hätte er nie die Führung teilen sollen? Das war schließlich der Wunsch seiner Frau.

„Sie haben ihm doch die Führung der Firma angeboten? Wollten Sie nicht für Frau und Kind kürzertreten? Ich verstehe Ihre Aussage nicht ganz."

Er lacht wieder, schaut mir aber nicht mehr in die Augen, sondern auf seine gefesselten Hände. Dabei sagte er trocken:

„Gestorben wären die dann trotzdem, auch wenn ich die Führung behalten hätte."

Die Antwort hat einen bitteren Nachgeschmack. Es stimmt, eventuell wären sie sowieso in Urlaub gefahren. Aber anstatt des Urlaubs oder die Urlaubsplanung bereut er die Abgabe der Führung? Die Sitzung hat mich wirklich kein Stück weitergebracht. Ich muss hier noch einmal neu ansetzen, sonst komme ich nicht weiter.

„Okay, danke für die Kooperation. Ich beende die Sitzung hiermit. Wie gesagt, wir gehen alles langsam an, ich will Sie nicht überfordern. Herr Salmon, kann die Dosierung ab heute gesenkt werden?"

„Das werde ich jetzt abklären, ich bin gleich wieder da."

Er verlässt das Zimmer.

„Beim nächsten Mal wird die Sitzung ein bisschen härter. Dafür möchte ich unbedingt, dass Ihre Medikamente abgesetzt werden. Wir gehen näher auf ihre Beweggründe für die Morde ein und auch auf Ihre Gefühle dazu. Ist das in Ordnung für Sie?"

Er nickt. Reden ist wirklich nicht seine Stärke.

„Haben Sie vielleicht irgendwelche Wünsche für die Sitzungen im Allgemeinen?"

Er schaut mich verwirrt an.

Ich versuche, deutlicher zu werden: „Außer der Absetzung der Medikamente haben Sie keine Wünsche?"

Er erwidert nur: „Das ist mir das Wichtigste."

Da kommt der Betreuer wieder.

„Also Herr Kowalski, die Dosierung wird reduziert. Aber nur bis zur nächsten Sitzung. Wenn Sie dort nicht mehr kooperativ sind, setzen wir sie wieder hoch. Arbeiten Sie so gut mit wie heute, dann können wir sie weiter senken. Die neue Dosierung gilt ab heute bis nächste Woche Dienstag."

Man sieht Herrn Kowalski die Freude an. Zur Verabschiedung hebt er kurz seine gefesselte Hand und dann wird er aus dem Raum geführt.

Ich packe auch zusammen und Herr Salmon begleitet mich, wie letztes Mal, aus dem Gebäude. Die Sitzung macht mir zu schaffen, weil ich mir einfach andere Ergebnisse und Antworten erhofft habe. Daher will ich Herrn Salmon noch unbedingt etwas fragen.

„Herr Salmon, wurde bei Herrn Kowalski bemerkt, dass sich seine Gefühle durch die Medikamente geändert haben?"

Er lacht trocken.

„Ich dachte mir, dass Sie das ansprechen würden. Die Medikamente schwächen seine Gefühle nur, ändern sie aber nicht. In manchen Fällen und durch falsche Medikamente kann so etwas vorkommen, ja, aber diese Antworten würde er Ihnen auch ohne Medikamente geben."

Das ist interessant. „Dann passen seine Gefühle und die Situation oft nicht zusammen? Viele Aussagen, die er getroffen hat, ergeben einfach keinen Sinn!"

„Gerne können Sie das näher erläutern, vielleicht bei einer Tasse Kaffee? Ich habe jetzt Pause und bin, seit er hier eingewiesen wurde, Herr Kowalskis Betreuer. Ich kann sicher Licht ins Dunkle bringen."

Ich schaue ihn prüfend an. Ich weiß nicht, wie dieses Angebot gemeint ist. Es ist egal, Zeit habe ich dafür sowieso nicht.

„Ich muss leider zurück in die Praxis. Ich schaue mal, wie die Sitzung nächste Woche läuft, und hoffe, die Senkung der Dosierung hilft. Mein Gefühl sagt mir aber, dass hier etwas Grundlegendes übersehen wird. Bis nächste Woche."

Ich gehe und drehe mich weder um noch warte ich auf eine Antwort von Herrn Salmon. Ich habe keine Lust, mit ihm zu reden, falls die Einladung zum Kaffee wirklich mehr als nur dienstlich gewesen ist. Ich einfach weg. Denn Fall muss mir noch einmal genau anschauen und mir eine andere Vorgehensweise überlegen. Aktuell habe ich das Gefühl, auf der Stelle zu treten und von Herrn Kowalski für die Medikamentenreduzierung ausgenutzt zu werden.

Ich setze mich ins Auto und checke mein Handy.

23:19 Uhr ich: Gute Nacht, Steve, hoffe die Fortbildung war gut heute.

07:24 Uhr Steve: Ich bin mittlerweile zuhause und fahre gleich zur Arbeit. Die Fortbildung war gut aber sehr langlebig. Jetzt habe ich sie wenigstens hinter mir. Wie war dein Tag?

11:58 Uhr ich: Nicht wirklich gut – eine Sitzung lief nicht so, wie ich es mir erhofft hatte. Was machen wir heute?

Nach der Nachricht starte ich mein Auto und fahre Richtung Praxis. Die Sitzung hat bei mir ein Gefühlschaos hinterlassen. Ich werde den Eindruck nicht los, dass ich etwas Wichtiges übersehe. Viele Aussagen stimmen einfach nicht überein. Oder täusche ich mich? Ich habe eine anstrengende Woche vor mir, vielleicht nehme ich den ganzen Stress in die Sitzungen mit und interpretiere deswegen Aussagen falsch? Aber eigentlich kann ich den Stress während einer Sitzung immer gut ausblenden. Ich denke, ich werde bei Herrn Kowalski einfach einen komplett neuen Ansatz verfolgen müssen. Ich richte die Therapie neu aus. Hoffentlich bekommen wir dann bessere Ergebnisse. Denn am fehlenden Vertrauen liegt es nicht. Ich bin mir sicher, er vertraut mir. Zwar hat er vereinzelt Probleme, sich zu öffnen oder sich richtig auszudrücken, aber mehr auch nicht. Ich glaube jedoch, ich sollte Herrn Kowalski weniger Kontrolle über die Sitzung geben. Gegen Ende hatte ich auch das Gefühl, er würde die Situation nur ausnutzen, damit seine Dosierung angegangen wird. Vielleicht ist das auch das fehlende Puzzleteil? Bisher dachte ich immer, er wolle die Medikamente nicht, da er sie mit Drogen assoziiert und damit auch mit dem Tod seiner Frau und seiner Tochter. Dafür hat er den beiden nach ihrem Tod jedoch wenig Beachtung geschenkt. Natürlich trauert jeder anders, keine Frage. Trotzdem ist es merkwürdig. Er hat seine Arbeit für beide reduziert, hat aber eben gesagt, dass dies ein Fehler war, da beide sowieso gestorben wären. Er ist sauer auf Herrn Brunner, dass er die Beerdigung organisiert und geplant hat, was seine Aufgabe gewesen wäre. Hinzu kommt der Verlust der Wohnung. Er hat sich nur noch eingeschlossen und diese nicht mehr verlassen. Alle, inklusive mir, gehen davon aus, dass er so die Nähe zu Frau und Kind gesucht hat. Aber das Bild der Wohnung hat ihn genervt. Ein anderes Gefühl wurde hier nicht bei im ausgelöst. Warum genervt? In dieser Wohnung hat seine Tochter das Laufen gelernt und ihre ersten Worte gesagt. Irgendetwas stimmt hier ganz und gar nicht und je länger ich darüber nachdenke, desto sicherer bin ich mir, dass es nicht an meiner Auffassungsgabe liegt. Auch bei Herrn Brunner hatte ich schon das Gefühl, dass er mir etwas verheimlicht. Dieses Gefühl habe ich auch bei Herrn Kowalski. Die großen Fragen, die sich mir jetzt stellen: Was wird mir verheimlicht? Verheimlichen mir beide dasselbe? Bin ich die Sitzung von Herrn Kowalski von einem falschen Standpunkt aus angegangen? Warum löst der Tod von Frau und Kind nicht so eine große Reaktion bei Herr Kowalski aus, wie die Enteignung seine Firma? Warum hat er die Spedition nicht wieder erkannt? Warum hat ihn die Art und Weise der Beisetzung geärgert, wenn er es hätte selbst übernehmen sollen? Warum hat er die Beisetzung nicht selbst geplant? Und warum haben alle Fotos, Frau und Kind betreffend, in meinen Augen immer die falschen Gefühle bei Herr Kowalski ausgelöst?

Aufgenommen habe ich den Fall wegen des Vaters von Theo. Er war das letzte und jüngste Opfer von Herrn Kowalski. Der Vater hat nach Antworten beim Mörder gesucht, jedoch hat er in der psychiatrischen Einrichtung eine gequälte und kranke Seele angetroffen. Theos Vater hat Rat bei mir gesucht und wollte, dass ich diesem Mann helfe. Er ist davon überzeugt den Mörder zu heilen und dadurch auch gleichzeitig verschwinden zu lassen! Die Morde wurden von der gequälten Seele begangen und nicht von dem Mann, der sie umgibt. Er ist Überzeugt davon, dass dem Mann geholfen werden kann und er so endlich abschließen und sein Leben weiterleben kann. Viele Ansichten teile ich und das er krank ist, steht außer Frage – er hat immerhin neun Morde begangen. Doch was genau quält ihn? Ich dachte, es wäre der Verlust von Frau und Kind gewesen, der ihn zu den Morden und zu der Rache getrieben hat. Angenommen habe ich das aber auch nur, weil jeder das Behauptet hat. Die Akten, die Polizei, die Psychologen, das Gerichtsurteil, die Presse und viele weitere haben einfach angenommen, dass dies der Fall wäre. Geäußert, hat sich Herr Kowalski aber nie zu dieser Aussage bzw. besser gesagt zu der Theorie! Er hat nur bestätigt, dass er all die Morde begangen hat und jeder hat angenommen, dass dies seine Beweggründe gewesen sind. Was aber, wenn ihn etwas ganz anderes quält? Was, wenn er ganz andere Beweggründe hatte? Was, wenn es nicht um die Rache an den alkoholisierten Mann, der ihm Frau und Kind genommen hat, geht? Mir ist auch letztens aufgefallen, dass keiner seiner Opfer Vater gewesen ist, ist das Zufall oder war es Teil seines Opferprofils? Ich habe, genau wie alle anderen, einfach angenommen, dass dies der Fall wäre. Aber nach meinem jetzigen Standpunkt, ergibt diese Theorie einfach keinen Sinn! Er trauert seiner Firma mehr nach als seiner Familie. Da kann man nicht von Rache für seine Familie reden! Genau in diesem Moment parke ich mein Auto an der Praxis. Ich habe das Gefühl ich werde verrückt. Ich werfe mit diesen Gedanken die Beiwegrunde eines verurteilten Serienmörders einfach über den Haufen. Klar, es ist die einfachste und logistische Erklärung, einen Familienvater Rache vorzuwerfen, der wegen eines alkoholisierten LKW-Fahrers nur alkoholisierte Männer getötet hat. Aber seine Gefühle und Reaktionen gegenüber seiner toten Familie passt einfach nicht! Bevor ich mir den Kopf an dem Fall zerbreche, beschließe ich ins Büro zu gehen. Ich glaube, ich muss diesen Fall erst einmal Ruhen lassen und eine Nacht darüber schlafen. Dann kann ich meine Gedanken nochmal sammeln und mir eine neue Herangehensweise zur Therapie überlegen. Wenn mein Gedankengang aber stimmen sollte und ich hier auf etwas gestoßen bin, nimmt dieser Fall Ausmaße an, die ich niemals für möglich gehalten habe!

NEUN

DIE ABRECHNUNG

Ich gehe zur Praxis, versuche meine Gedanken neu zu sortieren und schaue dabei auf mein Handy. Ich freue mich, Steve heute Abend wiederzusehen.

12:01 Uhr Steve: Sollen wir wieder einen entspannten Abend bei dir machen? Wir können einkaufen gehen und dann koche ich uns ein leckeres Essen. Oder hast du einen anderen Vorschlag?

Ich lache. Das gemeinsame Kochen ist schon unser Ding geworden. Vor der Praxistür suche ich den Schlüssel in meiner Tasche. Als ich die Tür aufschließe, werde ich stutzig. Komisch, sie ist nur einfach abgeschlossen. Ich bin mir sicher, dass ich sie zweifach verschlossen habe! Das mache ich auch immer zuhause. Ich bin unsicher, wie ich reagieren soll. Vielleicht ist Roland früher aus dem Urlaub gekommen und arbeitet? Derik kann es nicht sein, er musste seinen Schlüssel abgeben. Eventuell habe ich wirklich einfach nur einmal abgeschlossen. Es ist eine anstrengende Zeit für mich, da kann es schon sein, dass mich meine Erinnerungen täuschen. Ich weiß nicht warum, aber ich habe das Bedürfnis, die Info an Steve weiterzugeben.

12:36 Uhr ich: Die Praxistür ist komischerweise nur einfach abgeschlossen, dabei bin ich mir sicher, dass ich sie zweifach verschlossen habe. Ich bin langsam schon so überarbeitet, dass ich nicht mal mehr weiß, wie oft ich die Tür zugeschlossen habe... Essen bei mir klingt gut! Wir müssen dann aber wirklich einkaufen gehen, mein Essensvorrat neigt sich dem Ende zu.

Nach Absenden der Nachricht gehe ich in die Praxis und schalte die Lichter ein. Auf den ersten Blick ist niemand in der Praxis zu sehen, also muss ich mich geirrt haben. Ich gehe in Richtung meines Büros. Da höre ich plötzlich ein Rascheln. Ich erstarre. Bin ich etwa doch nicht allein? Langsam nähere ich mich meinem Büro. Auf einmal sehe ich ihn. Da steht Derik und durchsucht meine Sachen. Ich bin geschockt. Er ist so beschäftigt mit dem Durchsuchen, dass er die eingeschalteten Lichter wohl nicht bemerkt hat. Ich muss sofort raus aus der Praxis und das, ohne von Derik bemerkt zu werden. Was macht er hier in meinem Büro? Die Schlüssel wurden ihm doch abgenommen! Gut, Kopien des Schlüssels sind schnell gemacht. Aber warum mein Büro? Ich habe aufgehört zu atmen und gehe langsam rückwärts in Richtung Ausgang. Ich traue mich nicht, ihn aus dem Blick zu lassen. Er weiß von letzter Woche noch, dass ich den neuen Fall angenommen habe, der außer Haus stattfindet und er weiß, dass Roland und Ina diese Woche in Urlaub sind. Er wusste damit, dass niemand in der Praxis sein würde. Aber warum nimmt er seine Patientenakten nicht mit?

Wenn man schon bei seinem alten Arbeitgeber einbricht und ein Verfahren bezüglich der Mitnahme der Patienten am laufen hat, dann würde man es auf diese Akten abgesehen haben, oder nicht? Er macht mich für den Rauswurf verantwortlich. Vielleicht will er es mir heimzahlen und etwas Belastendes gegen mich suchen. Dann würde es so aussehen, als wäre ich die Verrückte und er könnte seinen Job behalten. Etwas Belastendes wird er aber in meinem Zimmer nicht finden. Ich habe mittlerweile die Hälfte des Wegs geschafft. Auf einmal klingelt mein Handy, ich werde angerufen. Derik dreht sich ruckartig um und sieht mich direkt an. Ich bin wie erstarrt. Da rennt er auf mich zu. Ich schaue ihn kurz an und bekomme Panik, die mich kurzzeitig lähmt. Als ich wieder zu mir komme, renne um mein Leben und traue mich nicht, zurückzuschauen. Gerade, als ich die Tür greifen will, packt mich etwas an der Schulter und schleudert mich zurück. Ich falle zu Boden. Derik nimmt meinen Fuß und schleift mich in Richtung meines Büros. Wie wild trete ich um mich und schreie. Ich hab ihn wohl getroffen, denn er lässt mich los. Ich versuche, wieder aufzustehen und loszurennen. Da stellt er sich vor mich und holt auf einmal eine Waffe aus seiner Hose, mit der er auf mich zielt. Ich habe panische Angst. Ich fühle mich wie die Achtjährige damals im Wald. Ich weiß nicht, was ich machen soll, und erstarre wieder. Schlau wäre es gewesen, etwas zu sagen, aber ich bekomme kein Wort aus meinem Mund. Ich schaue ihn einfach nur an. Deriks Augen sind voller Zorn und Hass. Auf einmal fängt er an zu lachen. Er geht einen Schritt auf mich zu.

Er sagt: „So, wir sollten uns jetzt erst einmal beruhigen. Du bleibst genau da stehen und rührst dich nicht, dann passiert dir auch nichts."

Irgendwie werde ich das Gefühl nicht los, dass er gerade mit sich selbst redet und die Worte nicht an mich gerichtet sind. Ich atme tief ein und aus. Ich muss versuchen, meine Worte wiederzufinden und ihn zur Vernunft zu bringen.

Ich sagte leise: „Derik, egal, was du aus meinem Büro willst, nimm es dir einfach und geh bitte. Ich werde es für mich behalten. Aber bitte geh einfach und lass mich in Frieden."

Er lacht auf. „Oh nein, so einfach ist das jetzt nicht mehr. Du hast mir meine Karriere versaut! Warum musstest du nur so eine Scheiße behaupten!? Du wolltest mich doch auch, tust aber jetzt so, als hätte ich dich belästigt. Ich wollte deine Karriere zerstören, aber die perfekte Yasmin hat natürlich keine Leichen im Keller. Ich habe dein Büro sicher schon zwei Mal auf den Kopf gestellt. Daher muss die Rache jetzt anders erfolgen!"

Dabei fuchtelt er mit der Waffe in der Hand direkt vor meinem Gesicht herum. Ich habe panische Angst. Er ist nicht mehr bei klarem Verstand. Ich habe ihn noch nie so gesehen. Er hat Angst um seine Karriere. Mit dem Ruf, den er nach den Verhandlungen haben wird, wird er nie erfolgreich sein können. Ich muss versuchen, ihn zu beruhigen.

„Derik, falls ich dir das Gefühl gegeben habe, es könnte sich etwas zwischen uns entwickeln, tut es mir leid. Das war wirklich keine Absicht! Ich hatte kein Interesse an dir. Ich hatte zu dem Zeitpunkt überhaupt kein Interesse, jemanden kennenzulernen. Es tut mir wirklich leid, aber ich dachte, ich hätte das klargestellt!"

Nach dieser Aussage verstummt sein Lachen. Seine Miene verdunkelt sich schlagartig und ich bekomme mehr Angst vor ihm. „Diese ganzen Flirterei und Spielereien zwischen uns – die fanden jeden Tag statt. Du hast mitgemacht, es ging nicht nur von mir aus! Warum machst du so etwas? Warum spielst du mit mir?"

Er kann die Realität wohl nicht mehr von der Illusion unterscheiden. Er hat immer geflirtet und gespielt und ich habe es jedes Mal abgeblockt. Aber das sieht er gerade nicht, es zu verneinen, wird nichts bringen. Ich muss ihn beruhigen und entschuldige mich weiter.

„Falls ich falsche Signale gesendet habe, tut es mir leid. Ich wollte das alles nicht. Ich dachte, ich hätte dir deutlich signalisiert, dass kein Interesse meinerseits besteht. Das tut mir wirklich leid. Ich hätte auch nicht einfach davon ausgehen sollen, dass du meine Signale verstanden hast. Lass uns doch jetzt in Ruhe darüber reden."

„Lass deine Psychotricks! Der Plan läuft anders. Steh auf, wir werden jetzt zusammen zu meinem Auto laufen. Dabei folgst du nur meinen Anweisungen und sagst keinen Ton. Wir dürfen draußen keine Aufmerksamkeit erregen, wir wollen ja nicht, dass jemand verletzt wird."

Das muss ich verhindern, ich kann mit Derik nicht in sein Auto steigen und irgendwo hinfahren! Ich brauche einen Ausweg!

„Derik, bitte lass-"

„ICH SAGTE, WIR GEHEN!", brüllt er und drückt mir die Waffe auf die Stirn.

Ich schrecke zusammen und zittere vor Angst. Derik sieht das und zum ersten Mal zeigt er Mitleid mit mir. Er zieht die Waffe weg von meiner Stirn, richtet sie aber weiterhin auf mich.

„Ich bin hier nicht der Böse! Ich bin vergleichsweise nett, nach dem, was du mir alles angetan hast. Du hast mein Leben zerstört. Niemand wird mehr mit mir arbeiten wollen, alle halten mich für einen Perversen und das nur, weil ich dir an den Arsch gefasst habe? Zieh dich nicht so aufreizend an und flirte nicht, dann passiert das nicht!"

Mit diesen Worten mischt sich Wut in meine Angst. Ich weiß, dass in solchen Situationen oft den Opfern die Schuld gegeben wird, aber es geht langsam zu weit. Dass er meine Andeutungen nicht verstanden hat, lasse ich mir noch gefallen. Aber mein Verhalten oder meine Kleidung sind keine Entschuldigung, mich zu belästigen! Ich muss die Wut jedoch unterdrücken, denn wenn ich mich jetzt wehre, fange ich mir wirklich noch eine Kugel ein. Ich werde es jedenfalls nicht schaffen, ihn zu beruhigen. Immer, wenn ich was sage, macht es ihn wütender. Er hat sich komplett auf mich fixiert. Aber ich kann nicht mit ihm in seinen Wagen steigen, mich wird man dann nicht finden. Meine Tasche habe ich, als er mich in Richtung Büro geschleift hat, verloren. Da sind alle wichtigen Gegenstände drin, auch mein Handy, das man orten könnte. Ich werde mit ihm mitgehen, doch kurz vor seinem Auto muss ich entkommen. Ich hoffe, er hat wie immer vorne an der Straße geparkt. Dort sind viele Menschen unterwegs, da wird mir dann hoffentlich jemand zu Hilfe kommen!

Daher sage ich in einem ruhigen Ton: „Tut mir leid, ich werde jetzt gehorchen."

Man sieht Derik an, dass er sich über die Kapitulation sehr freut. Er läuft hinter mich, packt mich am Arm und hält mir die Pistole wieder an den Kopf.

„So, es läuft jetzt folgendermaßen. Wir werden beide zügig zu meinem Auto gehen. Ich halte dich am Arm fest und bin direkt hinter dir, die Pistole wird dabei auf deinem Rücken abgesetzt. Wir gehen still zum Auto. Wenn du ein Wort sagst, schieße ich dir in den Rücken. Wenn wir am Auto sind, steigst du auf der Fahrerseite ein. Ich steige direkt hinter dir ein. Wir fahren zu mir nach Hause. Den Weg werde ich dir zeigen. Beim Fahren solltest du auch nicht auf die Idee kommen, irgendwelche Manöver zu versuchen, sonst schieße ich dir in den Kopf. Und eins sei dir bewusst: Egal, was du versuchst, am Ende wirst du eine Kugel in dir haben. Und zusätzlich, um dich ein bisschen anzuspornen brav zu bleiben, werde ich noch irgendeine wildfremde und unschuldige Person mit in den Tod reißen. Verstanden?"

Ich schlucke und nicke. Er rammt mir die Pistole in den Rücken und wir bewegen uns zum Ausgang. Dabei hat er mich fest im Griff. Eine Flucht ist unter diesen Bedingungen unmöglich. Das Risiko, dass er eine unschuldige Person verletzt, ist mir zu hoch! Nur was soll ich tun? Mir fehlen die Ideen. Ich muss hoffen, dass sich irgendwie eine Gelegenheit ergibt zu fliehen. Wir haben den halben Weg zum Ausgang hinter uns gebracht, da öffnet sich die Praxistür. Steve und Ali treten ein. Als sie die Situation sehen, zücken beide die Waffe und Ali schreit:

„Polizei! Waffe auf den Boden und Hände über den Kopf!"

Derik packt mich an den Haaren und tritt mit seinem Fuß von hinten gegen meine Kniekehle. Dadurch falle ich auf die Knie. Es schmerzt, aber ich bin unglaublich erleichtert, dass die beiden hier sind. Aber was machen sie überhaupt hier? Ich habe Steve zwar von der Tür geschrieben, aber darauf zu schließen, dass etwas Schlimmes vorgefallen ist, wäre selbst mir nie gekommen. Vielleicht hat Steve versucht, mich zu erreichen?

„Stehen bleiben, sonst hat sie eine Kugel im Kopf. Was willst du schon wieder hier?! Nur deinetwegen ist die romantische Bindung zwischen Yasmin und mir gestorben!"

Beide Kommissare bleiben stehen, zielen mit den Waffen aber weiterhin auf Derik.

„Du hast Yasmin belästigt, zwischen euch lief nichts Romantisches!", entgegnet Steve.

Derik lacht und schüttelt wild den Kopf. „Du irrst dich. Yasmin hat vorhin zugegeben, dass zwischen uns etwas war und das sie einfach nicht wusste, wie sie damit umgehen soll!"

Was zum Teufel soll ich zugegeben haben? Ich kann doch nicht übersehen haben, dass Derik im Inneren so verrückt ist. Er legt sich alles so zurecht, wie es für ihn gerade passt. Ich muss versuchen, die Situation zu entschärfen. Auf Derik einzureden, ergibt keinen Sinn. Er ist in seinem Wahn und davon lässt er sich so schnell nicht abbringen. Was, wenn ich ihn überwältige? Jetzt sind zwei Waffen auf ihn gerichtet. Wenn ich es also schaffe, können die Jungs eingreifen, bevor Derik etwas Dummes tut. Kniend auf dem Boden kann ich aber nicht viel ausrichten. Ich muss stehen. Vielleicht kann ich ihn dazu überreden.

„Derik, du tust mir weh. Wie wäre es, wenn wir uns alles beruhigen und du mich kurz aufstehen lässt. Du kannst mich in den Schwitzkasten nehmen, aber das Haare Ziehen tut weh!"

Derik brüllt: „Damit du oder die Knallköpfe dahinten etwas versuchen? Nein danke!"

Ich habe einen Plan, dafür muss ich aber aufstehen und Derik muss direkt hinter mir sein. Steve hat mir eine Selbstverteidigungstechnik gezeigt, mit der ich ihn leicht überwältigen könnte. Ich glaube, Steve hat auch verstanden, was ich vorhabe, denn sein Blick beruhigt sich ein wenig. Ich habe Steve bisher noch nie so wütend und besorgt gleichzeitig gesehen. Trotzdem ist er extrem fokussiert und ruhig.

Er mischt sich ein: „Wir haben nichts vor. Yasmin soll keine Schmerzen haben. Ich habe ein Vorschlag. Wir packen unsere Waffen weg, dafür lässt du Yasmin aufstehen und ziehst ihr nicht mehr an den Haaren. Hauptsache Yasmin leidet nicht mehr. Wenn du wirklich etwas für sie empfindest, willst du doch nicht, dass sie leidet, oder?"

Ali erlaubt sich einen kurzen Blick zu Steve, konzentriert sich aber danach wieder komplett auf Derik. Er scheint volles Vertrauen zu Steve zu haben. Derik traut der Sache wohl nicht ganz, zumindest schweigt er eine Zeit lang. Doch dann merke ich, wie sich der Griff in meinen Haaren lockert.

„Okay. Erst packt ihr eure Waffen weg…und zwar jetzt sofort!"

Steve gehorcht und packt sie direkt weg. Nachdem er Ali einen Blick zugeworfen hat, steckt auch er die Waffe zögerlich weg.

„Hände über den Kopf!", schreit Derik.

Beide heben die Hände. Ich merke, wie sich seine Hände von meinen Haaren lösen.

„Steh langsam und vorsichtig auf. Wehe, du versuchst wegzurennen!"

Auch ich gehorche. Er presst sich hinter mich und nimmt mich in den Schwitzkasten. Die Pistole richtet er wieder auf meinen Kopf.

„So, da sich alle beruhigt haben, läuft die Sache hier jetzt unter meinem Kommando. Ihr Jungs lauft langsam in das Büro dort vorne links. Wir beide gehen zur Tür. Nachdem wir die Praxis verlassen haben, bleibt ihr beide zehn Minuten hier. Solltet ihr das Büro vorher verlassen oder irgendjemanden Anrufen, fängt sich Yasmin eine Kugel ein. Haben wir uns verstanden?"

Steve und Ali tauschen einen kurzen Blick aus und bewegen sich dann in Richtung Büro. Beide bleiben in der angewiesenen Tür stehen. Danach gehen Derik und ich langsam und mit dem Blick auf die Jungs gerichtet zur Praxistür. Um den Verteidigungsgriff anwenden zu können, müssen wir beide zum Stehen kommen. Da einer von uns die Tür öffnen muss, wird das der passende Moment sein, in dem ich handeln kann. Steve und Ali bleiben beide ruhig stehen und beobachten die Szene genau. Ich merke, wie wir langsamer werden. Da wir zu Steve und Ali schauen, weiß ich nicht, wann wir die Tür erreichen. Aber ich mache mich bereit.

„Es läuft jetzt folgendermaßen. Yasmin, du-" sagt Derik und bleibt dabei stehen.

In diesem Moment wende ich den Griff an und werfe ihn zu Boden. Er landet vor mir, hinter mir ist die Tür. Ich renne in Richtung Ali und Steve, ohne mich umzudrehen. Im nächsten Moment höre ich einen Schuss und erstarre. Ich drehe mich um. Wer hat geschossen? Wurde ich getroffen? Wurde irgendjemand getroffen? Ich schaue mich um. Derik wurde angeschossen. Ich sehe, wie er zu Boden fällt und vor Schmerzen schreit. Er muss wohl aufgestanden sein und mit der Pistole auf jemanden gezielt haben. Einer der beiden muss ihm dann aber zuvor gekommen sein. Beide Jungs stellen sich vor Derik. Sie sichern seine Waffe und Ali legt ihm Handschellen an. Steve eilt zu mir. Sein Mund bewegt sich, aber seit dem Schuss nehme ich keine Geräusche mehr wahr. Mir ist schwindlig. Auf einmal wird mir schwarz vor Augen.

Als ich wach werde, beugen zwei Sanitäter über mich. Ich liege auf dem Boden der Praxis. Man redet mit mir, aber ich kann nichts verstehen. Ich setze mich auf, aber mir wird kurz wieder schwarz vor Augen. Ich fasse mir an den Kopf.

„Yasmin, ist alles okay?", fragt Steve besorgt.

„Was ist mit Derik, warum wurde er angeschossen?", flüstere ich.

„Ich habe ihn angeschossen. Nachdem du ihn zu Boden geworfen hattest, ist er aufgestanden und hat er die Waffe auf dich gerichtet. Da habe ich ihn in die Schulter geschossen. Es ist keine große Verletzung."

„Sie sind ohnmächtig geworden, das wird die Aufregung und der Stress gewesen sein. Wir können Ihnen gerne etwas zur Beruhigung geben, wenn Sie das wollen" bietet mir ein Sanitäter an.

„Nein danke, ich will einfach nur nachhause!"

Da schaltet sich Steve direkt wieder ein:

„Du musst nur kurz noch deine Aussage machen, dann fahre ich dich direkt nach Hause. Sicher, dass du nichts zur Beruhigung willst? Vielleicht solltest du dich nochmal im Krankenhaus durchchecken lassen?"

Ich schaue Steve an. „Mir geht es gut. Ich mache kurz die Aussage, dann will ich aber heim!"

Steve hat mich mittlerweile nachhause gebracht. Vor Ort habe ich noch die Polizeiaussage gemacht und alle Patienten, die ich heute Nachmittag und morgen Vormittag gehabt hätte, angerufen und die Termine verschoben. Ich habe das Gefühl, ich schiebe zurzeit nur noch meine Termine. Ich wollte die Termine für morgen nicht absagen, da ich morgen Nachmittag den Härtefall von Roland eingeplant habe und diesen Termin nicht verschieben kann! Steve hat darauf bestanden, dass ich mich wenigstens noch morgens ausruhe, bevor ich mich wieder voll in die Arbeit stürze. Ich habe ein schlechtes Gewissen. Niemand außer mir ist da, daher muss ich die Praxis schließen. Nach den ganzen Terminverschiebungen habe ich noch mit unserem Firmenanwalt telefoniert. Er meinte, ich müsse mir keine Sorgen mehr machen. Derik wird nach dieser Aktion den Rechtsstreit bezüglich seiner Patienten verlieren und nicht mehr so schnell aus der Untersuchungshaft kommen, immerhin hat er auch Polizisten bedroht. Trotzdem setzt der Anwalt noch ein Annäherungsverbot auf. Er wird zwar sicher am Ende zu einer Gefängnisstrafe verurteilt, aber lieber geht man auf Nummer sicher. Das Kontaktverbot wird wohl auch ohne Probleme durchgehen. Der Anwalt fügte hinzu, dass Derik wahrscheinlich nie wieder seinen Beruf als Psychologe ausüben werden kann. Im Sinne der Patienten freut mich das natürlich. So instabil wie Derik ist und wie er mit Zurückweisungen umgeht, hat er definitiv keinen guten Einfluss auf die Patienten und deren Genesung. Trotzdem wird mir erst durch diese Aktion heute klar, wie schlecht es Derik geht. Wie konnte das Roland und mir entgehen? Klar, wir hatten alle viel zu tun und ich habe versucht, Derik zu meiden, aber das hätte uns auffallen müssen. Da Derik jetzt keinen Anspruch mehr auf die Patienten hat, bin ich gespannt, wie deren Zustand ist. Derik wird sicher nicht im Stande gewesen sein, sie richtig zu betreuen. Ehrlich gesagt hoffe ich, durch die Akten und Notizen zu erfahren, wann genau es bei Derik angefangen hat, so auszuarten. Insgesamt jedoch muss ich sagen, dass ich mich nach dem Vorfall ziemlich schnell erhole. Es beruhigte mich zu wissen, dass Derik nicht so schnell freigelassen werden wird und durch die Anwesenheit von Steve, fühle ich mich auch sicher. Er hat sich den restlichen Tag freigenommen, war kurz Einkaufen und kocht mir gerade Essen. Ich habe den ganzen Tag noch nichts gegessen oder getrunken wegen des Kowalski-Falls. Was genau Steve kocht, weiß ich nicht. Er hat mich einfach gebeten, mich zu setzen und zu warten. Ich bin aber auch zu sehr mit meinen Gedanken beschäftigt, um ihm zuzuschauen. Steve ist mir in der kurzen Zeit, die wir uns kennen, so nahegekommen wie noch niemand zuvor. Ich fühle mich bei ihm so sicher. Allein, dass ich einen Mann, nach dem, was passiert ist, so schnell in mein Leben lassen konnte, bedeutet viel. Die Verbindung zwischen uns ist sehr stark. Dass er heute sofort wusste, dass etwas nicht stimmte, und sich direkt auf den Weg zu mir gemacht hat, ist besonders. Als ich ihn gefragt habe, meinte er einfach, er hätte gespürt, dass ich in Gefahr gewesen bin. Zum Glück ist er diesem Gefühl nachgegangen, sonst hätte Derik mich wirklich mitnehmen können. Ich habe es Steve zu verdanken, dass ich hier in meiner Wohnung sitzen kann! Wir sind wie füreinander bestimmt. Worauf genau warte ich eigentlich?

Die Situation heute zeigt doch wieder, dass man keine Zeit verschwenden und sein Leben so leben sollte, wie man es möchte. Die Verbindung zwischen uns kann man einfach nicht mehr leugnen!

Steve reißt mich auch meinen Gedanken: „So, hier: Gemüselasagne. Ich hoffe, es schmeckt. Ich werde durch dich noch unfreiwillig zum Vegetarier." lacht er. Er stellt erst mir und dann sich das Essen auf den Küchentresen. Bevor er sich hinsetzen kann, stelle ich mich vor ihn. Ich habe beschlossen, dass ich nicht mehr warten will.

„Worauf warten wir eigentlich noch? Hat der heutige Tag nicht gezeigt, dass man sein Leben leben sollte? Und auch diese Verbindung zwischen uns kann ich nicht mehr ignorieren!"

Steve wirkt verwirrt. Er muss denken, ich sei verrückt. Erst sage ich immer, wir sollen warten und uns an die Regeln halten, und jetzt das.

Nach einer kurzen Bedenkzeit erwidert Steve endlich: „Wolltest du nicht warten? Meintest du nicht, du willst mich als Patienten erst abgeben?"

„Ja, aber der heutige Tag hat mir gezeigt, dass wir nicht warten sollten. Verstehe mich nicht falsch, deine Stunde am Freitag ist wichtig und die werden wir auch professionell durchziehen. Aber wir sollten nicht mehr warten. Das zwischen uns kann man nicht ignorieren!"

Er schaut mich liebevoll an und legt seine Hand auf mein Gesicht.

„Du hast recht, das zwischen uns ist zu stark, um ignoriert zu werden. Aber ich will nicht, dass du die Entscheidung bereust. Lass uns warten! Bis Freitag ist es nicht mehr so lange."

Ich bin enttäuscht und traurig, das sieht man mir wohl auch direkt an, denn Steve fügt hinzu: „Bitte, versteh mich nicht falsch, ich will das zwischen uns unbedingt! Aber ich bin Polizist und weiß, dass Menschen nach traumatischen

Ereignissen gerne vorschnell handeln. Ich will nicht, dass du es später bereust sondern, dass du die Entscheidung eigenständig und nicht nur wegen heute triffst."

Ich lache nur: „Bist du jetzt etwa der Psychologe? Steve, ich entscheide das nicht aus irgendeiner Laune heraus. Ich hatte so etwas wie zwischen uns noch niemals zuvor und eigentlich wollte ich es auch niemals haben. Ich habe versucht, es zu ignorieren und professionell zu handeln, doch das war falsch! Ich habe viel durchgemacht in meinem Leben und hatte einfach Angst. Zugegeben, der heutige Tag hat gezeigt, dass ich keine Zeit verschwenden sollte, aber meine Gefühle sind unabhängig davon. Ich will einfach nicht mehr warten!"

Steve steht auf und schaut mir tief in die Augen. Wir küssen uns leidenschaftlich. Er drückt mich gegen den Küchentresen und ich fange an, sein Hemd auszuziehen.

Er unterbricht mich: „Bist du dir sicher, dass du das willst?"

„Ganz sicher!"

Da packt er mich und trägt mich ins Schlafzimmer.

ZEHN

NORMALITÄT?

Das zwischen Steve und mir ist wirklich besonders und unser erstes Mal war wunderschön. Wir haben danach herumgealbert, uns unser kaltes Essen warmgemacht und ein bisschen meine Serie weiter geschaut. Dabei bin ich wieder eingeschlafen. Steve hat mich geweckt und ich habe ihn gebeten, bei mir zu übernachten. Er hat glücklich zugestimmt. Kaum waren wir im Bett, sind mir auch schon die Augen wieder zugefallen.

Ich wache wieder schreiend auf. Ich hatte wieder meinen Albtraum. Das ist nach diesem Tag kein Wunder. Auf einmal spüre ich eine Hand auf meinem Rücken und erschrecke mich. Steve übernachtet bei mir, dass habe ich einen Moment lang vergessen! Als ich ihn darum gebeten habe, hier zu schlafen, war ich so müde, dass ich nicht mehr an meine Albträume gedacht habe!

Steve fragt besorgt: „Yasi, ist alles okay?"

Ich nicke: „Ja, alles gut, ich habe nur schlecht geträumt."

„Von dem heutigen Vorfall?"

Steves Gedankengang ist logisch, aber falsch. Woher soll er auch wissen, dass ich einen immer wiederkehrenden Albtraum habe? Es wird Zeit, dass er meine ganze Geschichte erfährt. Ich will, dass wir es endlich ernsthaft versuchen und das gehört nun einmal zu meinem Leben. Früher oder später muss ich meine Vergangenheit mit ihm teilen, da kann ich es auch jetzt gleich tun.

„Nein… Ich habe immer denselben Albtraum. Der ändert sich nicht. Je nachdem, wie schlimm mein Tag war, wirkt er sich unterschiedlich stark auf mich aus."

Steve umarmt mich von hinten. Es fühlt sich so gut an.

„Es ist okay, ich bin da. Wir müssen nicht darüber reden."

„Ich will aber…"

Ich atme tief ein und halte meine Tränen zurück. Es ist gut, dass mich Steve nicht sieht.

„Ich habe dir ja schon erzählt, dass mein Dad Psychologe und meine Ma Soldatin war und dass meine Eltern kurz vor der Trennung standen. Mein Dad war bei der Polizei angestellt. Er hat unter anderem Täterprofile erstellt. Er hat damals besonders viel gearbeitet und mehr Verantwortung übernommen. Ich glaube, er wollte sich vom Stress zuhause ablenken. Er musste ein Täterprofil für eine Gruppe erstellen, die Kinder verkauft hat. Man hat kleine Kinder aus intakten Familien entführt und sie an reiche Leute verkauft, die keine Kinder bekommen konnten. Mein Dad hat eine Pressekonferenz im Fernseher gegeben. Das war das erste Mal, normalerweise wurde das immer vom Oberkommissar gehandhabt. Warum er es genau in diesem Fall gemacht hat, weiß ich nicht. Meine Eltern hatten deswegen auch einen großen Streit. Sein

Täterprofil hat perfekt gepasst und das hat dem Chef der Bande nicht gefallen. Damit wurde mein Dad das Ziel ihrer Rache. Die Gruppe stieg in unser Haus ein, fesselte meine Eltern an Stühlen und setzte sie gegenüber. Meinen Dad einfach zu töten, erschien ihnen zu leicht, also hat die Gruppe vor den Augen meines Dads meine Ma gefoltert. Ich war gerade im Ballettunterricht. Die Halle, in dem der Kurs stattfand, war nicht weit weg, daher durfte ich die Strecke immer allein gehen. Als ich nachhause gekommen bin, habe ich die Bande überrascht. Ich bin gerannt…war aber nicht schnell genug. Da kam dem Chef eine andere Idee. Was ist das Schmerzvollste, was du einem liebevollen Vater antun kannst? Den Vater in dem Wissen sterben zu lassen, dass er es nicht geschafft hat, sein Kind zu beschützen. Es gibt wirklich nichts Schlimmeres. Der Chef hat sich bei meinem Vater bedankt mit den Worten: „Wir haben schon länger eine Putzfrau gebraucht" und hat erst meine Ma und dann ihn getötet, vor meinen Augen. Die Bande hat mich dann ein halbes Jahr als Sklavin missbraucht. Doch das war dem Chef irgendwann nicht mehr genug. Am Tag meiner Flucht ist er auf die Idee gekommen, uns ein Hotelzimmer zu mieten. Ich wäre ja fast erwachsen, da könne man mich endlich auch für andere Sachen „gebrauchen"…"

Ich stocke, denn ich muss mich konzentrieren, um nicht zu weinen. Ich will stark wirken und zeigen, dass ich mein Trauma überwunden habe, auch wenn das eine Lüge ist. Ich atme tief durch. Steve hat in der ganzen Zeit nichts gesagt und mich weiter umarmt. Als ich mich beruhigt habe, fahre ich fort.

„Während er mich angefasst hat, ist es mir gelungen, sein Messer aus seiner Hosentasche zu greifen. Nachdem er fertig war, habe ich ihm beim Anziehen das Messer in die Weichteile gestochen. Er ist direkt zu Boden gefallen. Hinter dem Hotel war ein Wald. Dort habe ich mich versteckt. Sie haben mich im Wald gesucht, sind dann aber zum Entschluss gekommen, dass ich weiter gerannt sein muss und haben sich woanders auf die Suche gemacht. Ich bin nur regungslos dagelegen. Nach zwei Tagen habe ich mir vor Ort Hilfe gesucht. In meinem Albtraum aber finden sie mich in diesem Wald. Mein Albtraum beginnt immer damit, dass ich in meinem jüngeren Ich aufwache und in diesem Wald liege. Ich habe mich damals in einem Gebüsch versteckt und mit Erde eingerieben, damit man mich nicht erkennt. Einmal war einer so nahe an mir, dass ich meinen Atem angehalten habe. Damals hat es funktioniert und ich wurde nicht entdeckt. In meinem Traum werde ich aber gefunden…"

Ich stocke erneut. Ich will nicht ausführen, was die Bande mir antut, sobald sie mich gefunden haben. Da Steves Griff stärker geworden ist, denke ich, er weiß, worauf mein Traum hinausläuft. Ich will die Pause nutzen, um Steve zu beruhigen.

„Die Bande existiert nicht mehr. Sie haben einmal das falsche Kind entführt und wurden vom Vater getötet. Trotzdem lässt mich dieser Traum nicht los. Ich habe ihn fast jede Nacht."

Steve ist komplett still. Während der Erzählung hat er mich immer fester an sich gedrückt. Doch mir ist alles zu viel, ich weine. Er dreht meinen Kopf zu ihm und küsst mich. Danach wischt er meine Tränen ab.

„Danke, dass du das mit mir geteilt hast. Ich weiß, es muss schwer sein und du hast es sicher nicht vielen erzählt," sagt Steve leise.

Nur Nat weiß von meinen Albträumen. Es tut gut, es Steve zu erzählen. Ich fühle mich aber auch verletzlicher. Wir schauen uns tief in die Augen. Ich küsse ihn und es wird wieder leidenschaftlicher. Er ist erst vorsichtig, aber ich brauche diesen Trost und er lässt sich schließlich darauf ein.

Der Wecker klingelt. Steve und ich liegen umschlungen im Bett. Er hat mich, als wir schlafen gegangen sind, nicht mehr losgelassen. Steve löst sich, um den Wecker auszuschalten. Er wird wohl schnell wach: Er steht direkt auf und verlässt das Schlafzimmer. Süß, dass er mich nicht geweckt hat. Ich liege noch einige Zeit im Bett und beschließe dann, auch aufzustehen. Mir weht der Duft von Brötchen und Kaffee entgegen. Steve hat wieder Frühstück für uns gemacht.

Ich begrüße ihn in der Küche: „Guten Morgen, du hast ja schon Frühstück gemacht. Riecht echt lecker!"

Steve küsst mich auf die Stirn. „Morgen! Ich wollte dir eigentlich Frühstück ans Bett bringen, aber dann machen wir es uns eben in der Küche bequem!"

Heute hat Steve Brötchen mit Rührei vorbereitet. Wie immer schmeckt es lecker. Ich könnte mich wirklich daran gewöhnen, jeden Morgen Frühstück serviert zu bekommen! Normalerweise esse ich immer nur eine Kleinigkeit oder lasse das Frühstück aus, weil ich keine Zeit habe und immer zu spät dran bin.

„Wann musst du denn heute bei der Arbeit sein?", frage ich Steve.

„Ich werde heute meine Überstunden abbauen und nur kurz vorbeischauen. Herr Wieland war einverstanden. Ich habe sowieso noch zu viele Urlaubstage übrig."

Ich schaue ihn verwirrt an. Steve weiß doch, dass ich am Nachmittag wieder arbeiten gehen werde. Ich habe eine Patientin, die ich nicht verschieben kann. Das habe ich ihm aber gestern auch deutlich so gesagt und er konnte es nachvollziehen.

„Ich werde heute Nachmittag wieder arbeiten, das haben wir doch gestern so besprochen. Ich habe eine Patientin, die ich sehen muss."

Er nickt: „Das habe ich nicht vergessen, nur habe ich beschlossen, dich am Nachmittag zur Arbeit zu begleiten.

Da du deinem Chef im Urlaub nichts von dem Zwischenfall erzählen willst, habe ich einen ehemaligen Soldatenkumpel gebeten, bis Freitag als Türsteher zu fungieren. Ich weise ihn heute Nachmittag ein."

Das muss ein Scherz sein. Ich brauche doch keinen Babysitter! Außerdem, wie kommt es bei den Patienten an, wenn auf einmal ein Aufpasser vor der Tür steht! Das kann echt nicht sein, so etwas ohne mich zu entscheiden.

„Steve, ich-" beginne ich wütend.

„Bevor du sauer wirst", unterbricht er mich, „ich will einfach, dass du sicher bist. Du bist die Woche komplett allein dort. Er wird dir nicht auffallen und ist wirklich nur da, falls wieder jemand einen Zusammenbruch hat. Ich weiß, du brauchst keinen Schutz, aber ich brauche ihn, damit ich weiß, dass du sicher bist und dich niemand verletzen kann! Zu meiner Verteidigung, das zwischen uns hatte ich zuvor auch noch nie. Als ich gesehen habe, wie jemand die Waffe auf dich gerichtet hat…das war so ein schreckliches Gefühl. Ich konnte nicht viel ausrichten. Vertrauen zu dir war nicht das Problem. Ich wusste, dass du es schaffen würdest, aber es hat in mir etwas ausgelöst und ich dachte, ich könnte so etwas nicht mehr empfinden. Auch wenn du angegriffen wurdest, hat mich der Tag genauso mitgenommen wie dich. Ich kann dich nicht verlieren und ich brauche einfach die Sicherheit, dass es dir gut geht…"

Ich beruhige mich wieder. Es ist süß, dass er sich Sorgen macht. Und er hat recht, ihn hat der Tag auch getroffen. Es ist egoistisch, hier nur an mich zu denken. Ich werde ihm den Gefallen tun und den Türsteher zulassen. Ich muss mir aber noch überlegen, wie genau ich es für die Patienten verpacke. Sie sollen sich bei mir in der Therapie wohl fühlen, daher darf der Türsteher keine falschen Signale senden. Was sind Steve und ich eigentlich jetzt genau? Wir beide haben definitiv Gefühle füreinander. Anfangs wollten wir warten, das haben wir aber über den Haufen geworfen.

„Der Türsteher geht in Ordnung. Ich muss mir zwar überlegen, wie ich es den Patienten erkläre, aber da fällt mir sicher etwas ein. Und es tut mir leid, ich habe nicht in Erwägung gezogen, wie der Tag für dich gewesen ist. Ich habe nur an mich gedacht! Und da du es schon halb angesprochen hast, was sind wir denn jetzt genau? Wir haben immer nur gesagt, dass wir warten. Aber auf was wollten wir warten?"

Steve nimmt meine Hand und schaut mir tief in die Augen.

„Wir haben es zwar nie ausgesprochen, aber wir beide wussten genau auf was wir hinauswollten. Ich will gerne dein fester Freund sein. Allerdings möchte ich nicht, dass der Tag unseres Zusammenkommens im Zusammenhang mit dem gestrigen Tag steht. Daher lass uns einen anderen Tag aussuchen, um offiziell zusammenzukommen. Wie wäre es mit dieser Woche Samstag? Ist auch besser, weil du deinem Chef gesagt hast, dass du mich abgeben würdest, bevor etwas zwischen uns läuft. Was hältst du davon?"

Ich lache. „Romantisch ist anders, aber klingt nach einem guten Plan. Samstag also," zwinkere ich ihm zu.

Den restlichen Vormittag verbringen wir kuschelnd auf dem Sofa. Bevor wir zu meiner Arbeit fahren, duschen wir noch zusammen. Steve besteht darauf, mich zur Arbeit zu fahren und mich am Abend wieder abzuholen. Ich hasse es, unselbstständig zu sein. Steve zuliebe lasse ich es aber für heute zu. Ab morgen ändert sich das. Wir treten in die Praxis ein. Es ist ein komisches Gefühl, wieder hier zu sein, aber das wird sich sicher schnell legen, sobald mein normaler Arbeitstag startet. Vor der Praxis steht Jens, mein neuer Türsteher. Wir haben uns kurz vorgestellt und unterhalten, er ist wirklich sympathisch. Ich habe erfahren, dass er nicht mehr Soldat ist, weil seine Frau und er das erste Kind bekommen haben und Vatersein für ihn das Wichtigste ist. Er wollte daher nicht mehr tagtäglich sein Leben riskieren. Er liebt es, so viel Zeit mit seinem Sohn verbringen zu können, trotzdem ist er aktuell auf der Suche nach einem Job. Meine Ma hat ihr Leben nicht so gerne für mich aufgegeben! Bei Jens sieht man, wie er im Vatersein aufgeht, wenn er von seinem Kind spricht. Da ich aber gleich meinen ersten Termin habe, führt Steve ihn durch die Praxis. Währenddessen gehe ich meine Termine und meinen Plan für den restlichen Tag durch. Steve verabschiedet sich nach der Führung und einer kurzen Einweisung für Jens. Er geht jetzt nach Hause, zieht sich um und packt für die Übernachtung bei mir einige Sachen ein. Den restlichen Tag arbeitet er am Schreibtisch, bis er mich wieder abholen kommt.

Es ist Freitag, kurz vor elf Uhr. Ich warte darauf, dass Steve seinen Termin wahrnimmt, damit er seine Diensttauglichkeit bekommt. Das wird unsere letzte Sitzung sein, danach gebe ich Steve an Roland ab. Die Akten habe ich auch schon zusammengefasst. Die letzten zwei Tage sind wie im Flug vergangen. Ich musste so viel Arbeit aufholen und habe jeden Tag Überstunden gemacht. Steve ging es, trotz Überstundenabbau am ersten Tag, ähnlich. Zuhause sind wir dann sehr erschöpft gewesen. Tatsächlich hat er jeden Tag seit dem Vorfall bei mir übernachtet und ich finde es schön, nicht mehr allein zuhause zu sein. Aber wir müssen langsam aufpassen, dass wir das Ganze nicht überstürzen. Immerhin hat Steve heute noch seinen letzten Tag als Patient bei mir. Das dürfen wir nicht vernachlässigen. Seitdem Steve aber jeden Tag bei mir ist, habe ich weniger über die Arbeit nachgedacht und konnte besser loslassen. Davor konnte ich die Arbeit auch zuhause nie hinter mir lassen. In den letzten zwei Tagen habe ich aber einmal an Herrn Kowalski zurückgedacht. Der Fall bereitet mir immer noch große Sorgen und bei der ganzen Arbeit, die ich habe, konnte ich mir noch keine neue Strategie überlegen. Ich will das unbedingt heute Nachmittag angehen, denn nachmittags hat die Praxis am Freitag immer zu. Dann kann ich mich auf den Fall konzentrieren. Ich mache mich auf den Weg von meinem Büro in die Küche und lasse aus der Kaffeemaschine zwei Kaffee raus. Einen davon bringe ich Jens. Jens ist super, wir haben uns auf Anhieb verstanden und verbringen die Pausen miteinander. Wir können uns über alles unterhalten. Er ist sehr gebildet und interessiert sich für unheimlich viele Sachen. Wir verstehen uns so gut, dass ich ihm sogar einen neuen Job besorgt habe. Ich wusste, dass in der psychiatrischen Einrichtung, in der Herr Kowalski sitzt, ein Job als Wächter frei ist. Das stand vor Ort auf dem schwarzen Brett und auch Herr Salmon hat es kurz erwähnt, dass sie mehr Mitarbeiter in der Einrichtung benötigen. Ich musste gestern sowieso Herrn Salmon anrufen und fragen, wie Herr Kowalski auf die neue Dosis reagiert, daher habe ich ihm direkt Jens schmackhaft gemacht und ihm seinen Lebenslauf zugesendet. Da die Stelle dringend besetzt werden muss, hat er die Stelle ohne ein Vorstellungsgespräch auf Probe bekommen. Nächste Woche Montag geht es los und Jens hat sich richtig gefreut. Herr Salmon nervt mich zwar zwischenzeitlich, weil er immer mehr Andeutungen macht, dass wir uns privat treffen sollten, aber anrufen musste ich ihn schließlich sowieso. Herr Kowalski reagiert laut Herrn Salmon gut auf die Medikamente. Man hat wohl auch schon ein paar Fortschritte gesehen. Er beschwert sich weniger und lässt sich ein bisschen mehr auf die Betreuer vor Ort ein. Die Einrichtung selbst traut mir trotzdem nicht. Herr Salmon meinte zwar, dass wir die Dosierung beim nächsten Termin wieder minimieren können, jedoch lassen sie mich mit Herrn Kowalski immer noch nicht allein im Raum und auch die Fesseln nicht weg. Ich frage mich, ob mir die Klinik jemals vertrauen wird. Ich kehre zurück in mein Büro und ordne meine Notizen für Roland, damit er weiß, was ich mit seinen Patienten besprochen habe. Sein Härtefall, den ich am Mittwochnachmittag gesehen habe, bereitet mir extreme Sorgen. Ich habe mich genau an den Sitzungsplan von Roland gehalten, aber sie ist nicht auf mich eingegangen. Entweder liegt es am Plan oder an mir. Roland hat erwähnt, dass ihre Launen unberechenbar sind und sie dadurch schwer einzuschätzen ist, aber die Sitzung war ein Desaster. Das ist schon die zweite Sitzung diese Woche, die nicht so berauschend gelaufen ist. Auch einige ihrer Aussagen waren sehr besorgniserregend. Roland hat zwar auch festgehalten, dass alle Sitzungen mit ihr bisher problematisch gewesen sind, aber es hat mich trotzdem geschockt. Das ist eines der ersten Dinge, die ich mit Roland am Montag besprechen muss. Ich habe mir mittlerweile eine Checkliste für unser Wiedersehen geschrieben. Neben seiner Patientin will ich mit ihm auch kurz meinen Härtefall, Herrn Kowalski, besprechen. Oft, wenn ich so sehr von einem Fall eingenommen bin und nicht mehr weiterweiß, hilft es mir, das mit jemandem zu bereden, der auch psychologische Kenntnisse hat, um über den eigenen Tellerrand hinauszuschauen. Dann muss ich mit Roland natürlich auch die Übergabe von Steve und die neusten Entwicklungen zwischen uns besprechen. Ebenso muss ich ihm vom Zwischenfall mit Derik erzählen. Davor habe ich sogar ein bisschen Angst. Ich habe ihm erst verheimlicht, dass Derik mich belästigt hat, und jetzt verheimliche ich ihm den Angriff. Ich denke, Roland wird sauer sein, dass ich ihm das nicht sofort erzählt habe. Aber er soll seinen Urlaub genießen und immerhin ist mir nicht passiert! Ich hoffe, er wird deswegen nicht so böse sein!

„Hey Yasi" reißt Steve mich aus meinen Gedanken.

Es ist auf die Sekunde genau elf Uhr. Ich muss mir bei Steve mal die Pünktlichkeit abschauen.

„Hey, setz dich. Ich muss nur kurz deine Akte aufrufen, dann können wir direkt beginnen."

Steve setzt sich und wartet, bis ich bereit bin. Es ist komisch, Steve vor mir auf der Couch zu haben. Immerhin haben wir uns gegenseitig nackt gesehen und jetzt soll ich die letzte Stunde professionell angehen? Ich denke, das wird für mich echt schwierig, aber es muss sein.

„Also, heute besprechen wir nur die Übergabe und dann bekommst du deine Unterschrift für die Diensttauglichkeit von mir. Solltest du aber wirklich noch Themen haben, die dir wichtig sind, können wir sie gerne noch besprechen!"

„Nein, alles gut."

Ich zeige ihm meine Notizen und wir besprechen sie sorgfältig und professionell. Steve hat nicht viele Fragen und ist zum Schluss glücklich, dass ich nicht mehr seine Therapeutin bin. Es ist befreiend, zu wissen, dass dieses Thema nicht mehr zwischen uns steht. Ich bin froh, dass ich ihm zum letzten Mal die Diensttauglichkeit unterschrieben habe.

„Also bin ich ab jetzt offiziell nicht mehr dein Patient?", fragt Steve lachend.

Ich nicke und strahle über das ganze Gesicht.

Direkt nach den Worten stürzt sich Steve auf mich und hebt mich auf den Tisch. Ich bin überrascht, aber lasse mich darauf ein.

Steve und ich ziehen uns wieder an. Ich versuche, irgendwie meine Frisur wieder zu richten, und räume das entstandene Chaos auf meinen Tisch auf. Steve lacht, hilft dann aber.

„Danke übrigens, dass du Jens so schnell einen Job besorgt hast. Wir haben vorher kurz geredet" merkt Steve an.

„Jens ist echt super. Ich habe zufällig mitbekommen, dass die Klinik einen Wächter sucht und das hat gepasst. Ich bin froh, dass es so schnell geklappt hat. Er ist wirklich ein herzensguter Mensch."

Steve nickt und wechselt das Thema. „Ich habe heute einen Anruf bekommen, dass ich Max das erste Mal besuchen darf. Der Termin ist morgen Vormittag. Ich darf noch keinen Besuch mitnehmen, sobald es aber erlaubt ist, würde ich ihn dir gerne vorstellen! Den restlichen Samstag bin ich dann für dich da."

Ich freue mich für Steve. Max ist sein bester Freund aus Kindheitstagen. Er hat sein Bein verloren und ist ziemlich lange im künstlichen Koma gewesen. Steve macht sich für die Verletzung verantwortlich, aber er konnte die Bombe damals nicht sehen! Das Therapieren muss ich zukünftig bei ihm abstellen. Ich bin jetzt seine Freundin und werde ihn daher immer nur auf dieser Ebene unterstützen.

„Das klingt wunderbar – Max hat definitiv Vorrang. Wir schauen danach, was wir machen. Es freut mich so sehr, dass ihr euch endlich wieder sehen könnt!"

„Bleibt es bei heute Abend? Ich komme wieder zu dir, oder?"

Mir fällt auf, dass ich bisher noch nie bei Steve gewesen bin.

„Warum gehen wir eigentlich nie zu dir?"

Steve lacht: „Ich habe nur eine Einzimmerwohnung und sie ist kaum eingerichtet und kommt nicht annähernd an deine Wohnung ran. Und deine Küche ist so gut ausgestattet! Ich schlafe und esse nur in der Wohnung und genau danach sieht sie auch aus."

Tatsächlich hätte ich das von Steve nicht gedacht. Er hat, genau wie ich, wenig soziale Kontakte und auch kaum ein Privatleben. Daher bin ich davon ausgegangen, dass er viel Zeit in der Wohnung verbringt und sie deswegen auch gemütlich aussieht. Aber da sind wir wohl verschieden. Mir ist es, gerade weil ich so viel Zeit in meiner Wohnung verbringe, sehr wichtig, dass ich mich dort wohlfühle. Ich habe lange gebraucht, um eine passende Wohnung zu finden und sie so einzurichten, dass sie mir zu hundert Prozent gefällt. Ich habe für die Möbel teilweise viel Geld ausgegeben und sehr lange nach spezifischen Stücken gesucht. Das einzige Billige in meiner Wohnung sind die Bilder an der Wand. Ich habe sie alle selbst gemalt und sie dem Farbmuster der Räume angepasst.

„Irgendwann muss und will ich deine Wohnung aber trotzdem sehen!", sage ich zwinkernd zu ihm.

Er lacht und nickt. „Das wirst du. Ich lasse dich jetzt arbeiten. Wir sehen uns heute Abend!", verabschiedet er sich und küsst mich.

Da Steve mein letzter Termin gewesen ist, bringe ich seine Akte noch einmal kurz auf den neusten Stand für Roland. Dann packe ich meine Sachen zusammen, um zuhause in Ruhe weiterarbeiten und Vorbereitungen für die Sitzungen nächste Woche treffen zu können. Gerade als ich aufstehen und gehen will, klopft es an meiner Tür und Jens steht in meinem Büro.

„Hey, Yasmin, hier ist ein Herr Brunner, der dringend mit dir sprechen will. Er steht nicht auf der Liste, daher wollte ich nachfragen, ob er hineinkommen darf?"

Herr Brunner? Was macht er denn hier? Ihm muss etwas wirklich Schlimmes auf dem Herzen liegen, sonst wäre er nie gekommen!

„Ich kenne ihn. Er ist zwar kein Patient, hat aber mit einem meiner aktuellen Fälle zu tun. Du kannst ihn gerne hereinlassen. Danke, Jens."

Er nickt und geht. Kurz darauf betritt Herr Brunner mein Büro. Er sieht ungepflegt aus. Das hätte ich ihm nicht zugetraut. Ihn belastet wohl etwas.

„Herr Brunner, mit Ihrer Anwesenheit habe wirklich gar nicht gerechnet. Setzen Sie sich, wie kann ich Ihnen helfen?"

Er nickt und nimmt Platz. Ein unangenehmer Geruch von Alkohol, Kaffee und Zigaretten geht von ihm aus. Er scheint eine kurze Nacht gehabt zu haben.

„Hallo, Frau Hardwood. Danke für den kurzfristigen Empfang – aber damit kennen Sie sich ja gut aus."

Ich lache. Er spielt darauf an, dass ich das letzte Mal auch einfach aufgetaucht bin. Wenigstens hat er seinen Humor nicht verloren, trotzdem sieht er schlimm aus.

„Also, wie kann ich helfen?"

Er holt tief Luft, sagt aber nichts. Wahrscheinlich weiß er nicht, wie er anfangen soll. Er starrt seine Hände an. Dann geht sein Blick zu mir.

Er beginnt: „Bitte lassen Sie mich erst aussprechen, bevor Sie mir Fragen stellen, ja?"

Ich nicke nur.

„Also, ich war gestern Nachmittag bei Jürgen. Nach unserem Gespräch hatte ich ein schlechtes Gewissen. Wie Sie sagten, ich habe nur an die Firma und an mich gedacht. Ich dachte, ich kann mein Gewissen beruhigen, wenn ich Jürgen besuche und mich bei ihm entschuldige. Der Betreuer vor Ort hat sich über meine Anwesenheit gewundert. Er bekommt wohl kaum Besuch. Er sah schrecklich aus, ich habe ihn kaum wiedererkannt. Er hat sich auch nicht gefreut, mich zu sehen, sondern war sauer. Er weiß, dass wir zwei geredet haben, und wollte im Detail wissen, was ich Ihnen erzählt habe. Der Besuch war merkwürdig. Das Schlimmste aber war eine Andeutung von Jürgen…"

Ich bin verwirrt und gespannt zugleich. Herr Kowalksi war damals auch nicht begeistert, als er erfahren hat, dass ich Herr Brunner einen Besuch abgestattet haben. Ich hatte nur ein paar Fragen und habe den damaligen Gerichtsbeschluss mitgenommen. Ich habe Herrn Kowalski erklärt, dass ich ein paar Lücken schließen musste. Das könnte aber das komische Verhalten von beiden erklären. Ich hatte bei beiden das Gefühl, dass mir etwas verschweigen wird. Die Frage ist also, was wird mir verschwiegen?

„Herr Brunner, warum werde ich das Gefühl nicht los, dass Sie und Herr Kowalski mir etwas Wichtiges verschweigen? Ich verstehe nur nicht warum? Ich habe sowohl Herr Kowalski und Ihnen klargemacht, dass ich nicht wie die anderen Psychologen bin. Ich habe wirklich ernsthaftes Interesse Herrn Kowalski langfristig zu helfen und setze dabei auch nicht auf Medikamente! Warum vertrauen Sie mir dann nicht? Hinzukommt dann noch die Aussagen von Herrn Kowalski in unserer Sitzung diese Woche. Es hat einfach nichts gepasst. Es bleibt also die Frage: Was verheimlichen Sie beide mir? Bevor wir also auf die Andeutung von Herrn Kowalski zu sprechen kommen, die Ihnen so große Sorgen bereitet, dass Sie sogar mich aufsuchen, muss ich erst wissen, was mir verheimlicht wird!"

Herr Brunner wirkt schockiert und erleichtert zugleich. Auch werde ich langsam das Gefühl nicht los, dass er Angst vor Herrn Kowalski hat. Vielleicht ist diese Angst beim Treffen so groß geworden, dass er ein schlechtes Gewissen bekommen hat und er mich deswegen aufgesucht hat.

„Sie sind wirklich gut in Ihrem Job!", lacht Herr Brunner in sich hinein.

Das weiß ich, mich bringt die Feststellung also nicht weiter. Er muss endlich zum Punkt kommen.

„Sie müssen mir die Wahrheit sagen. Ich sehe doch, dass Sie Angst vor Herrn Kowalski haben. Wenn Sie weiter Zeit schinden, mache ich das nicht mehr lange mit."

Er atmet tief ein und nickt. Er scheint bereit zum Reden zu sein.

„Die Eheprobleme zwischen Jürgen und seiner Frau waren größer als von mir angedeutet. Deswegen sind sie in den Urlaub gefahren, um die Probleme in den Griff zu bekommen. Daher hat er überhaupt erst einen Partner für die Firma gesucht. Er wollte es nie, aber seine Frau hat ihn dazu gedrängt und ihm gedroht, ihn zu verlassen. Sie hat sich allein gefühlt und war sauer, dass sie ihre Karriere aufgeben musste und er in seiner Arbeit aufgehen konnte. Sie wollte Gleichberechtigung und auch ein eigenes Leben neben dem Kind führen. Ich erwähnte ja bereits, dass Jürgen mich erst nach dem Riesenstreit als Geschäftsführer richtig genutzt hat. Davor war ich zwar angestellt, er hat mir aber nie wirklich Verantwortung übertragen. Ich war nur anwesend und wurde gut bezahlt. Kurz bevor sie in den Urlaub gegangen sind, hat Jürgen mir erzählt, dass er glaubt, seine Frau würde ihn betrügen. Ich hätte das Marlen nie zugetraut. Er hat seine Frau beschatten lassen, es hat ihn komplett verrückt gemacht. Dabei ist er fündig geworden. Er meinte, er hätte Beweise, dass seine Frau ihn betrogen hat. Die hat er mir später auch gezeigt. Seine Frau hat ihn betrogen, das haben die Bilder deutlich gezeigt. Ich habe ihm mein Mitleid bekundet. Darauf ist er aber nicht eingegangen, er hat sich nur plötzlich die Frage gestellt, ob seine Tochter überhaupt von ihm sei. Ich wollte ihm den Quatsch ausreden. Seine Frau hat ihn betrogen ja, aber warum hat er auf einmal die Vaterschaft in Frage gestellt? Als ich versucht habe, ihn zu beruhigen, ist er komplett ausgerastet. So habe ich ihn noch nie gesehen. Er hatte zu der Zeit auch meines Erachtens ein Alkoholproblem. Immer, wenn er wütend war, trank er etwas…was ihn noch wütender machte. Er war sowieso kaum mehr tragbar für die Firma, aber die Sucht hat es verschlimmert. Er hat auf jeden Fall nicht von der Theorie abgelassen, dass sein Kind nicht von ihm sei und hat heimlich einen Test gemacht. Zumindest hat er mir das erzählt. Das Resultat hat er wohl einen Tag vor dem Urlaub erhalten. Ich habe danach überall in seinem Büro nach dem Testergebnis gesucht, aber nichts gefunden… hier lagen nur die Beweise des Fremdgehens seiner Frau.“

Das ist es also. Das Geheimnis. Die Ehe war voller Probleme und Herr Kowalski wurde von seiner Frau gezwungen kürzerzutreten, da sie es für Ehe und Kind auch musste. Am Anfang der Beziehung waren beide auf die Karriere fokussiert, mit Geburt der Tochter musste aber nur Frau Kowalski die Karriere aufgeben. Sie war unzufrieden und hat ihn betrogen. Aber warum dachte er, dass seine Tochter nicht von ihm sei? Zu der Zeit, als sie gezeugt wurde, hatten die beiden keine Eheprobleme und waren noch voll in ihrem Job. Die Probleme tauchten erst auf, als die Mutter ihre Karriere aufgeben musste. Ich denke, mir fehlt noch ein Puzzleteil. Ich glaube aber auch, dass Herr Brunner die Wahrheit erzählt hat. Es muss jedoch einen berechtigten Grund gegeben haben, warum Herr Kowalski diesen Verdacht hatte. Und wie konnte eigentlich übersehen werden, dass er ein Alkoholproblem hatte? Ich finde diese Tatsache extrem wichtig. Seine Serienmorde zielten auf alkoholisierte Männer ab und jetzt stellt sich heraus, dass er selbst einer war. Vielleicht hat er nicht Rache am LKW-Fahrer, sondern an sich selbst gesucht? Aber warum sollte er das tun? Hatte er ein schlechtes Gewissen und wollte die Männer, die er umbrachte, vor solchen Fehlern bewahren? Ich verstehe auch nicht, wie man so viele wichtige Beweise und Details übersehen konnte! Nicht nur die Polizei, sondern auch alle Psychologen haben hier schlecht gearbeitet. Alle dachten, die Lösung wäre einfach und nachvollziehbar, deswegen hat niemand Recherchen betrieben? Allein, dass man die Beweise der Untreue nicht gefunden hat, dabei lagen diese, wenn ich es richtig verstanden habe, einfach in seinem Büro…

„Wenn es diese Beweise der Untreue gab, warum hat die Polizei sie nie gefunden? Und hat keiner seiner Psychologen etwas gesagt oder Fragen gestellt? Und wie konnte sein Alkoholkonsum nie mit einem Wort irgendwo erwähnt werden, das war doch sicher auffällig?"

Herr Brunner zuckt mit den Schultern. „Dass Jürgen ein Alkoholproblem hatte, war in der ganzen Firma bekannt. Nur war nie ein Polizist da, der uns befragt hat. Auch die Beweise liegen noch alle in seinem Büro. Wie gesagt, ich habe in dem Büro ein bisschen herumgeschnüffelt, aber es sonst unverändert gelassen. Ich bin nie zur Polizei gegangen, weil ich die Firma schützen wollte. Und er wurde ja schon für die Morde verurteilt, da habe ich es nicht eingesehen, zur Polizei zu gehen und ihnen alles mitzuteilen."

Ich bin wütend! Wie konnte man so viel übersehen? Ich muss die Sache mit Herrn Wieland besprechen und fragen, wer damals die Ermittlungen geleitet hat. Klar, die Psychologen vor mit tragen definitiv auch eine Teilschuld, sie hätten die Wahrheit herausfinden können. Man hat die Ergebnisse einfach akzeptiert und nicht hinterfragt. Aber dass die Polizei weder mit dem Co-Chef noch den Angestellten gesprochen und sein Büro nie durchsucht wurde, geht zu weit. Das spielt jetzt aber keine Rolle, wichtig ist, warum sich Herr Brunner jetzt jemandem mitteilen möchte. Mit der Polizei spreche ich danach.

„Aber jetzt sehen Sie es anders? Was hat sich geändert? Hängt es mit der Andeutung von Herrn Kowalski zusammen? Sie haben es so lange nicht für nötig gehalten, sich jemandem mitzuteilen und jetzt plötzlich verspüren sie den Drang?"

Er ist stumm und überlegt wahrscheinlich noch, wie er starten soll. Wenigstens war mein Gefühl, dass mir beide Herren etwas verheimlichen, richtig. Das ist kein Grund zur Freude, aber wenigstens ergibt langsam alles ein bisschen Sinn.

„Als ich gestern bei Jürgen war und er wütend war, dass wir beide geredet haben, hat er eine Andeutung gemacht." Herr Brunner schluckt. Man sieht ihm an, dass diese Information ihn quält „Es klang so, als ob er den tödlichen Unfall gewollt hätte…"

Ich schaue Herrn Brunner schief an. Deutet er etwa gerade an, dass Herr Kowalski den Tod von Frau und Kind herbeigeführt haben soll?

„Herr Brunner, wollen Sie sagen, dass Herr Kowalski seine Frau und Tochter auf dem Gewissen hat? Was genau war sein Wortlaut?"

Er schluckt wieder. „Eine hat mich betrogen und die andere war nicht von mir, ich musste doch so handeln. Ich habe in einer Lüge gelebt, daher mussten sie weg…'"

Ich schaue Herrn Brunner in die Augen und prüfe: „Waren das genau seine Worte?"

Er nickt. „In etwa, ja. Und mit der Information, dass er kurz vor der Reise den Beweis hatte, dass die Tochter nicht von ihm war, erscheint der Zeitpunkt des Unfalls immer komischer…"

Ich nicke nur und versuche, alles in meinem Kopf zusammenzufassen. Er hat nie Trauer, Schmerz oder Verlust gezeigt. Und auch seine Aussagen sowie die allgemeine Reaktion auf die Familie passen zu Herrn Brunners Theorie. Aber wie konnte er sich sicher sein, dass bei dem Unfall nur Frau und Tochter sterben würden? Wurde etwas am Auto manipuliert oder hatte er vor, auch zu sterben? Und warum dann die Morde? Wenn er für die Tode selbst verantwortlich und zudem noch Alkoholiker war, erkannte er sich dann in den Opfern wieder und wollte sie vom Schmerz erlösen? Die Theorie würde aber auch zutreffen, ohne ihm des Mords an seiner eigenen Familie zu bezichtigen. Er wollte, so wie ich es herausgehört habe, dadurch seine Wut und eventuell auch seinen Schmerz lindern. Aber das hat ihm wohl nie geholfen. Aber warum ist er dann so erpicht darauf, die Medikamente abzusetzen? Wenn er sich umbringen wollen würde, hätte er das schon viel früher tun können, dafür muss die Dosierung nicht angepasst werden. Das heißt, selbst wenn ich Herrn Brunner glaube, fehlen mir immer noch Informationen und Antworten. Wollte Herr Kowalski beim Unfall auch sterben? Warum will er seine Medikamente reduzieren? Und wer ist der richtige Vater seiner angeblichen Tochter? Um die Fragen zu beantworten, muss ich erst einmal die Theorie prüfen und das geht nur zusammen mit der Polizei.

„Frau Hardwood?", damit holt mich Herr Brunner aus den Gedanken. Für eine Sekunde habe ich vergessen, dass er noch in meinem Büro sitzt.

„Entschuldigen Sie. Ich habe einen Freund bei der Polizei, den werde ich nachher anrufen und mir mit polizeilicher Unterstützung das Büro von Herrn Kowalski anschauen. Es reicht nicht mehr, nur eine neue Psychologin zu haben. Der Fall muss auch von polizeilicher Seite neu aufgerollt werden. Es passen zu viele Sachen nicht zusammen und es wurde damals viel zu viel übersehen!"

„Das heißt?", fragt er zögerlich.

„Ich glaube, dass an Ihrer Theorie etwas dran sein könnte. Sie erklärt Unstimmigkeiten, die mir in der

Sitzung und auch in der Vorbereitung des Falls aufgefallen sind. Jedoch wirft sie auch neue Fragen auf. Danke, dass Sie ehrlich zu mir waren und vorbeigekommen sind. Wie gesagt, ich muss das Thema mit einem Kollegen bei der Polizei bereden. Sie können so lange wieder in Ihre Firma gehen. Ich komme heute aber mit einem Polizisten noch vorbei. Wie arbeiten sie heute noch?"

„Bis 17 Uhr..."

Herr Brunner und ich verabschieden uns. Direkt, nachdem er mein Büro verlassen hat, wähle ich die Nummer von Herrn Wieland. Ich vertraue ihm. Er hebt zum Glück auch ab.

„Hallo, Frau Hardwood. Warum rufen Sie an? Wegen des Treffens im Club wollte ich mich bei Ihnen noch entschuldigen!"

Dass ich ihm im Club betrunken gesehen habe, ist bei mir durch die ganzen neuen Entwicklungen in Vergessenheit geraten. Ich unterbreche ihn deshalb und erzähle ihm von meinem Gespräch mit Herrn Brunner: den nie gesicherten Beweisen und den Theorien dahinter. Er ist schockiert und bittet mich, zu ihm ins Büro zu kommen. Bis dahin wird er herausfinden, wer den Fall damals übernommen hat und so können wir auch vertraulicher reden. Ich stimme ihm zu. Ich mache mich sofort auf den Weg und nehme alle Akten und Notizen mit, die ich von Herrn Kowalski habe.

ELF

DIE WENDE

Ich sitze bei Herrn Wieland im Büro. Er ist immer noch schockiert über unser Gespräch, meine Theorie und die schlechte Polizeiarbeit. Sein Büro ist klein und gefüllt mit Akten. Dass die Polizei immer viel zu tun hat, war mir schon klar, es aber so deutlich zu sehen, ist nochmal etwas anderes. Herr Wieland hat schnell herausgefunden, wer den Fall damals übernommen hatte und für die schlechte Arbeit verantwortlich ist.

„Herr Williams war bei uns dafür bekannt, Fälle schnell abzuschließen, um eine gute Statistik zu wahren. Im Nachhinein ist herausgekommen, dass vieles vertuscht oder verfälscht wurde, um schneller ans Ziel zu gelangen. Ihm wurde daraufhin die Polizeizulassung entzogen. Er sitzt aktuell in Untersuchungshaft und ihm drohen mehrere Klagen. In einem Fall hat er für die schnelle Aufklärung unter anderem Drogen unterschlagen. Wir sind sowieso schon überlastet und jetzt noch Fälle doppelt bearbeiten zu müssen ist mühselig, dazu beschädigt es unseren Ruf. Den Fall von Herrn Kowalski haben wir nicht neu aufgerollt, weil er für uns eindeutig war. Mit den neuen Erkenntnissen müssen wir auch diesen jetzt noch einmal betrachten. Ich muss das kurz intern bestätigen lassen, dann schicke ich ein Team mit Ihnen zu Herrn Brunner. Die Beweise müssen unbedingt gesichert werden. Ah, gut das Sie da sind, Herr Yildiz und Herr Roberts. Ich habe einen neuen Fall für Sie!"

Das kann doch nicht wahr sein! Kaum gebe ich Steve als Patient ab, bekomme ich ihn in einem anderen Fall wieder zugeteilt. Langsam kann es kein Zufall mehr sein. Ich drehe mich um. Ali und Steve stehen im Raum. Ali lacht und Steve wirkt verwirrt. Er stottert nur:

„Herr Wieland, kann ich Sie kurz sprechen? Allein?"

„Klar, ich muss für das Öffnen des alten Falls sowieso die Unterschrift einholen, da können Sie mich kurz begleiten. Warten Sie bitte hier, Frau Hardwood, ich bin gleich wieder da," antwortete er.

Und schon sind beide aus der Tür.

„Hey Yasi, schön dich wiederzusehen" grinst Ali.

„Ich freue mich auch dich mal wieder unter normalen Umständen zu sehen. Ich freue mich für dich und Nat. Als ihre beste Freundin sollte ich dich aber warnen: Spielst du mit ihr oder verletzt sie, haben wir ein echtes Problem! Aber Steve hat mir erzählt, dass du ein korrekter Typ bist, daher mache ich mir keine Sorgen. Auch Nat redet nur in den höchsten Tönen von dir. Du hast ihr echt den Kopf verdreht!"

„Nat ist einfach fantastisch, das werde ich also definitiv nicht vermasseln. Wir haben bisher jeden Tag telefoniert und ich kann es kaum abwarten, bis sie wieder hier ist. Für dich und Steve freut es mich auch extrem. Ich habe

Steve noch nie an einer Frau Interesse zeigen sehen. Du musst also etwas Besonderes sein!"

Herr Wieland und Steve kommen wieder ins Büro. Das ging schnell!

„Herr Yildiz, anbei Ihr neuer Fall. Lesen Sie sich kurz in die Akte ein. Sie begleiten gleich Herrn Roberts und Frau Hardwood zu einer Befragung und Beweissicherung."

Ali nickt und verschwindet aus dem Raum. Die Jungs lassen keine Zeit verstreichen. Aber effizientes Arbeiten lernt man wahrscheinlich am besten, wenn man keine Zeit hat.

„Also, Roberts hat mir erzählt, dass Sie in einer Beziehung sind. Er hat mir gesagt, dass alles korrekt verlaufen ist und Sie ihn als Patient weitergegeben haben. Für den Fall sehe ich auch kein Problem zwecks der Zusammenarbeit, da es einen anderen Patienten und Fall betrifft. Ich traue Ihnen beiden zu, die Sache professionell zu handhaben. Ich muss jetzt zu einer Besprechung. Viel Erfolg bei dem Fall. Roberts, ich erwarte anschließend einen Bericht von Ihnen!"

Und da ist Herr Wieland auch direkt wieder weg und lässt uns in seinem Büro stehen. Und ich dachte, ich hätte viel zu tun.

Steve schaut mich an. „Ich hoffe, es ist okay für dich, aber ich musste es ihm erzählen."

Ich nicke. „Alles gut, aber eine kleine Vorwarnung wäre nett gewesen."

Er setzt sein verschmitztes Grinsen auf, wird dann aber direkt wieder professionell und kommt zur Sache.

„Also, wir nehmen dich mit zur Baufirma. Du musst mich im Auto aber kurz in den Fall einweisen. Ich hatte keine Zeit, die Akte zu lesen."

Ich nicke und wir machen uns auf den Weg, Ali abzuholen und direkt zum ehemaligen Büro von Herr Kowalski zu fahren.

Wir stehen auf dem Kundenparkplatz. Beide Jungs lässt die Theorie zu Herrn Kowalski nicht los.

„Es gibt schon kranke Menschen auf der Welt“ murmelt Ali und schüttelt den Kopf.

„Warum hat der Geschäftspartner sich nicht früher gemeldet?“, fragt Steve.

„Die Firma musste schon genug ertragen durch den Rauswurf von Herrn Kowalski. Die Mordserie konnte gerade noch gehandhabt werden. Wäre aber noch herausgekommen, dass er seine Frau und Tochter absichtlich getötet hat…das hätte die Firma nicht geschafft. Man hat ihn und die Kollegen in der Firma dazu aber auch nie befragt oder sein Büro durchsucht. Dann wäre man sicher früher auf die Wahrheit gestoßen. Das entschuldigt natürlich nicht sein Schweigen!“

Wir steigen alle aus dem Auto aus. In der Eingangshalle sitzt dieselbe Empfangsdame wie letztes Mal. Als sie mich sieht, steht sie gleich auf.

„Herr Brunner befindet sich gerade im Gespräch. Er hat aber gestattet, dass Sie das Büro von Herrn Kowalski anschauen dürfen. Er bittet darum, dass Sie sich nur in diesem Büro umschauen. Andere Räume in der Firma sind tabu. Folgen Sie mir, ich habe die Schlüssel.“

Wir folgen der Dame. Ich gehe voraus. In der oberen Etage ganz hinten befindet sich eine Tür, die die Dame aufschließt.

„Hier, bitte sehr. Wie gesagt, bitte nur in diesem Büro umschauen. Wenn Sie etwas mitnehmen wollen, können Sie das gerne machen. Falls es aber Firmenrelevante Sachen sind, bitte nachher Herrn Brunner vorzeigen. Eventuell benötigen wir Kopien oder eine Liste der mitgenommenen Gegenstände und Dokumente.“

„Alles klar, danke für die Hilfe“ entgegnet Steve.

Die Empfangsdame nickt und verlässt das Büro. Steve schließt die Tür hinter ihr. Mal wieder hat er sich wie ein Gentleman verhalten.

„Also, ich würde sagen, wir teilen uns auf! Yasi, nimm du dir seinen Schreibtisch vor. Ali, du durchsuchst den Schrank auf der rechten Seite. Ich übernehme den Schrank links."

Das Büro ist größer als das von Herrn Brunner, aber genauso kalt und lieblos eingerichtet. Ich begebe mich in Richtung Schreibtisch und setze mich auf den Stuhl. Mir fällt direkt auf, dass kein einziges Familienfoto auf dem Tisch steht. Ungewöhnlich für einen Familienvater. Dann fällt mir aber wieder ein, dass er möglicherweise Frau und Tochter umgebracht hat. Das würde passen. Vielleicht konnte er seiner lügenden Frau und nicht leiblichen Tochter nicht in die Augen sehen. Ich fange mit den Schubladen auf der rechten Seite an. In der ersten Schublade liegen mehrere Akten. Ich schlage die erste auf. Das sind die Beweise, von denen Herr Brunner erzählt hat. Wäre die Polizei nur einmal hier gewesen, wäre es kein großer Aufwand gewesen, sie direkt zu finden. Die Akte beinhaltet viele Bilder. Sie zeigen Herrn Kowalskis Frau mit einem unbekannten Mann. Sie halten Händchen oder küssen sich. In einer Bilderserie sieht man durch ein Fenster, wie die beiden sich gerade ausziehen. Die Ehefrau ist also definitiv fremdgegangen, daran besteht kein Zweifel. Die zweite Akte enthält viele Fresszettel. Diese wurden lose und ohne Zusammenhang hineingelegt. Auf einem steht eine Adresse. Die Adresse des unbekannten Mannes? Auf einem anderen ist ein Name geschrieben. Pablo Lopez, der Mann wahrscheinlich. Auf einem anderen lese ich einen Schulnamen inklusive Klasse. Der Schulname sagt mir etwas. Ich google kurz die Schillerschule. Natürlich! Das ist die Schule, die sowohl Herr als auch Frau Kowalski besucht haben. Auf den

Namen bin ich sicher in der Akte von Herrn Kowalski gestoßen, daher kommt er mir bekannt vor. Da geht mir ein Licht auf, warum Herr Kowalski den Verdacht hatte, dass seine Tochter nicht von ihm sei! Ist der unbekannte Fremde hier etwa auch zur Schule gegangen? Kennen sie sich von früher? Das wäre schon hart. Ich muss unbedingt mit Herrn Lopez reden. In der Akte sind noch andere Fresszettel, die ich nur auf Anhieb nicht zuordnen kann: ein Restaurant Name, Uhrzeiten oder Nummern. Ich öffne die letzte Akte aus der Schublade. Sie ist leer. Mir geht trotzdem ein Gedanke nicht aus dem Kopf. Die Serienmorde hätten einfach verhindert werden können, wenn man die erste Schublade in seinem Bürotisch untersucht hätte. So leicht hätte man viele Opfer vermeiden können! Aber nur, weil es alle einfach haben wollten und den falschen Informationen vertraut haben, mussten so viele Menschen leiden…

„Hast du etwas gefunden, Yasi?", wendet sich Steve an mich und reißt mich so aus den Gedanken. Ich nicke.

„Seine Frau hatte tatsächlich eine Affäre, wahrscheinlich mit einem Pablo Lopez? Zumindest steht der Name auf einem der Fresszettel, die ich gefunden habe. Ich glaube, er ging damals auf dieselbe Grundschule wie die beiden und daher kennen sich, zumindest die Ehefrau und der Geliebte. Deswegen wahrscheinlich auch der Gedanke, dass die Tochter nicht von ihm war. Das sind aber alles Spekulationen basierend auf den Bildern und Zetteln. Für Genaueres müssen wir diesen Herrn Lopez wahrscheinlich ausfindig machen und ihn dazu befragen."

„Okay, Herrn Lopez können wir über unsere Datenbank aufspüren. Gibt es eine Möglichkeit, einen Vaterschaftstest durchführen zu lassen, um zu wissen, ob die Tochter von ihm ist? Oder hast du etwas gefunden, das darauf hindeutet, dass sie nicht Herr Kowalskis leibliche Tochter war?"

Ich zucke mit den Schultern.

„Gefunden habe ich bislang noch nichts, aber ich habe auch nur die erste Schublade geöffnet. An Herrn Kowalskis DNA zu kommen, stellt kein Problem dar. Wir brauchen aber etwas von der verstorbenen Tochter. Seine Wohnung wurde ihm weggenommen. Alles aus der Wohnung wurde entsorgt. Ich glaube nicht, dass die Polizei etwas beschlagnahmt hat. Es gab schließlich keine gezielte Durchsuchung. Alles was von Herrn Kowalskis Besitzt übrig ist, befindet sich daher in diesem Büro. Wenn, dann müsste man hier etwas finden. Eventuell eine Haarprobe? Aber da muss die Wurzel vorhanden sein, ohne die funktioniert ein DNA-Test nicht. Die Chancen stehen also sehr schlecht" sage ich.

„Also ein Vaterschaftstest wird nicht möglich sein unter den Gegebenheiten" entgegnet Ali quer durch den Raum.

„Wir müssen hier einfach alles auf den Kopf stellen! Irgendetwas muss noch zu finden sein" motiviert uns Steve.

Ich durchsuche die zweite Schublade rechts und finde eine Kamera. Das zeigt eventuell, dass Herr Kowalski keinen Privatdetektiv beauftragt, sondern die Beschattung selbst vorgenommen hat. Die Kamera weist aber keine SD-Karte auf. Die linke Schublade enthält nur firmenspezifische Sachen. Mehr Schubladen hat der Schreibtisch nicht. Sein Schreibtisch ist wirklich sehr unpersönlich eingerichtet, obwohl Herr Kowalski als Gründer viele Stunden in diesem Büro verbracht hat.

„Habt ihr etwas gefunden?", frage ich in die Runde.

Steve schüttelt den Kopf. „Hier hat alles nur mit der Firma oder der Arbeit zu tun."

„Ich habe sein Alkoholversteck gefunden, er schien eine Vorliebe für irischen Whisky zu haben. Sonst nur Sachen zur Firma" seufzt Ali.

Also hat er tatsächlich Alkohol in der Firma versteckt. Wobei versteckt das falsche Wort ist. Die Flaschen sind in einer großen Schublade verstaut. Ich gehe zu Ali, um die Schublade genauer unter die Lupe zu nehmen. Ich sehe einige leere, zwei volle und eine angefangene Whisky Flasche. Außerdem sehe ich noch eine Wodka Flasche, die auch angebrochen ist und noch eine geschlossene Sektflasche. Die Sektflasche passt nicht ganz dazu, wahrscheinlich war sie für ein Firmenevent gedacht. Der Fund machte mich noch wütender. Man hätte durch die Akte in seinem Schreibtisch und den geheimen Alkoholvorrat darauf schließen können, dass etwas nicht zusammenpasst. Stattdessen wurde der Fall einfach abgeschlossen, ohne je sein Büro betreten zu haben.

„Alles passt zu der Theorie, die Herr Brunner aufgestellt hat" höre ich Steve sagen.

Ich nicke. Leider ja. Ich hatte bei Herrn Kowalski in der letzten Sitzung auch das Gefühl, er würde mir was verheimlichen, ebenso wie bei der ersten Befragung von Herrn Brunner, und dieser Verdacht hat sich immerhin bewahrheitet.

„Also noch einmal zusammengefasst" sagt Steve und stellt sich zu Ali und mir, „Herr Kowalski hatte den Verdacht, dass seine Frau ihn betrügt, und hat sie daher beschatten lassen…"

Da unterbreche ich ihn: „Die Kamera in der Schreibtischschublade lässt darauf schließen, dass er die Beschattung selbst vorgenommen und niemanden dafür angestellt hat."

Ali geht zum Schreibtisch, schaut sich die Bilder, die ich dort liegen gelassen habe, genauer an und stimmt mir zu:

„Schau mal Steve, die Bilder wurden nicht professionell aufgenommen, das sieht man sofort."

Auch Steve wirft einen Blick auf die Bilder.

„Die Aufnahmen sind verschwommen und haben allgemein keine gute Qualität. Ein Profi hätte so etwas nie abgeliefert. Gut, also er hat seine Frau selbst beschattet und das erfolgreich. Den Mann auf den Fotos hat er wiedererkannt als Herrn Lopez aus seiner Grundschule, zumindest vermuten wir das aufgrund der Fresszettel. Weil Herr Lopez und Frau Kowalski sich schon lange kennen, kam ihm plötzlich die Vermutung, dass diese Affäre schon viel länger läuft. Daher auch der Verdacht, dass die Tochter nicht von ihm ist. Dann hat er wahrscheinlich, auf den Verdacht hin, einen Vaterschaftstest machen lassen. Diesen hat er kurz vor der Italienreise erhalten. Zumindest, wenn wir die Aussage von Herrn Brunner glauben. Hierfür haben wir aber keine Beweise. Eventuell hat Herr Kowalski seine Frau auf der Fahrt nach Italien darauf angesprochen und es kam zum Streit. Dieser eskalierte. Die Frage, die sich mir jetzt stellt: War der Unfall wirklich ein Unfall, nur mit einer anderen Geschichte dahinter? Oder war es Absicht? Aber wie konnte er sicherstellen, dass nur er den Unfall überleben würde? Oder war das nur Zufall? Wir haben keine Beweise, dass er für den Tod von Frau und Kind verantwortlich ist. Die Sachen, die wir hier gefunden haben, und die Aussage von Herrn Brunner reichen keinesfalls aus."

Ali und ich nicken. Wir haben im Grunde gar nichts. Zwar haben sich neue Informationen aufgetan, aber beweisen kann man mit diesen nichts. Nun schaltet sich Ali ein:

„Da wir es nicht schaffen, nachträglich einen DNA-Test machen zu lassen, können wir einen Vaterschaftstest vergessen. Wir können nur versuchen, diesen Lopez ausfindig zu machen und ihn zu befragen. Wir sollten uns außerdem die Untersuchungsdokumentation des Unfallfahrzeugs anschauen. Bei einem Unfall wird immer das Unfallfahrzeug untersucht, vielleicht wurde etwas übersehen?"

Nach dieser Überlegung von Ali öffnet sich die Bürotür und Herr Brunner tritt ins Büro ein.

„Hallo zusammen, ich bin Herr Brunner. Entschuldigen Sie, ich war bis eben in einer Besprechung!"

„Hallo, Herr Brunner. Das hier ist Kommissar Yildiz und ich bin Kommissar Roberts" stellt sich Steve vor und gibt ihm dabei die Hand. „Sie kommen gerade richtig, wir sind eben mit der Durchsuchung fertig geworden. Wir sind leider nicht weiter fündig geworden. Die Beweise, die auf Herrn Kowalskis Schreibtisch liegen, werden wir beschlagnahmen. Ansonsten hilft uns hier nicht viel weiter. Wir haben den Fall jedenfalls neu aufgerollt. Wir würden Sie gerne hierzu noch offiziell befragen. Wir wissen, Sie haben mit Frau Hardwood schon darüber gesprochen und Ihre Unterlagen und Aussage liegen uns auch vor, aber wir wollen dieses Mal wirklich alles richtig machen. Dazu gehört, dass wir sie noch einmal persönlich Vernehmen. Ich hoffe, das geht für Sie in Ordnung?"

Herr Brunner nickt.

„Das verstehe ich, sollen wir in mein Büro gehen?" schlägt er vor.

Da werfe ich noch ein: „Ich hätte noch eine Frage, Herr Brunner." Er schaut mich fragend an und nickt dann.

„War Herr Kowalskis Büro immer so gefühlskalt eingerichtet? Also hatte er nie etwas Persönliches hier? Fotos von der Familie oder so?"

Herr Brunner schüttelt den Kopf. „Seit ich hier arbeite, sieht es so aus. Keine Bilder von der Familie… Ist das denn relevant?"

„Es sagt viel über ihn aus, aus psychologischer Sicht. Er hat in diesem Zimmer viel Zeit verbracht und trotzdem kein einziges Bild von Frau und Kind? Er scheint schon immer seine Gefühle unterdrückt zu haben" sage ich vorwurfsvoll.

Herr Brunner lacht. „Das würde ich nicht sagen. Er war sehr oft wütend. Gefreut hat er sich aber so gut wie nie. Selbst wenn seine Mannschaft gewonnen hat, hat er sich lieber über die negativen Aspekte aufgeregt, als sich zu freuen."

„Interessant, danke. Das war es von meiner Seite!"

Herr Brunner nickt und führt uns zu seinem Büro. Steve und Ali führen die polizeiliche Befragung durch, aus der ich mich heraushalte. Dafür ist mein Kopf auch zu voll. Ich höre zwar zu und achte darauf, dass Herr Brunner nichts vergisst, aber ganz dabei bin ich trotzdem nicht. Nach der Befragung reden Steve und Ali noch mit anderen Kollegen aus dem Büro. Hier ergibt sich aber nichts Spannendes mehr. Viele bestätigen nur, dass er ein Alkoholproblem hat, die Eheprobleme größer waren, als zuerst angenommen und er gerne laut und wütend wurde. Fast alle meinen auch, dass sie ihm den Mord an Frau und Kind zutrauen würden. Aber die Leute sind hier voreingenommen. Alle wissen, dass er ein Serienmörder ist und das spiegelt sich meiner Meinung nach, sehr in den Aussagen wider. Wirklich kein Kollege hier hat ein gutes Wort über Herr Kowalski verloren und das kann ich mir bei besten Willen nicht vorstellen. Viele sind hier schon jahrelang tätig. Wenn Herr Kowalski wirklich so ein schlimmer Arbeitgeber gewesen wäre, hätten sich doch alle einen anderen Job gesucht. Sobald man von jemanden weiß, dass er ein Serienmörder ist, traut man der Person einfach alles zu. Als die Jungs mit allen Befragungen durch sind, steigen wir wieder ins Auto und fahren in Richtung Revier. Die Stimmung im Auto ist bedrückt, wir schweigen. Im Revier berichtet Steve Oberkommissar Wieland alles und legt ihm die gefundenen Beweise vor. Ali und ich machen mit den Hinweisen von Herrn Kowalskis Akten, Herrn Lopez ausfindig und Ali lädt Ihn für Montagvormittag zur Befragung ins Revier ein. Er ist leicht aufzufinden gewesen, da er im Polizeisystem registriert ist. In seiner Jugend wurde er wegen Sachbeschädigung angeklagt und zu Sozialstunden verurteilt. Normalerweise würde es mich nicht freuen, dass Menschen Straftaten begehen, aber diese Straftat hat uns eine Menge Zeit bei der Suche gespart. Ich darf beim Gespräch dabei sein, im Gegenzug werden die Jungs am Dienstag auch zu meiner Sitzung mit Herrn Kowalski kommen. Steve hat organisiert, dass ich bei beiden Befragungen das erste Wort habe und die Jungs am Ende ergänzend Fragen stellen. Herr Wieland mag mich und hat volles Vertrauen zu mir, nur deswegen werde ich wahrscheinlich so gut in die Ermittlung einbezogen. Mittlerweile ist es 18:30 Uhr und ich bin extrem erschöpft! Eigentlich will ich einfach nur nachhause, aber Ali überredet Steve und mich zu einem Drink. Ich kann Ali sehr gut leiden und würde ihn gerne noch ein bisschen näher kennenlernen, daher lasse ich mich auch leicht breitschlagen.

ZWÖLF

AUFKLÄRUNG

Der Wecker klingelt. Steve stellt ihn aus und er legt sich wieder zu mir zum Kuscheln.

„Noch fünf Minuten," flüstert er leise.

Steve kuschelt sich jedes Mal beim Einschlafen mit mir in die Löffelchenstellung. Immer, wenn ich einen Albtraum habe, merkt er es dadurch sofort. Dann umarmt er mich enger und mein Albtraum wird so unterbrochen und ich kann in Ruhe weiterschlafen. Meine Schlafprobleme sind zwar weiterhin vorhanden, aber in der kurzen Zeit mit Steve haben sich schon deutlich verbessert. Er gibt mir Sicherheit und ich fühle mich auch nicht mehr so einsam. Ich hätte nie gedacht, dass sich meine Schlafprobleme in der kurzen Zeit so verbessern könnten, geschweige denn, dass sie sich überhaupt bessern! Steve hat bisher kein einziges Mal bei sich geschlafen. Es geht definitiv sehr schnell zwischen uns... es fühlt sich aber so verdammt gut an. Gestern im Pub konnte ich seinen Kollegen und den Schwarm von Nat besser kennenlernen. Wir haben Nat im Pub auch per Videoanruf dazu geholt. Es war echt ein schöner Abend und es hat sich so normal angefühlt. Ich bin kein Mensch, der gerne mit anderen ausgeht. Ich bin eigentlich immer lieber für mich allein. Mit Freunden etwas trinken zu gehen, ist daher vollkommen neu für mich und dann hat es sich trotzdem direkt gut angefühlt. Das ist ein gutes Zeichen, macht mir aber auch ein bisschen Angst. Ali und Nat sind extrem süß zusammen. Ihre Interessen passen zueinander, ebenso wie ihre Persönlichkeiten. Beide sind Sturköpfe, die aber in der Welt komplett integriert sind und es lieben, Neues zu erleben. Sie sind offen für alles und haben beide auch ähnliche Vorstellungen vom Leben. Seit sie sich im Club kennengelernt haben, telefonieren sie jeden Tag und Nat hat unter anderem seinetwegen beschlossen, wieder für längere Zeit in Deutschland zu bleiben. Ich kann es kaum erwarten, wieder meine beste Freundin bei mir zu haben! Sie und Ali hat es wirklich ähnlich stark erwischt, wie Steve und mich. Die beiden sind zwar noch nicht offiziell zusammen, darauf läuft es aber hinaus. Sie haben Steve und mich auch schon für diverse Pärchen Abende eingeplant. Es ist schon komisch. Ich hatte vorher noch nie einen Freund oder ein soziales Leben und vom einen auf den anderen Tag habe ich beides…und mir gefällt es. Ich freue mich darauf, wie die Geschichte weitergeht! Der Wecker klingelt noch einmal. Steve macht ihn aus und kuschelt sich zu mir.

„Steve, du musst heute noch zu deinem Freund in die Reha. Du solltest langsam aufstehen. Du musst ja wie immer auf die Sekunde genau dort auftauchen" kichere ich.

„Wenigstens weiß ich, was Pünktlichkeit bedeutet" lacht er. „Ich will gerade einfach nicht aufstehen, es fühlt sich so gut an."

Ja, es fühlt sich sogar fantastisch an! Aber wir müssen wirklich langsam aufstehen. Ich löse mich aus seiner Umklammerung und stehe auf. Steve bleibt einfach liegen, also werfe ich kurzerhand ein Kissen nach ihm und befehle: „Steh auf!"

Von ihm kommt nur ein „Na warte!" und er packt mich und schleudert mich wieder ins Bett. Wir lachen und küssen uns.

„Wieder zusammen duschen und dann mache ich uns Frühstück?", schlägt er vor.

Ich nicke. Er steht auf, nimmt mich auf seine Schultern und trägt mich ins Bad. Und so starten wir ins Wochenende.

Mein Wochenende ist dank Steve nicht langweilig. Am Samstagvormittag geht er seinen ehemaligen Soldatenkollegen und Kindheitsfreund in der Reha besuchen. In dieser Zeit schaffe ich es endlich mal wieder, die Wohnung aufzuräumen und Wäsche zu waschen. Als ich mit allem durch bin, kommt Steve auch schon wieder zurück. Am Nachmittag gehen wir in die Therme. Steve hat der Besuch bei Max sehr gutgetan. In der Therme redet er nur über ihn. Sie haben sich wohl viel über die Kindheit unterhalten und über das Soldatenleben. Max vermisst sein altes Leben, ist aber froh, überhaupt am Leben zu sein. Sein neues Ziel ist es, aus der Reha zu kommen und sein Leben neu zu starten. Die Ärzte sind da aber vorsichtig. Er war immerhin sehr lange im künstlichen Koma und hatte danach mehrere OPs. Er braucht wohl auch ein psychologisches Gutachten, um entlassen zu werden. Eine ähnliche Prozedur wie bei Steve. Das macht laut Steve wohl derselbe Militärpsychologe wie beim ihm. Bei Steve hat er sehr gute Arbeit geleistet. Die Schwierigkeit wird bei Max aber sein, wie bei Steve, danach einen geeigneten Psychologen zu finden. Aber das liegt noch in der Zukunft. Max möchte mich auch kennenlernen. Steve hat viel über mich erzählt, was ich süß finde. Beim nächsten Mal darf ich auch mitkommen, wenn es ihm gut genug geht. Ich freue mich schon darauf. Nach der Therme gehen wir wieder zu mir nachhause und machen uns einen entspannten Abend. Den Sonntag lassen wir genauso ruhig angehen. Wir verbringen den ganzen Tag nur in meiner Wohnung, backen Pizza und schauen Serie. Das tut gut, nach all dem Stress. Am Sonntagabend fahren wir dann noch kurz in Steves Wohnung, um ihm frische Klamotten zu holen. Ich sehe seine Wohnung zum ersten Mal. Er hat recht, sie ist wirklich nichts Besonderes: nur ein Zimmer, das wirklich unbelebt aussieht, keine Dekoration und auch keine einzige Pflanzen. Nicht einmal ein Fernseher ist in der Wohnung. Steve benutzt nur die Küche und das Bett. Selbst das Sofa sieht unbenutzt aus und fühlt sich sehr hart und unbequem an. Er scheint sich nie in der Wohnung auszuruhen. An diesem Punkt sind wir verschieden. Ich bin gerne in meiner Wohnung und entspanne. Steve meinte, dass er es früher nicht mochte, alleine in der Wohnung zu sein. Mit mir kann er sich das erste Mal entspannen und genießt es auch, Zeit in meiner Wohnung zu verbringen. Ich genieße die Zeit mit Steve auch sehr. Im Großen und Ganzen ist es ein wunderschönes Wochenende und ich genieße es, so viel Zeit mit Steve zu verbringen. Es ist schon fast schade, dass wir beide am Montag wieder arbeiten müssen uns somit der Alltag und der Stress wieder startet. Ich hätte gern mehr freie und entspannte Zeit mit Steve verbracht.

Es ist Montagmorgen und der Wecker weckt uns. Steve stellt ihn auf Snooze und klammert sich wieder in unsere gewohnte Schlafposition. Ich bin diese Nacht nicht durch meinen Albtraum wachgeworden. Es wird wirklich immer besser. Steve hat eine beruhigende Wirkung auf mich. Durch ihn habe ich das erste Mal seit meiner Kindheit wieder Normalität in meinem Leben! Ich konnte über das Wochenende gut abschalten und habe keinen Gedanken an Herrn Kowalski verloren. Und das, obwohl er es immerhin fast geschafft hätte, mich hinters Licht zu führen. Da ich mich immer für eine sehr gute Psychologin halte habe, kränkt mich diese Tatsache. Der Wecker klingelt erneut.

„Ich hasse Montage, da ist immer am meisten los. Ich brauche mal wieder Urlaub!", grummelt Steve leise in mein Ohr.

„Oh ja, da würde ich mich direkt anschließen. Es ist in letzter Zeit wirklich extrem anstrengend!", kichere ich.

Steve setzt sich ruckartig im Bett auf.

„Wir können doch wirklich einfach in Urlaub fliegen! Einfach um zu entspannen und die Ruhe genießen zu können. Ich wollte schon immer mal nach Bali. Natürlich muss es nicht Bali sein, es kann auch jeder andere Ort sein. Einfach nur Urlaub und weg von hier!"

Ich setze mich auch auf und schaue ihn schief an.

„Steve, wir können nicht von heute auf morgen in Urlaub gehen!", protestiere ich.

„Warum nicht? So wie ich uns beide kenne, haben wir noch genug Urlaub übrig, weil wir im Jahr kaum welchen verbrauchen, oder liege ich da falsch? Lass uns einfach mal spontan sein!"

Steve liegt richtig, ich habe noch viel Urlaub übrig. Ich habe meine Urlaube bisher nur genutzt, um Nat zu besuchen, mit ihr in den Urlaub zu gehen oder mit ihr einen Shopping-Trip zu machen. Nat und ich waren aber bisher nur zwei Mal zusammen im Urlaub, daher würde so ein Urlaub mit Steve mir wahrscheinliche echt guttun. Aber ich muss erst klären, wie es mit Steves Therapie weitergeht und was genau es mit dem Fall von Herrn

Kowalski auf sich hat. Davor kann ich nicht in den Urlaub, ich könnte mich nicht entspannen.

„Ich muss erst das mit Herrn Kowalski klären und sicherstellen, dass deine Therapie weitergeht. Anders könnte ich mich nicht entspannen. Wenn die beiden Sachen durch sind, können wir gerne in Urlaub gehen. Bali klingt gut" gebe ich nach.

Er lacht und freut sich. Er sieht immer so süß aus, wenn er sich freut. Es ist unglaublich, wie schnell er mir ans Herz gewachsen ist. Ich kann mir keinen Tag mehr ohne ihn vorstellen.

Steve nimmt sein Handy und schaut auf die Uhr. „Wir müssen uns beeilen. Ich mache schnell Frühstück und dann muss ich los. Soll ich dich bei der Praxis absetzen?"

Ich nicke und wir gehen in die Küche.

Steve lässt mich an der Praxis raus. Er wird mich gegen zehn Uhr wieder abholen, da heute im Revier das Gespräch mit Herrn Lopez ansteht. Davor muss ich aber noch meinem Chef unter die Augen treten. Ich weiß nicht, wie er reagieren wird. Ich gebe Steve an ihn ab, da wir jetzt ein Paar sind. Derik hat mich bedroht, dafür behalten wir aber seine Patienten. Und zum Schluss ist mein Patient eventuell der Mörder seiner Frau und Tochter. Was für eine Unterhaltung an einem Montagmorgen. Ich denke, ich lasse ihn erst einmal vom Urlaub erzählen. Ich bin trotzdem gespannt, wie er reagieren wird. Er ist zwar entspannt, aber das wäre selbst mir zu viel.

Ich sitze in Rolands Büro und genau wie ich es mir vorgenommen habe, lasse ich ihn erst von seinem Urlaub erzählen. Erst auf seine Frage, wie es mir gehe und was in seiner Abwesenheit passiert ist, lasse ich die Bombe platzen. Während meiner Erzählung steht er irgendwann auf und seitdem läuft er nervös in seinem Zimmer umher.

Mittlerweile bin ich seit drei Minuten still und warte auf eine Reaktion, aber er läuft immer weiter und sagt nichts. Verstehe ich, ich wüsste auch nicht, wie ich diese Masse an Informationen verarbeiten soll.

Nach fünf Minuten setzt er sich. Beruhigt sieht er dennoch nicht aus. Ich frage mich wirklich, was ihn am meisten bedrückt von meiner Erzählung.

„Wieso hast du mich nicht im Urlaub angerufen?!", bricht er endlich sein Schweigen.

„Weil du Urlaub hattest! Und dank Steve war ja alles unter Kontrolle" rechtfertige ich mich.

„Mit dem du jetzt zusammen bist und das, obwohl du noch eine Therapiestunde mit ihm hattest?"

Ich habe ihm dazu die Wahrheit gesagt. Wir haben seine Regeln gebrochen. Ich kann Roland nicht anlügen, dafür hat er mich zu sehr unterstützt.

„Ja, wir haben die Übergabe aber professionell vorbereitet für dich."

„Trotzdem ist Derik hier eingebrochen und hat dich bedroht. Er wurde von Steve und seinem Arbeitskollegen aufgehalten und ist jetzt in Untersuchungshaft, wo er dir erst einmal nicht mehr schaden kann – das hättest du berichten müssen. Mein Urlaub ist hier zweitrangig!", schnaubt er.

„Roland, ich kann die Tatsache nicht mehr ändern, dass ich dich im Urlaub nicht angerufen habe. Ich kann dir nur sagen, dass ich alles mit unserem Firmenanwalt geklärt habe. Wir werden die Patienten von Derik in der Praxis halten können! Du sollst dich mit ihm in Verbindung setzen. Er sollte eigentlich bis heute alles geklärt haben. Damit ist das Kapitel Derik abgeschlossen, sowohl für mich, als auch für die Praxis. Mir ist echt egal, wie der Prozess bei ihm ausgeht. Er darf sich mir nie wieder nähern und wahrscheinlich auch nie wieder als Psychologe arbeiten, mehr will ich nicht."

„Gut, dann belassen wir es dabei.... Kommen wir zu Herrn Kowalski. Du nimmst an, dass er wahrscheinlich seine Frau und seine Tochter umgebracht hat, weil seine Frau eine Affäre hatte. Zusätzlich glaubt er, dass die Affäre so weit zurückliegt, dass sogar seine Tochter nicht von ihm ist?"

„Richtig, da arbeite ich gerade mit der Polizei zusammen."

„Die den Fall neu aufgerollt hat, weil der Polizist, der den Fall damals zu verantworten hatte, Fälle verpfuscht oder nicht richtig untersucht hat. Damit hat er die Fälle schneller abschließen können und hat seine Statistik beschönigt?"

„Genau. Daher mussten bereits mehrere seiner Fälle schon neu aufgerollt werden. Da in diesem Fall aber nie Beweise gesammelt wurden und Herr Kowalski die Serienmorde gestanden hatte, dachte man, es wäre alles korrekt gelaufen."

Roland schlägt seine Hände auf sein Gesicht. Er wirkt so, als brauche er direkt wieder Urlaub.

„Ich war doch nur eine Woche weg. Gut, ich übernehme Steve als Patienten, rufe den Anwalt an und die Patienten von Derik werden auf dich und Jessica aufgeteilt. Jessica fängt ab Mittwoch an, kannst du sie einlernen?" fragt er.

„Klar, ist kein Problem. Ich kenne viele von Deriks Patienten, da ich ihn oft vertreten habe. In die neuen Patienten von Derik habe ich mich sicher schnell eingelesen und kann sie dann an Jessica übergeben."

„Gut" fährt er mit Blick auf die Uhr fort, „Wenn ich dich vorhin richtig verstanden habe, wirst du gleich abgeholt?"

Ich nicke. Er hat sich die Details dann doch ziemlich gut gemerkt, obwohl ihn meine Aussagen so schockiert haben.

„Sicher, dass ich dich allein lassen kann, Roland? Du siehst immer noch sehr geschafft aus."

Er nickt und atmet tief ein.

„Das wird schon irgendwie gehen, komm lieber nicht zu spät zu der Befragung," beruhigt er.

Grade als ich mich verabschieden und das Büro verlassen wollte, höre ich Roland sagen: „Es waren grade sehr viele Informationen und neue Ergebnisse für mich. Es tut mir leid, falls ich zu streng herübergekommen bin. Wegen Steve bin ich dir nicht sauer und ich wünsche euch beiden viel Glück. Ich freue mich wirklich sehr für dich!"

„Roland, ich kenne dich doch! Diese ganzen Informationen hätten mich auch komplett überrumpelt. Komm heute erst einmal richtig an und den Rest bekommen wir beide schon zusammen geregelt! Danke für die netten Worte und dein Verständnis!"

Wir beide setzen ein Lächeln auf und ich verlasse diesmal das Büro.

Steve holt mich, wie zu erwarten, pünktlich ab. Vereinbart wurde, dass Steve und ich zusammen im Befragungsraum mit Herrn Lopez sitzen und ich die Fragen stellen darf. Steve kann Ergänzungsfragen mit einfügen. Bevor wir aber in den Befragungsraum gehen, wollen mir Steve und Ali noch unbedingt etwas zeigen.

„Wir haben die ganzen Beweise und Tatort Bilder von damals noch einmal genau angeschaut und die Berichte durchgelesen. Dabei ist uns etwas Seltsames aufgefallen. Kommt dir hier etwas komisch vor?"

Ali zeigt mir Bilder von Herrn Kowalskis Unfallfahrzeug. Ich schaue sie mir genau an. Die Bilder sind teilweise auch in meiner Patientenakte. Beim Durchforsten der Bilder sehe ich drei Fotos vom Fahrzeuginnenraum, die in der Akte nicht dabei waren.

Man sieht sofort, dass nur der Airbag des Fahrers aufgesprungen ist.

„Nur der Fahrer-Airbag ist aufgesprungen" wundere ich mich laut.

„Genau. Wenn so etwas passiert, wird von der Polizei immer ein Gutachten angefordert. Das ist eine allgemeine Prüfung, die immer durchgeführt wird, wenn es Anzeichen gibt, die nicht ganz zum Unfallhergang passen. Das Auto ist mit einer Geschwindigkeit aufgeprallt, bei der sich die Airbags hätten auslösen müssen."

Steve schaltet sich dazu:

„Nach diesem Gutachten haben wir in der Akte gesucht, aber nichts gefunden. Also haben wir beim Gutachter selbst angerufen und gefragt, ob zu diesem Fall überhaupt ein Gutachten existiert. Das tut es! Der Bericht lag uns aber nicht vor, daher haben wir eine Kopie angefordert."

Steve drückt mir das Gutachten in die Hand. Textstellen wurden gelb hervorgehoben, auf die ich mich fokussiere. Ich bin schockiert.

„Die Airbags wurden bei Frau und Kind ausgeschaltet und die Anschnallgurte wurden bei beiden manipuliert. Laut Bericht waren die Gurte angeschnitten und konnten so den Aufprall gar nicht abfedern" sage ich erstaunt.

Beide nicken.

„Die beiden wurden zudem außerhalb des Fahrzeugs tot geborgen. Nur bei Herrn Kowalski wurde nichts manipuliert und da Airbag und Gurt intakt waren, wurde er nicht aus dem Auto geschleudert." fügt Steve hinzu.

Das ist schrecklich.

„Wie kann es sein, dass niemand bemerkt hatte, dass dieses Gutachten in den Akten fehlt?", frage ich.

„Der Bericht wurde abgeholt, damit hatte es sich für den Gutachter erledigt. Der Leiter der Ermittlung hat ihn verschwinden lassen und den Fall schnellstmöglich abgeschlossen. Es kann gut sein, dass er sich das Gutachten nie durchgelesen hat und sich einfach nur den Papierkram sparen wollte. Da es von außen betrachtet wirklich wie ein Autounfall aussah, ist er damit auch durchgekommen. Wir haben viel zu tun. Fälle, die leicht oder eindeutig sind, versuchen wir immer so schnell wie möglich zu erledigen. Damit haben wir mehr Zeit, uns wichtigeren Sachen widmen zu können. Klingt zwar hart, aber so ist es."

Ich bin trotzdem schockiert. Wir haben in der Praxis auch immer viel zu tun. Aber so etwas würden wir nie machen! Ich kann verstehen, dass grade die Polizei durch die Öffentlichkeit und die betroffenen oder hinterbliebenen definitiv mehr unter Druck stehen, als andere in ihrem Job…aber so etwas geht einfach nicht! Weiter kann ich über die Situation aber nicht mehr nachdenken, denn Herr Lopez ist eingetroffen und warten im Befragungsraum. Steve und ich machen uns daher auf den Weg.

Wir beide betreten den Raum gemeinsam. Herr Lopez sitzt am Befragungstisch und wartet auf uns. Ab diesem Moment bin ich nervös. Ich hoffe, man sieht es mir nicht an. Steve und ich haben bisher noch nie eine Befragung zusammen geleitet. Ich sollte mich auf Herrn Lopez konzentrieren.

„Hallo, Herr Lopez, meine Kollegin hier ist Frau Hardwood. Sie ist Psychologin und betreut uns bei diesem Fall. Ich bin Herr Roberts, der leitende Kommissar. Danke nochmal, dass Sie unserer Einladung so schnell folgen konnten."

Wir setzen uns gegenüber von Herrn Lopez.

„Gerne, ich weiß nur nicht, ob ich helfen kann. Ich verstehe auch nicht ganz, warum eine Psychologin dabei sein muss" erwidert Herr Lopez leicht aufgebracht.

Interessant. Er ist aufgeregt darüber, dass ich bei der Besprechung dabei bin. Dabei hat ihn die Polizei an einem Freitagnachmittag aus heiterem Himmel angerufen. Ich weiß noch nicht, was das über ihn aussagt. Aber das finde ich hoffentlich im Gespräch heraus.

„Ich begleite den Fall, da mir bei der Therapie meines Patienten aufgefallen ist, dass bei der Ermittlungsarbeiten der Polizei einige Fehler unterlaufen sind." erkläre ich.

„Also wird der Fall neu bearbeitet, um Ihren Patienten zu entlasten?"

Ich schüttle den Kopf. „Nein, mein Patient wurde wahrscheinlich zu mild bestraft."

Er wirkt verwirrt.

„Ich dachte, Psychologen handeln immer in Sinne des Patienten?"

„Ich handel im Sinne des Patienten! Ich kann ihn nicht richtig behandeln, wenn ich angelogen werde oder wichtige Details unerwähnt bleiben. Man ist in Therapie, weil man Hilfe braucht, um traumatische Erlebnisse zu verarbeiten und aufarbeiten zu können. Das kann mein Patient nicht, da er nie die Wahrheit gesprochen hat und sie auch ohne Beweise nicht zugeben wird. Sobald ich die Beweise habe und er endlich zugeben kann, was er getan hat, kann ich die Therapie richtig angehen und ihm helfen. Auch wenn er dafür von der Polizei verurteilt wird, handel ich tatsächlich wirklich nur im Sinne des Patienten."

Herr Lopez und Steve sind beide überrascht von der Aussage. Herr Lopez nickt aber schlussendlich zustimmend. Ich scheine ihn beruhigt zu haben.

„Wie kann ich Ihnen denn helfen?", fragt er nun endlich.

„Darf ich Ihnen vorweg noch eine kurze Frage stellen?"

Herr Lopez wirkt verwirrt, nickt aber wieder. Ich muss einfach wissen, warum er so abgeneigt mir gegenüber ist.

Ich möchte das Eis brechen und die Befragung angenehmer gestalten.

„Sie haben sich mehr über die Tatsache aufgeregt, dass eine Psychologin im Raum sitzt, als darüber, dass Sie am Freitagnachmittag von der Polizei angerufen worden sind und heute hier erscheinen müssen. Darf ich fragen, woran das liegt?"

Seine Mimik verhärtet sich und seine Stimme wird leiser.

„Ist es für die Befragung wichtig?", fragt er zögerlich.

„Für mich ist es relevant. Ich bin Psychologin und meine Aufgabe ist es, Menschen zu helfen. Ich bin nur eine von vielen und weiß, dass nicht allen Menschen geholfen werden kann. Ich weiß aber auch, dass manchmal ein Psychologe daran schuld sein kann. Sie müssen die Frage nicht beantworten. Ich wüsste nur gerne, warum sie mir gegenüber abgeneigt sind."

Er nickt.

„Ich war selbst in Therapie. Es hat auch geholfen, nur werde ich an die Zeit nicht gerne erinnert. Als ich gehört habe, dass Sie Psychologin sind, hat es mich wieder an diese schwere Zeit erinnert. Es liegt nicht an Ihnen oder an dem Beruf an sich. Ich mag es einfach nicht, erinnert zu werden."

„Das ist nachvollziehbar. Ich freue mich, dass die Therapie Ihnen geholfen hat! Darf ich fragen, warum Sie in Therapie waren?"

Es zögert kurz, fängt dann aber an zu erzählen.

„Ich hatte damals eine On-Off Beziehung mit meiner Jugendliebe. Die Beziehung ging über mehrere Jahre. Wir kannten uns aus der Grundschule und haben uns später wiedergetroffen. Sie hat mir allerdings verheimlicht, dass sie verheiratet war. Als ich es herausgefunden habe, habe ich mich getrennt. Mich hat es zutiefst verletzt. Nach zwei Jahren haben wir uns zufällig wiedergetroffen. Sie war mittlerweile von ihrem Mann getrennt und hatte eine Tochter, die 17 Monate alt war. Sie meinte zu mir, dass es meine Tochter sei und sie sich deswegen auch von ihrem Mann getrennt habe. Sie hat wohl Zeit gebraucht, um zu erkennen, wie schlecht ihr Mann für sie und das Kind war. Ich wollte einen Vaterschaftstest. Ich vertraute ihr nicht mehr, sie hatte mir schließlich verheimlicht, dass sie verheiratet war. Zeitraum und Alter haben zwar gepasst, aber ich musste es einfach schriftlich haben. Ich habe den Test veranlasst und tatsächlich, ich war ihr Vater. Wir sind wieder zusammengekommen. Ich hatte jetzt eine Tochter, für die ich sorgen musste und da gehört es sich, dass man wenigstens versucht, wieder zueinanderzufinden. Sie wollte es aber langsam angehen. Sie war frisch geschieden und wollte unserer Tochter nicht zu viel zumuten. Ich war damit komplett einverstanden. Wir waren dann circa ein Jahr zusammen, da musste sie über Ihre Kanzlei eine Fortbildung machen und verreiste für eine Woche, unsere Tochter durfte sie mitnehmen. Danach habe ich sie nie wieder gesehen und auch nicht telefonisch erreicht. In der Wohnung war sie nicht mehr und die Nachbarn hatten sie auch nicht gesehen. Ich habe eine Vermisstenanzeige bei der Polizei aufgegeben. Da hat sich herausgestellt, dass sie bei einem Autounfall gestorben ist. Nur ihr Mann hat überlebt. Durch die Polizei habe ich erfahren, dass sie sich nie scheiden lassen hatte. Sie hat mich wieder angelogen. Das Schlimmste war, dass ich meine eigene Tochter nicht begraben konnte und überall immer nur davon geredet wurde, dass es seine Tochter wäre. Es tat weh und ich wusste nicht, wie ich damit umgehen sollte. Da sie mich angelogen hatte, bin ich davon ausgegangen, dass sie ihrem Mann auch nicht von mir erzählt hatte. Er hat beide verloren, ich konnte ihm diesen zusätzlichen Schmerz nicht antun. Mir ging es sehr schlecht und ich wusste nicht, wie ich mit der ganzen Belastung und Schuld umgehen sollte. Daher die Therapie…"

Er hat Tränen in den Augen. Ich musste mich auch beherrschen, um nicht die Fassung zu verlieren. Steve geht es ähnlich, er sitzt zumindest sehr verkrampft neben mir.

„Ich muss Sie das leider fragen und ich weiß, wie unsensibel und unpassend es ist. Haben Sie den Vaterschaftstest noch?"

Seine Augen werden kleiner, er nickt jedoch.

„Den brauchen wir von Ihnen, heute noch, wenn möglich" sage ich vorsichtig und mit leiser Stimme.

Er schaut uns schockiert an – er bekommt wohl eine Ahnung, in welche Richtung diese Befragung geht.

„Weswegen bin ich jetzt eigentlich hier?", sagt er in einem strengeren Ton.

„Was Sie jetzt von mir erfahren, ist noch nicht bewiesen und hart für Sie zu hören. Herr Kowalski, der Ehemann Ihrer Jugendliebe, ist mein Patient. Er hat den Tod von Frau und Kind nie verkraftet. Er hat seine Firma verloren, seine Freunde und seine Wohnung. Er hat Rache an dem LKW-Fahrer, der betrunken den Unfall verursacht hat, gesucht und angefangen zu morden. Dabei hatte er es auf Männer abgesehen, die alkoholisiert waren… Das dachten zumindest die Psychologen vor mir und das dachte ich auch, bis ich einen entscheidenden Hinweis bekommen habe…"

Lopez schaut mich gefesselt und mit traurigen Augen an.

„Was für einen Hinweis?", fragt er leise.

Ich atme tief ein.

„Da die Ermittlungen noch laufen, kann ich Ihnen keine Fakten nennen. Wir wissen, dass der Ehemann erfahren hat, dass seine Frau fremdgegangen ist. Er wusste also von Ihnen. Es gibt Indizien dafür, dass er auch über die

Tochter Bescheid wusste. Der springende Punkt ist, dass wir deswegen und noch wegen weiterer Hinweise den Verdacht hegen, dass er die Morde nicht aus Rache am alkoholisierten LKW-Fahrer begangen hat. Wir gehen mittlerweile davon aus, dass er die Morde begangen hat, um die Männer zu schützen. Er hatte selbst ein Alkoholproblem und hat aus Frust getrunken. Er dachte wahrscheinlich, bei den Männern wäre es ähnlich und wollte sie davor bewahren, auch verletzt zu werden. Zusätzlich steht der Verdacht im Raum, dass der damalige Autounfall von Herrn Kowalski…provoziert wurde…"

„Deuten Sie damit an, dass er das Auto bewusst gegen den LKW gesteuert haben soll? Aber der LKW-Fahrer hatte Alkohol intus! Und wie soll er den Unfall so provoziert haben, dass er als einziger überlebt?" protestiert Herr Lopez.

Ich versuche, ihn zu beruhigen.

„Wie gesagt, wir sind noch mitten in der Ermittlung. Es liegen uns noch nicht alle Informationen vor. Tatsache ist aber, dass bei Frau Kowalski und der Tochter die Airbags und die Anschnallgurte manipuliert worden waren…"

Herr Lopez fängt an zu weinen. Man sieht, wie eine Welt für ihn zusammenbricht. Geliebte Menschen durch einen Unfall zu verlieren, ist eine Sache – Mord ist etwas ganz anderes. Er hat den Mann, der seine Tochter auf dem Gewissen hat, sogar versucht zu schützen.

Steve meldet sich zu Wort.

„Wir glauben, Herr Kowalski ist dafür verantwortlich. Um das Motiv bekräftigen zu können, brauchen wir den Vaterschaftstest. Wir können keinen machen, da alles von Frau und Kind weg ist. Dass er von Ihrer Affäre wusste, ist bewiesen. Wir müssen ihm aber noch die Kenntnis der Vaterschaft nachweisen."

Herr Lopez nickt und wischt seine Tränen mit seinem Pulli ab. Er holt sein Handy heraus und sucht nach etwas. Dann zeigt er uns ein Foto vom Vaterschaftstest.

„Das Original liegt in meiner Wohnung…das kann ich Ihnen zukommen lassen" sagt er mit gebrochener Stimme.

Steve will sich das Handy schnappen, doch ich komme ihm zuvor. Im Schreibtisch von Herrn Kowalski habe ich unter anderem viele Fresszettel gefunden. Manche konnte ich nicht zuordnen. Auf einem stand nur die Zahl 2018319. Bisher konnte ich mit der Zahl nichts anfangen, doch gerade eben habe ich die Zahl auf dem Foto des Vaterschaftstest wiedergefunden.

„Herr Lopez. Wissen Sie, was die Zahl 2018319 auf dem Test zu bedeuten hat?"

„Das ist die Zuordnungsnummer soweit ich weiß. Den Vaterschaftstest habe ich im Jahr 2018 gemacht und vielleicht war ich der 319. Test?"

Steve schaut mich an und fragt:

„Was glaubst du, entdeckt zu haben?"

„Im Schreibtisch von Herrn Kowalski habe ich doch viele Fresszettel mit verschiedenen Informationen gefunden. So bin ich auch auf den Namen von Herrn Lopez gestoßen. Auf einem stand die Zahl 2018319 und bis eben konnte ich sie nicht zuordnen…"

„Wie soll er an die individuelle Zahl des Vaterschaftstest gekommen sein oder an den Test selbst?", fragt sich Steve.

„An die Zuordnungsnummer zu kommen, ist kein Problem. Sein Geschäftspartner meinte doch, dass er gegen Ende paranoid geworden sei. Dazu kommt, dass er seine Frau beschattet hat. Mitzubekommen, dass Herr Lopez der biologische Vater der Tochter ist, ist damit nicht schwer. Deswegen stand sein Name auch auf einer seiner Fresszettel. In der Paranoia kann man die Kliniken, die so einen Test anbieten und durchführen anrufen und sich telefonisch für Herrn Lopez ausgeben. Da kommt man sehr schnell an die Zuordnungsnummer ran. Das Ergebnis bekommt man, wenn die Klinik schlampig arbeitet, auch telefonisch durchgegeben. Oft reicht das Geburtsdatum. Auf einem anderen Zettel stand das Datum 14.05.1982. Das ist wahrscheinlich Ihr Geburtsdatum, Herr Lopez?

„Ja", antwortet er mit zittriger Stimme.

Steve und ich schauen uns an. Damit ist bewiesen, dass Herr Kowalski von dem Vaterschaftest wusste. Sein Motiv ist komplett. Ich habe von Anfang an gewusst, dass etwas nicht stimmt und man mir die Wahrheit verheimlicht. Dass sich die Wahrheit aber als so schrecklich herausstellen würde, hätte ich nie zu glauben gewagt. Was mich aber extrem wundern in der ganzen Geschichte: Wenn Herr Kowalski sowohl die Bilder also auch den Vaterschaftstest als Beweis hatte, warum lebt dann Herr Lopez noch. Das er kein Problem damit hat, Menschen zu töten, ist ja bekannt. Aber er wusste von der Vaterschaft und er wusste auch, wo Herr Lopez wohnt. Warum lebt er dann noch?

Wir beenden die Befragung und ich lege Herrn Lopez ans Herz, sich wieder in Therapie zu begeben. Am besten direkt. So viele schreckliche Ereignisse auf einmal verkraftet man nicht einfach. Und wenn ihm die Therapie schon einmal weitergeholfen hat, stehen jetzt die Chancen dafür auch gut. Gerade die Tatsache, dass er den Mörder seiner Tochter sozusagen schützen wollte, weil er nie aufgeklärt hat, dass es in Wirklichkeit seine Tochter ist, wird schwer für ihn zu verkraften sein. Er hätte das Recht gehabt, seine eigene Tochter zu begraben. Darauf hat er aber verzichtet, weil er den Mann nicht noch mehr verletzen wollte. Dabei ist er wahrscheinlich der Mörder seiner Tochter.

Ali, Steve und ich werden nach der Befragung zu Herrn Wieland ins Büro gebeten, um die Resultate zu berichten. Er lobt mich für die gute Arbeit. Danach besprechen wir, wie die Befragung bei Herrn Kowalski morgen ablaufen soll. Ali und Steve werden mich begleiten und wir hoffen, ein Geständnis von ihm zu bekommen. Den ohne Geständnis werden wir ihn nicht für die Morde in Rechenschaft ziehen können. Wir haben zwar vereinzelte Hinweise, aber keine tatkräftigen Beweise vorliegen. Nur das Geständnis von Herrn Kowalski zählt. Nur dadurch können wir dafür sorgen, dass Marlen und Eileen Kowalskis Mörder endlich zu Rechenschaft gezogen wird.

Steve und ich sind mittlerweile wieder bei mir zuhause. Ich sitze an meinen Laptop, um mich auf die morgige Befragung vorzubereiten, während Steve sich um das Abendessen kümmert. Ich habe Angst, dass Herr Kowalski dicht macht und gar nichts preisgibt. Daher versuche ich, so gut wie möglich vorbereitet zu sein. Am Nachmittag im Büro hatte ich dafür leider keine Zeit mehr gehabt. Nach der Befragung von Herrn Lopez, hat mich Steve zwar netterweise wieder zurück in die Praxis gefahren, aber ich hatte hier zu viel Arbeit. Ich hatte zwei Therapiestunden mit Patienten abgehalten und danach mit Roland noch einmal kurz über die Einarbeitung von Jessica am Mittwoch geredet. Dazu habe ich Roland auch gleichzeitig in die neuen Erkenntnisse zu Herrn Kowalskis Fall eingeweiht. Wir haben auch im Laufe des Tages die Information von unserem Firmenanwalt bekommen, dass Derik seine Patienten offiziell der Firma überlassen muss. Derik muss mir zudem wahrscheinlich Schmerzensgeld zahlen, darf sich mir nicht mehr nähern und muss mit einer Freiheitsstrafe von bis zu 3 Jahren rechnen. Mir ist eigentlich nur wichtig, dass er sich von mir fernhält und dass die Patienten endgültig in der

Praxis bleiben können. Roland wird noch eine Strategie ausarbeiten, wie wir den Patienten genau mitteilen, warum Derik gegangen ist. Sie haben schon mitbekommen, dass aktuell etwas nicht stimmt und für viele wird dieser Wechsel des Therapeuten einen Rückschritt in der aktuellen Behandlung bedeuten. Die Patienten bei Derik zu lassen, wäre aber fahrlässig gewesen. Gerade als ich in den Feierabend gehen wollte und Steve schon auf mich gewartet hat, hat mir Roland gesagt, er wolle morgen etwas Wichtiges mit mir besprechen. Natürlich macht er es nicht vor der Befragung von Herrn Kowalski, damit ich mich in Ruhe darauf konzentrieren kann. Das bereitet mir ehrlich gesagt etwas Sorgen. Ich habe ihn und der Praxis in letzter Zeit viel Tumult zugemutet und zusätzlich bin ich eine Beziehung mit einem Patienten eingegangen, obwohl ich versprochen hatte zu warten, bis ich ihn abgeben kann.

„Was, wenn er mir kündigen will?", denke ich laut.

Steve dreht sich beim Kochen zu mir um und verdreht die Augen.

„Du machst dir zu viele Sorgen. Er wird dir nicht kündigen, er möchte nur was mit dir besprechen!"

„Wenn es nur eine normale Besprechung wäre, hätte er nicht so ein Geheimnis daraus gemacht! Er hat explizit gesagt, dass er es erst nach der Befragung morgen besprechen will, damit ich mich voll auf den Fall konzentrieren kann. Dabei hatte er einen komischen Unterton!"

„Er weiß, wie wichtig dir der Fall ist und möchte deine Konzentration nicht stören. Außerdem fand ich, dass er am Telefon ganz normal gewirkt hat."

Am Telefon?

„Warte mal, ihr habt telefoniert?", frage ich schockiert.

Er nickt.

„Ich bin jetzt sein Patient, also hat er sich noch einmal mit mir abgestimmt, ob der Freitagstermin für mich weiterhin passt. Dann haben wir kurz über Fußball gesprochen. So locker wäre er sicher nicht gewesen, wenn er am nächsten Tag vorhätte, meine Freundin zu feuern!"

Ehrlicherweise beunruhigt mich die Tatsache, dass Roland so locker mit unserer Beziehung umgeht. Steve richtet weiter das Essen. Steve hat einen Brokkoli-Auflauf gekocht. Dabei fällt mir auf, dass Steve hier in der Wohnung noch nie Fleisch gegessen hat.

„Steve, du musst für mich nicht zum Vegetarier werden! In dieser Küche kann auch ruhig Fleisch gekocht oder gebraten werden."

„Ich koche gerne für uns vegetarisch! Ich könnte nie aufhören, Fleisch zu essen. Es ist aber aktuell eine schöne Abwechslung. Mach dir um so etwas keine Sorgen. Übrigens, du warst in der Befragung heute echt spitze. Ich war wirklich beeindruckt. Mit deiner Auffassungsgabe würdest du eine gute Kommissarin abgeben" lacht er.

Ich kichere.

„Ich bleibe lieber bei meinem aktuellen Job! Du machst deinen Job aber auch nicht schlecht. Man merkt, dass dir das Führen einer Gruppe liegt. Hast du mal überlegt, Oberkommissar zu werden?"

Steve wirkt nachdenklich.

„Ich könnte dich dasselbe fragen. Du bist so talentiert, warum leitest du nicht deine eigene Praxis? Du bist besser als jeder andere!"

Ich lache.

„Ich habe es schon mal überlegt, mich dann aber dagegen entschieden. Und du?"

„Ich habe es mir auch schon öfter überlegt. Ich müsste dafür einen Test absolvieren. Tatsächlich habe ich mich vor Wochen dafür auch angemeldet. Bekomme ich eine Zusage, darf ich den Test machen. Ich sollte in der nächsten Woche Bescheid wissen, ob ich teilnehmen kann. Aber wieder zurück zu dir. Warum willst du keine eigene Praxis haben?"

Steve hat sich also schon angemeldet, bevor wir uns überhaupt kannten. Das freut mich! Er ist also selbst zu dem Entschluss gekommen, dass er für mehr fähig ist.

„Mein Dad wollte immer eine eigene Praxis haben. Er hatte konkrete Pläne, doch durchgesetzt hat er sie nie. Dafür hat er seinen Job bei Polizei als Profiler zu sehr gemocht. Es würde sich so anfühlen, als würde ich ihm seinen Traum stehlen. Ich würde auch nie allein eine Praxis führen wollen. Da müsste ich dann mehr Papierkram übernehmen und hätte weniger Zeit für meine Patienten. Das würde mich dauerhaft nicht glücklich machen! Außerdem mag ich es, für Roland zu arbeiten, das würde ich nicht missen wollen. Roland ist mein Mentor und mein Freund, ich könnte nie seine Praxis verlassen!"

Steve nickt verständnisvoll.

„Verstehe ich, vor allem stehen die Patienten bei dir wirklich immer an erster Stelle."

„Ja, das tun sie immer! Ich finde es übrigens gut, dass du dich für den Test angemeldet hast. Ich hoffe, du bekommst bald die Zusage!"

Wir beide lächeln uns an und essen gemütlich weiter.

DREIZEHN

DIE RACHE

Ali, Steve und ich stehen vor der psychiatrischen Anstalt. Ich bin nervös. Wir sind viel zu früh dran. Das ist tatsächlich pure Absicht. Wir wollen noch einmal alles durchgehen. Telefonisch sind Herr Salmon und ich so verblieben, dass er mit Steve und mir im Raum sitzen wird. Am Tisch ist auf jeder Seite nur Platz für drei Personen. Herr Salmon hat mir am Telefon nochmal deutlich gemacht, dass ich mit dem Patienten immer noch nicht alleine im Raum bleiben darf, daher bleibt Ali draußen. Er wird aber vom Nebenraum aus zusehen. Die Klinik war auch gar nicht davon begeistert, dass ich so kurzfristig die Polizei mit angemeldet habe. Das war mir aber egal. Sie haben immerhin am selben Tag noch die Regeln geändert und mir Herr Salmon einfach als Babysitter an die Seite gesetzt, daher dürfen grade die sich nicht beschweren! Ich finde es auch immer noch komisch, dass ich von der Klinikleitung noch nie jemanden gesehen oder gesprochen habe!

Herr Salmon hat mir telefonisch noch zugesichert, dass wir drei uns vorher im Raum abstimmen und vorbereiten können, daher sind wir auch so früh gekommen. Während Ali und Steve im Security Check ihre Waffen abgeben müssen, kommt Herr Salmon auf mich zu.

„Hallo, Frau Hardwood, wie geht es Ihnen heute?"

„Gut, wie geht es meinem Patienten?"

Da ich von Herrn Salmon in letzter Zeit gemischte Signale bekommen habe, will ich das Persönliche komplett aus unserem Dialog streichen. Begeistert sieht er darüber nicht aus.

„Er spricht gut auf die neue Dosierung an. Er hatte aber einen Besucher. Danach war er sehr aufgebracht…"

Ich nicke. „Das war Herr Brunner, sein ehemaliger Geschäftspartner. Er ist ein Tag nach dem Besuch bei Herrn Kowalski zu mir in die Praxis gekommen. Durch die Unterhaltung haben wir neue Informationen erhalten, die auch die Ermittlung der Polizei erfordern. Ich befürchte, heute wird die Besprechung unangenehm. Wir würden uns jetzt gerne vorbereiten, wie telefonisch abgemacht."

Ali und Steve stoßen zu uns.

„Hallo, Herr Salmon, richtig? Das ist mein Kollege, Kommissar Yildiz, und ich bin Kommissar Roberts. Danke, dass wir so spontan an der Sitzung teilnehmen dürfen. Es gab neue Erkenntnisse im Fall von Herrn Kowalski, die eine erneute Untersuchung der Polizei bedürfen."

Herr Salmon nickt den beiden zur Begrüßung zu und dreht sich wieder zu mir.

„Ich habe mich schon gewundert, warum Sie so pünktlich gekommen sind. Ich dachte, Sie wollen mich sehen. Aber wie besprochen, können Sie sich im Raum kurz vorbereiten, da muss ich nicht anwesend sein. Kurz bevor der Patient kommt, werde ich wieder in den Raum kommen. Wie telefonisch besprochen darf dann nur ein Kommissar anwesend sein."

Er lacht dabei. Ali muss sich das Lachen verkneifen und Steve sieht genervt aus. Das kann ich auch verstehen, der Kommentar war unnötig. Ich ignoriere ihn und bespreche weiter die Vorgehensweise.

„Also, Herr Salmon, für die Befragung wird Herr Roberts mit in den Raum kommen. Die Fragen stelle vorrangig ich, Herr Roberts schaltet sich nur für Ergänzungen oder einzelne Fragen ein. Sie sind bitte, wie letztes Mal, ein stiller Beobachter. Herr Yildiz wird vom Nebenraum aus zusehen. Der Betreuer vor der Tür sollte bitte mit Beruhigungsspritzen diesmal ausgerüstet sein. Wie gesagt, heute wird die Stunde leider nicht angenehm! Zusätzlich kommt dazu, dass wir bei Herr Kowalski die Medikamentendosis reduziert haben. Sein Verstand sollte damit klarer und seine Gefühle stärker sein, daher müssen wir hier vorsichtig sein!"

Herr Salmon nickt. Ehrlicherweise habe ich hier mit mehr Verwunderung gerechnet. Aber für die Klinik wird so etwas wahrscheinlich zum normalen Alltag dazugehören.

Herr Salmon dreht sich zu Steve und Ali „Sie beide müssen bitte noch ein paar Formulare unterschreiben, bevor wir loslegen."

Nachdem die Jungs die Formulare ausgefüllt haben, bringt uns Herr Salmon zum Besprechungsraum und geht. Damit startet unsere Vorbereitungszeit.

„Gut, viel Zeit bleibt uns nicht mehr. Wo ist die Polizeiakte mit den zusammengetragenen Beweisen? Meine Patientenakte könnt ihr euch auch gerne bei Bedarf anschauen, die Schweigepflicht ist wegen der besonderen Umstände ja aufgehoben."

Ich hole die Akte aus meiner Handtasche, und Steve nimmt sie sich direkt. Er macht es sich auf einem der Stühle bequem und fängt an, sie durchzublättern. Das machte er alles kommentarlos. Ich hoffe, er ist wegen der Aussage von Herrn Salmon nicht sauer auf mich.

„Hier ist unsere Polizeiakte" meint Ali und gibt mir die Akte in die Hand. Ich bin erschrocken.

„Die Akte ist zu dünn!" Ali und Steve schauen mich beide verwirrt an.

Ali entgegnet: „Du warst doch die letzten Tage dabei. Dass wir nur wenige Beweise haben, weißt du. Deswegen setzen wir darauf, heute ein Geständnis zu bekommen."

„Ja, aber das muss Herr Kowalski doch nicht wissen, oder?"

Wieder schauen mich beide an, als wäre ich verrückt.

„Hört mal Jungs, dieser Mann hat schon viele Psychologen, Polizeibefragungen und Gerichtstermine hinter sich. Wenn wir mit so einer dünnen Akte drohen, weiß er direkt, dass wir nichts Handfestes gegen ihn haben. So werden wir kein Geständnis von ihm bekommen!"

Ali zuckt mit den Schultern. „Wir haben aber nicht mehr?"

Ich rolle mit den Augen, gehe zur Tür, öffne diese und sage dem Betreuer vor der Türe, er soll bitte Herrn Salmon herholen. Jetzt schaltet sich auch Steve ein.

„Was ist dein Plan, Yasi?", fragt er immer noch leicht verwirrt.

„Wir müssen die Akte auffüllen, mit irgendwelchen Dokumenten. Hauptsache, die Seiten sind nicht leer. Deswegen habe ich Herrn Salmon rufen lassen. Er soll uns eine Kopie meiner Akte machen und wir passen sie hier und da mit schriftlichen Notizen, Heftklammern und Notizzetteln an. Damit wecken wir den Eindruck, dass wir wirklich etwas gegen ihn in der Hand haben. Ich habe folgenden Plan: Wir starten hier im Raum erst mit meiner Akte. Die kennt Herr Kowalski schon. Damit starten wir langsam in das Gespräch ein. Da jetzt noch ein Polizist im Raum ist, dürfen wir nicht direkt mit den harten Fakten starten! Wenn wir in Richtung kommen, dass er langsam aufgetaut ist und ich das passende Thema anschneiden kann, dann gebe ich Ali ein Zeichen und er kommt mit der Polizeiakte herein. Die lässt er eindrucksvoll auf den Tisch fallen. Damit haben wir ihn direkt eingeschüchtert!"

Die Jungs wirken erstaunt und nicken dann.

„Was ist mein Zeichen?", fragt Ali.

„Ich schließe meine Akte. Ich mache die Akte am Anfang der Sitzung auf und schließe sie erst, wenn ich die neue brauche."

Er nickt. Steve steht auf und gibt mir meine Akte zurück.

„Den Trick mit der Akte muss ich mir merken. Hätte mir sicher so einiges einfacher gemacht" zwinkert er mir zu.

Wir sitzen mittlerweile im Raum und warten auf Herrn Kowalski. Die Polizeiakte haben wir mithilfe der Kopien aufgehübscht. Meine Akte liegt offen vor mir auf dem Tisch. Ich sitze in der Mitte, Steve rechts und Herr Salmon links von mir. Ich bin ziemlich aufgeregt. Ich weiß nicht, wie Herr Kowalski darauf reagieren wird, dass ein Polizist mit im Raum sitzt. Viele Gedanken kann ich mir darüber nicht machen, denn die Tür geht auf und Herr Kowalski wird in den Raum geführt. Er sieht direkt skeptisch aus, als er jemand Neuen sieht. Ich versuche, die Situation zu entspannen.

„Hallo, Herr Kowalski, wie Sie sehen, ist unsere Gruppe größer geworden. Rechts neben mir sitzt Herr Roberts von der Polizei. Es gibt wohl ein paar Ungereimtheiten in Ihrem Fall und da hat man mich gebeten, das die Polizei heute in der Sitzung mit dabei sein kann. Ich hoffe, das stört sie nicht. Es ändert nichts an unserer Therapiesitzung! Herr Roberts wird die Stunde begleiten, selbst aber aktiv keine Fragen stellen, nur Ergänzungsfragen. Die Stunde leite also weiterhin ich. Haben Sie das verstanden?"

Herr Kowalski nickt zögerlich und wirkt dabei verärgert.

„Okay, gut. Wie schon letzte Stunde angekündigt, gehen wir heute mehr auf Ihre Taten ein. In der letzten Stunde standen Ihre Gefühle im Zentrum. Bevor wir aber starten, wie sprechen Sie auf die neue Medikamentendosis an?"

„Gut."

Ich wartete, ob noch mehr von ihm kommt, aber er bleibt still. Er kennt Steve nicht und vertraut ihm nicht. Ich werde heute ein bisschen nachhelfen müssen.

„Können Sie näher darauf eingehen? Haben Sie Veränderungen gespürt oder fühlt sich jetzt irgendetwas anders an?"

„Ich fühle mich klarer und ich kann besser denken" sagt er in einer monotonen Stimme.

Vielleicht ging es ihm darum, sich besser an seine Taten erinnern zu können? Ich hoffe, gegen Ende des Gesprächs verstehe ich, was es mit der Dosierung auf sich hat! Denn warum er die Medikamente absetzen will, verstehe ich immer noch nicht. Ich notierte mir den Fakt, dass er besser und klarer denken kann.

„Gut, wenn Sie hierzu nichts mehr zu sagen haben, beginnen wir. Wie letzte Woche angekündigt, werde ich ehrlich und direkt sein und genau dasselbe erwarte ich von Ihnen. Bitte sagen Sie direkt und ohne Rücksicht, was damals passiert ist. Wir starten mit den Morden. Im März 2019 haben Sie den ersten Menschen getötet. Ein alkoholisierter Mann hat seine Partnerin angegriffen. Sie wollten helfen und haben ihn mit einer Scherbe, die sie auf dem Boden gefunden haben, erstochen. Danach sind sie weggelaufen. Da Sie obdachlos waren und Sie niemand kannte, wurden Sie von der Polizei nicht gefunden. Ab April 2019 haben Sie dann Ihre Serienmorde begonnen. Sie haben insgesamt neun Morde begangen. Ihre Ziele waren immer alkoholisierte Männer. Die ersten sechs Morde fanden noch gezielt und geplant statt. Sie haben die Männer ausspioniert und Ihre Auswahl sorgfältig getroffen. Die restlichen drei Morde waren eher zufällig. Ist so weit alles richtig?"

Er nickt nur und schaut Steve kurz an.

„Gut. Ich gehe die Fragestellung mal anders an. Ich fange mit den weniger wichtigen Fragen an. Da es ein schweres Thema ist, möchte ich, dass wir erst in einen Gesprächsfluss kommen und so auch ein bisschen Vertrauen aufbauen. Gerade weil Sie Herrn Roberts noch nicht kennen, sollte dies hoffentlich die Stimmung hier im Raum ein bisschen verbessern. Bitte konzentrieren Sie sich beim Beantworten der Fragen nur auf mich. Ich weiß, Kommissar Roberts macht sie nervös, aber es handelt sich hier trotzdem um unsere Therapiesitzung, okay?"

Er nickt wieder und schaut dieses Mal nur mich an.

„Warum waren die letzten drei Morde eher zufällig und nicht mehr so sorgfältig geplant, wie Ihre ersten Morde?"

Es ist kurz still im Raum. Ich will ihm die Zeit geben, seine Worte zu finden. Es ist anfangs immer unangenehm und dauert, bis Patienten warm werden.

„Ich wollte es mir einfacher machen", sagt Herr Kowalski schlussendlich.

„Inwiefern einfacher?"

Er schaut auf den Tisch.

„Ich ließ mir anfangs immer lange Zeit, um meine Opfer auszusuchen, dabei war das nicht nötig. Mein Ziel wurde so oder so erreicht, auch ohne sorgfältige Auswahl. Es war einfacher, ohne die wochenlange Beobachtung. Ich wurde nicht geschnappt, niemand hielt mich auf. So konnte ich mir Arbeit sparen."

Zufällige Opfer, um Zeit zu sparen, seine Ziele zu erreichen. Sehr vorbildlich... Bevor ich auf seine Ziele eingehe, versuche ich erst ihn weichzuklopfen und will ihm ein bisschen schmeicheln.

„Die Polizei hatte Sie tatsächlich auch nie in Verdacht. Klar, Sie wurden polizeilich gesucht, wegen des allerersten Mordes, als Sie die Frau geschützt haben. Man hat Sie aber nie in Verbindung mit den Serienmorden gebracht. Die Polizei tappte damals im Dunkeln. Auch Ihre Verhaftung war zufällig. Ein anderer Obdachloser hat sich über Ihre blutgetränkten Klamotten beschwert. Sie haben erwähnt, dass Ihr Ziel so oder so erreicht hätten. Was war denn Ihr Ziel?"

„Leid zu minimieren", kommt es wie aus der Pistole geschossen.

„Welches Leid? Das Leid der Frauen, verursacht durch die Männer? Oder eher Leid Minimierung für Männer, verursacht von den Frauen?"

Seine Mimik hat sich von einer Sekunde zur anderen verdunkelt. Ich habe also einen Nerv getroffen. Herr Salmon schaut mich von der Seite verwirrt an. Klar, er weiß auch nichts von meiner Vermutung.

„Ich habe das Leid minimiert. Welches Leid spielt hierbei keine Rolle!"

Kann es sein, dass ihm diese Frage noch niemand gestellt hat? Allein dadurch hätte man merken müssen, dass etwas nicht stimmt!

„Für mich ist es wichtig zu wissen, für wen das Leid minimiert worden ist", beharre ich auf eine Antwort.

Er schaut mich erneut böse an. Langsam habe ich ein bisschen Angst, wie die Sitzung enden wird, wenn wir weiter so schleppend vorankommen.

„Für beide…mehr werde ich nicht sagen!"

Gut, das muss ich akzeptieren, um ihn nicht weiter zu verärgern. Vielleicht stimmt es sogar.

„Wie haben Sie sich gefühlt, als Sie verhaftet wurden?"

„Erniedrigt, es fühlte sich nach Scheitern an."

„Wie haben Sie sich beim Morden gefühlt, also bei der Tat selbst?"

„Erleichtert, als wäre durch mich die Welt ein Stück besser geworden."

„Wie haben Sie sich nach dem Mord im März 2019 gefühlt, als Sie im Affekt getötet hatten?"

Er senkt seinen Blick und flüstert:

„Erst schlecht…ich konnte nicht fassen, dass ich es getan hatte… Die erste Nacht war schlimm, da hatte ich noch nicht erkannt, was ich damit bewirken kann. In der zweiten Nacht kam dann die Erleuchtung. Da habe ich erkannt, dass ich beide gerettet hatte. Daher habe ich beschlossen, diesen Weg weiterzugehen!"

Er redet immer von „beiden". Er hätte beide gerettet. Er hätte bei beiden das Leid minimiert. Er denkt tatsächlich, er hätte der Welt einen Gefallen getan. Und in diesem Moment geht mir ein Licht auf.

„Herr Kowalski, Sie reden immer davon, dass Sie beide gerettet hätten. Wissen Sie, was ich glaube? Ich glaube, dass die Psychologen vor mir Sie falsch diagnostiziert haben. Darf ich Ihnen meine Theorie unterbreiten? Ich würde Sie bitten, mich nicht zu unterbrechen." In diesem Moment schließe ich meine Akte.

Seine Augen werden klein und er durchbohrt mich mit seinem Blick. Ich schaue zurück und versuche, so ruhig wie möglich zu bleiben. Dann öffnete sich die Tür und Ali kommt herein. Er bleibt am vorderen Tischrand stehen und lässt die Akte auf den Tisch fallen. Ohne einen Kommentar geht er wieder. Ich schlage die Akte auf der richtigen Seite auf und schaue Herrn Kowalski noch einmal fragend an. Er wirkt eingeschüchtert, nickt aber widerwillig. Also fange ich an.

„Ich habe in Ihrem Opferprofil eine andere Gemeinsamkeit gefunden. Alle sind davon ausgegangen, dass Sie alkoholisierte Männer ermordet haben, um sich am LKW-Fahrer zu rächen, der Ihnen Frau und Kind genommen hat. Mir sind aber zwei Sachen aufgefallen. Sie haben die Speditionsfirma und den LKW, mit dem Sie kollidiert sind, nicht erkannt. Das hätten Sie aber müssen, gerade wenn Sie auf Rache aus gewesen wären. Das bedeutet, ihr Opferprofil hat sich nicht am alkoholisierten LKW-Fahrer orientiert. Außerdem ist mir aufgefallen, dass keiner der alkoholisierten Männer, die sie getötet haben, Vater war. Diese Information kann man schnell vom Opfer selbst bekommen. Man muss nur kurz dem richtigen Gespräch lauschen oder schauen, wo und wie man wohnen. Das war also Absicht. Die Frage ist nur, warum? Mich hat diese Frage sehr lange beschäftigt und tatsächlich bin ich eben erst auf die Lösung gekommen. Sie reden davon, beide gerettet zu haben, Mann und Frau. Das hat mich zuerst gewundert. Doch dann habe ich den Zusammenhang verstanden! Gerade anfangs haben Sie Ihre Opfer lange beobachtet. Was die ersten sechs neben Alkohol und Geschlecht gemeinsam hatten, waren die Frauen, die zuhause auf Sie gewartet haben. Die Männer haben getrunken und die Frauen waren zuhause und wurden wahrscheinlich nicht gut behandelt. Sie hatten auch ein Alkoholproblem, richtig? Ich habe Ihren geheimen Vorrat im Büro gefunden. Sie hatten dort kein einziges Familienfoto, aber viele Flaschen Alkohol. Ich weiß auch, dass Sie laut Akten Herrn Brunner in einer Sportsbar kennengelernt haben, weil Ihre

Fußballmannschaft gespielt hat und Sie zuhause zu laut für die Tochter gewesen wären. Aber war das wirklich der Grund? Oder waren Sie einfach nur zu betrunken und Ihre Frau hat Sie hinausgeworfen? Ich denke eher, Letzteres stimmt. Ich gehe auch davon aus, dass ihr Alkoholproblem schon länger da ist. Es ist ziemlich stressig, eine eigene Firma aus dem Nichts aufzubauen. Ich denke daher, dass in diesem Zeitraum Ihr Alkoholproblem angefangen hat. Wenn man jetzt meiner Theorie glauben möchte, haben die Opfer ironischerweise immer mehr Ähnlichkeiten mit Ihnen Herr Kowalski, finden Sie nicht? Das Einzige, das Sie von ihren Opfern unterscheidet ist, dass Sie Vater sind. Zumindest, wenn man den Medien und meinen Akten Glauben schenkt. Wie schon erwähnt, ich war in Ihrem Büro. Herr Brunner hat es unverändert gelassen. Auch Ihre Schubladen wurden nie aufgeräumt. Ich konnte daher mit Sicherheit feststellen, dass Sie von der Affäre Ihrer Frau wussten. Durch die Fresszettel bin ich auch auf den biologischen Vater gestoßen und wusste direkt, woher sich beide kannten und wie lange die Beziehung ungefähr ging. Ihre Recherchen waren also sehr gründlich. Wir haben auch mit dem Vater gesprochen. Er dachte immer, Ihre Frau hätte sich von Ihnen getrennt. Sie hat nämlich behauptet, dass sie erkannt hätte, wie schlecht Sie für die Familie sind. Dazu kommt noch, dass Sie gar nicht der biologische Vater waren. Daher gehe ich auch davon aus, dass sich Ihre Frau in die Affäre geflüchtet hat. Da diese schon so lange geht, konnte ich auch den ungefähren Zeitraum ausmachen, wo Ihr Alkoholproblem angefangen hat. Anfangs hat es mich überrascht, dass Herr Lopez noch lebt. Sie sind ein Mörder. Für Sie wäre es leicht gewesen, auch ihn zu töten. Das haben Sie aber nicht gemacht. Wieso lebt er also noch? Die Frage hat mich sehr lange beschäftigt. Doch dann bin ich darauf gekommen. Ganz einfach. Er hat nicht in Ihr Opferprofil gepasst. Sie haben nur Männer getötet, die Ihnen ähnlich waren. Sie meinten, Sie hätten sich nach dem ersten Mord, der ja ein Unfall war, erst schlecht gefühlt. Doch dann haben Sie erkannt, dass der Mann, den Sie getötet hatten, genau so war wie Sie. Sie haben also der Frau geholfen und Sie davor bewahrt, verletzt zu werden. Gleichzeitig haben Sie auch den Mann beschützt. Durch sein schlechtes Benehmen gegenüber der Frau, hätte die Frau wahrscheinlich auch bald angefangen, dem Mann Leid zuzufügen. Dieses Leid und die daraus resultierenden Taten wollten Sie minimieren oder gar nicht erst zulassen. Sie wollten die Männer davor bewahren, so ein schlimmer Mensch zu werden, wie Sie es sind. Sie haben Ihre Frau und Tochter geschlagen, richtig? Beweisen kann ich es nicht, ich vermute es nur. Ihre Arbeitskollegen haben erwähnt, dass Sie oft wütend waren. Es ist auch bewiesen, dass Alkohol Menschen aggressiv macht. Daher stelle ich einfach mal die Vermutung an, dass Sie es zuhause nicht abstellen konnten. Soviel zu Ihrem Opferprofil. Kommen wir jetzt mal zu der Nacht des Unfalles, wo Ihre Frau und Ihr Kind ums Leben gekommen sind. Durch Herr Brunner weiß ich, dass Sie zwei Tage vor dem Unfall erfahren haben, dass sie nicht der leibliche Vater waren. Das hat Sie richtig wütend gemacht, oder? Immerhin haben Sie versucht, sich zu ändern. Sie haben einen weiteren Geschäftsführer eingestellt, um kurzer treten zu können. Ihre Frau hat das von Ihnen verlangt. Immerhin musste Sie durch die Tochter auch Ihre Karriere hinten anstellen. Doch Sie haben an Herrn Brunner nichts abgegeben. Sie haben ihn also nicht als Geschäftsführer genutzt. Das hat Ihre Frau wütend gemacht und hat erneut verlangt, dass Sie kürzertreten. Diesmal haben Sie es ernst genommen. Herr Brunner war Ihnen dann ebenbürtig. Sie haben dann sogar, um sich wahrscheinlich bei Ihrer Frau zu entschuldigen, den Italienurlaub geplant, um als Familie wieder neu starten zu können. Das alles haben Sie für Ihre Familie gemacht. Dann erfahren Sie aber, dass Ihre Frau eine Affäre hat. Zusätzlich erfahren Sie noch, dass sich die beiden aus der Grundschulzeit kennen. Ich verstehe, dass man da sich fragt, wie lange diese Affäre schon geht. Ihre Eheprobleme sind ja schon länger vorhanden. Zwei Tage vor dem Urlaub haben Sie dann die Bestätigung. Die Affäre geht so lange, dass selbst die Tochter nicht von Ihnen ist. So was tut weh! Solange von einer Person hintergangen zu werden und das, obwohl man sogar die eigene Firma geopfert hat. Aber daraus zu beschließen, Ihre Frau und das Kind zu töten... Wir wissen, dass Sie den Unfall provoziert haben! Ihr Wagen wurde manipuliert. Die Airbags und der Gurt waren nur bei Ihnen funktionstüchtig. Sie haben sich bewusst dazu entschlossen, dass Sie weiterleben können und Ihre Frau und das Kind es nicht dürfen. Sie hatten Glück, dass Ihr Fall von einem Polizisten übernommen wurde, der diesen Fall einfach nur abschließen wollte. Er hat sich die Beweise gar nicht angeschaut! Er hat den Fall einfach geschlossen. Somit waren Sie der Trauerende Familienvater und nicht der Mörder der beiden. Ihr Plan ist aber nicht aufgegangen. Sie wollten wieder normal weitermachen und die Firma leiten, wie zuvor. Das haben Sie aber nicht. Wahrscheinlich waren Ihre Schuldgefühle danach so groß, dass sie eine Auszeit brauchten. Ihr Geschäftspartner hat die Beerdigung organisiert und dafür gesorgt, dass Sie psychologische Unterstützung bekommen. Das hat aber nichts gebracht. Wie den auch! Jeder dachte, Sie haben Ihre Familie durch einen tragischen Unfall verloren. So konnte Ihnen kein Psychologe die Last von den Schultern nehmen. Damit sind also Ihre Probleme geblieben und sie waren noch nicht arbeitstüchtig. Dann kam später noch Herr Brunner, der Ihnen die Firma enteignet hat. Das war der Punkt, der das Fass zum Überlaufen gebracht hat. Ab diesem Zeitpunkt waren Sie gebrochen. Sie waren antriebslos, haben sich um nichts mehr gekümmert. Die Wohnung haben sie verloren und waren damit obdachlos. Es war Ihnen aber egal. Sie wollten einfach mit der Schuld leben. Es hat nichts mehr Sinn in ihrem Leben ergeben. Sie hatten keine Ziele. Das änderte sich aber, und zwar genau in dem Moment, wo Sie den angreifenden Mann mit der Glasscherbe ermordet haben. Auf einmal hat Ihr Leben wieder Sinn ergeben. Sie haben in diesem Moment Ihre Bestimmung gefunden. Leid minimieren, in dem Sie die Welt vor Männern beschützen, die genau so sind wie Sie!"

Es ist still im Raum. Man merkt, dass Herr Salmon und Steve geschockt sind. Herr Salmon hört all diese schrecklichen Dinge zum ersten Mal und Steve kannte meine neuste Theorie nicht. Ich sehe Herrn Kowalski genau an. Sein Leiden ist offensichtlich. Auf einmal fängt er an zu weinen. Es ist kein leichtes Schluchzen, sondern ein lautes und schmerzerfülltes Jaulen. Er sagt aber nichts. Ich will ihm den Raum geben, sich zu beruhigen. Nach und nach wird er leiser. Daher taste ich mich wieder langsam an ihn ran.

„Eine Sache, konnte ich leider bisher nicht aufklären. Vielleicht können Sie mir ja dabei helfen? Nachdem Sie geschnappt wurden, haben Sie sich nur zu den Taten bekannt und nicht zu dessen Absichten. Das kann ich sogar nachvollziehen. Dadurch hat die Polizei und die Psychologen Ihre eigene Theorie aufgestellt. Sie sind davon ausgegangen, dass es um Rache an den alkoholisierten LKW-Fahrer ging. Dabei war das einfach nur purer Zufall. Sie wollten Leid minimieren. Aber wieso haben Sie, auch als wir uns kennengelernt haben, nur darauf beharrt, dass Ihre Medikamentendosis reduziert werden soll? Mehr wollten Sie nicht von mir nicht…Warum ist es Ihnen so wichtig?"

„Ich muss für meine Taten leiden. Die Medikamente lassen mich vergessen… Ich darf es aber nicht vergessen!"

„Was dürfen Sie nicht vergessen, Herr Kowalski?"

Er schaut mir tief in die Augen.

„Das ich der Mörder meiner Frau und dessen Kind bin"

Er weint wieder; er ist am Boden zerstört. Damit haben Steve und Ali das Geständnis.

„Also war alles richtig, was ich gesagt habe?", fragte ich zur Sicherheit nach.

Er nickt.

„Ich wollte meine Tat wiedergutmachen. Ich wollte doch nur helfen, die Welt vor Menschen wie mir zu beschützen…"

Kurze Zeit später stehe ich mit Ali vor dem Besprechungsraum. Herr Salmon und Steve sind noch drin, um die Zeugenaussage und das Geständnis unterschreiben zu lassen. Ich hätte nie gedacht, dass es so einfach werden würde, die Wahrheit herauszufinden.

„Das Verfahren wird neu aufgerollt und er muss dann sicher lebenslang ins Gefängnis, oder?", frage ich Ali. Er zuckt die Schulter

„Genau weiß ich es nicht, aber vermutlich ja. Es wird ihm aber sicher zugute geheißen, dass er gestanden hat. Du warst im Raum übrigens unglaublich. Wie du seine Reaktionen und Aussagen gedeutet und daraufhin deine Theorie komplett umgestellt hast, die dann auch noch gestimmt hat! Nat hat mir erzählt, wie gut du bist, aber so gut…", sagt er mit aufgeregter Stimme.

Nat schwärmt mir immer noch jeden Tag von Ali vor. Sie ist fast schon eifersüchtig, dass ich Zeit mit ihm verbringen kann und sie noch in Dubai festhängt. Das Kompliment von Ali ist sicher nett gemeint, aber ich habe ein schlechtes Gewissen. Das Herr Kowalski seine Tat gestanden hat, musste sein. Ohne dieses Geständnis wäre Herr Kowalski für immer eine gequälte Seele geblieben. Aber da er jetzt noch den Mord seiner Frau und vermeintlichen Tochter zu verschulden hat, wird er sicher nicht in der geschlossenen Einrichtung bleiben dürfen. Er muss hier aber bleiben, denn im Gefängnis wird er nicht die Hilfe bekommen, die er braucht. Herr Salmon und Steve kommen aus dem Raum. Herr Kowalski wird von einem anderen Betreuer herausgeführt und weggebracht.

„Wie geht es jetzt weiter, Herr Salmon?", überfalle ich ihn direkt.

„Er ist auf gerichtliche Anordnung hier. Da ein neues Geständnis vorliegt, muss das wieder untersucht und gerichtlich entschieden werden. Ich muss ein paar Telefonate führen, denn übergangsweise, bis es ein neues Urteil gibt, muss er entweder in Untersuchungshaft oder kann hierbleiben. Das darf ich aber nicht entscheiden. Ich kann nur eine Empfehlung aussprechen", sagt er ruhig.

„Er sollte weiterhin hier eingewiesen bleiben! Schauen Sie, was für ein Erfolg erzielt wurde! Er hat nur die richtige psychologische Beratung gebraucht. Hat er sich jemals bei jemand anderem so geöffnet wie bei mir? Wir sehen uns heute erst zum dritten Mal und ich habe es schon geschafft, dass er das erste Mal die Wahrheit gesagt hat! Was würden wir wohl für Erfolge erzielen, wenn wir länger daran arbeiten könnten? Seine Taten sind unverzeihlich! Aber allein, dass er das einsieht und deswegen auch die Medikamente absetzen möchte, zeigt, dass er diese Hilfe braucht! Im Gefängnis würde er diese Hilfe nicht bekommen!"

Herr Salmon schaut mich an und schüttelt den Kopf.

„Selbst jetzt versuchen Sie noch, ihn zu retten. Er hat absichtlich einen Unfall verursacht, um seine Frau und Tochter umzubringen. Ich gebe Ihre Nummer an die

Verantwortlichen gerne weiter. Ich werde mich aber nicht für Herrn Kowalski einsetzen. Ich kann das nicht mit meinem Gewissen vereinbaren. Was Sie machen, ist mir egal."

Ich kann Herr Salmon verstehen. Es ist schrecklich, was Herr Kowalski seiner Familie angetan hat. Er konnte diese Tat aber nur begehen, weil er krank ist. Daher muss ihm auch richtig geholfen werden. Ich sehe es in meiner Pflicht, alles Mögliche zu tun, damit Herr Kowalski weiterhin lebenslang in der psychiatrischen Einrichtung bleiben kann. Ich bedanke mich bei Herr Salmon. Dann verlassen Ali, Steve und ich die Anstalt. Obwohl ich heute genau das erreicht habe, was ich wollte, hat es sich für mich falsch angefühlt. Ich entschuldige nicht, dass der Mann seine Frau und seine Tochter absichtlich umgebracht hat. Aber er ist krank und braucht dringend Hilfe. Das Gefängnis würde ihm nicht guttun.

VIERZEHN

SCHICKSAL

Der gestrige Tag liegt mir immer noch schwer in den Knochen. Es war ein Erfolg für die Polizei und eigentlich auch für mich…es fühlt sich aber nicht danach an. Ich bin einfach ausgelaugt und brauche eine Pause. Es ist zu viel Schlimmes in den letzten Wochen passiert. Zwar bin ich in dieser Zeit auch Steve begegnet und dafür bin ich dankbar, aber ich brauche eine Pause. Leider ist das nicht so einfach. Ich muss ab heute Jessica einlernen und Roland will noch etwas Dringendes mit mir bereden. Eigentlich wollte Roland das schon gestern machen. Doch nach dem gestrigen Termin, wollte er mir wohl verschonen und das Gespräch um einen Tag verschoben. Bei dem Gespräch habe ich ein schlechtes Gefühl. Steve sagt, ich bilde mir das ein. Ihm ging es gestern nach dem Verhör auch nicht gut. Er hat gemeint, er habe schon viel Schlimmes gesehen, sei es im Krieg oder bei seiner Arbeit als Kommissar. Solche Fälle verfolgen ihn trotzdem eine Zeit lang. Wenn ein Mensch seine eigene Familie umbringt, ist das nicht leicht zu verkraften. Solche Fälle, die unter die Haut gehen, schüttelt man nicht innerhalb eines Tages ab. Ich werde diesen Fall leider auch nicht so schnell aus dem Kopf bekommen. Den restlichen Dienstag konnte ich mich kaum auf die Arbeit konzentrieren. Zuhause haben Steve und ich uns jeweils eine Pizza bestellt und sind nach dem Essen direkt schlafen gegangen, dabei war es gerade erst 21 Uhr. Die letzten Wochen haben uns beide viel Kraft gekostet. Ich hatte heute auch keinerlei Motivation aufzustehen und wollte einfach im Bett bleiben. Steve hat mich aber wortwörtlich aus dem Bett getragen und mich vor mein Frühstück gesetzt. Jetzt ist es gleich zwölf Uhr, kurz vor dem Gespräch mit Roland. Zumindest läuft die Einarbeitung von Jessica unkompliziert. Sie ist für die Praxis wirklich ein Segen. Sie denkt mit und gibt sogar schon selbst Verbesserungsvorschläge zu Deriks Behandlungen. Sie kann seine Fälle übernehmen, ohne dass wir unsere bestehenden Patienten vernachlässigen. Ich bin froh, dass Roland sie vorgeschlagen hat.

„Yasmin, wir haben zwölf Uhr. Roland wollte dich jetzt sprechen, oder?"

Jessica ist wohl genauso ein Pünktlichkeits-Fanatiker wie Steve. Heute Morgen war sie ebenfalls sehr früh da. Ich war natürlich wie immer spät dran. Ich gehe noch kurz ins Büro, um mein Handy zu holen. Ich habe eine Nachricht von Steve.

11:09 Uhr Steve: Ich muss dir heute Abend etwas Wichtiges erzählen! Keine Sorge, es sind gute Neuigkeiten! Ich koche zum Anlass entsprechend was Schönes für uns!

Schön, dass es Steve nach dem gestrigen Tag wieder besser geht. Ich freue mich für ihn! Es fühlt sich schon so an, als ob Steve und ich zusammenwohnen würden.

„Yasmin, bist du bereit? Sollen wir in mein Büro gehen?", fragt Roland und ich schaue von meinem Handy auf. Ich nicke und folge ihm. Warum bin ich so nervös? In seinem Büro nehme ich gegenüber von ihm Platz.

„Also, Yasmin. Ich will es tatsächlich gar nicht so spannend machen. Ich weiß, in letzter Zeit war viel los. Aber ich habe mir ziemlich viele Gedanken gemacht, gerade um die Praxis und dich. Ich bin zu dem Entschluss gekommen, dass ich die Praxis gerne mit dir zusammen leiten würde! Was hältst du von Praxis für Psychotherapie Dr. Roland Schmid & Dr. Yasmin Hardwood? Dein Name kann auch gerne als ersten genannt werden, wenn du magst! Und, was sagst du?"

Ich bin überrascht und geschockt. Ich habe damit wirklich nicht gerechnet. Ich soll Teilhaberin werden? Was für ein Zufall, dass Steve und ich gerade erst darüber geredet haben. Aber warum ich und warum jetzt?

„Ich dachte, du willst mich feuern, jetzt fragst du mich, ob ich mit einsteigen will?"

Roland schaut mich schief an.

„Warum denn feuern? Du bist die beste Psychologin, die ich kenne. Allein, was du bisher alles erreicht hast! Ich würde dich nie feuern. Ich hätte dich schon von Anfang an mehr involvieren, integrieren und fördern müssen. Du solltest nicht nur eine Mitarbeiterin sein, sondern auch mitentscheiden und leiten dürfen. Daher habe ich dir auch Jessica anvertraut. Erinnerst du dich noch an unser Gespräch, als es um die Zukunft der Praxis ging? Deine Vorstellungen für die Praxis entsprechen genau dem, was ich schon immer wollte. Wir funktionieren als Team, daher mache ich mir auch keine Sorgen. Falls du dir das in Ruhe überlegen möchtest, kannst du das gerne tun. Ich brauche heute noch keine Entscheidung von dir! Ich würde mich aber freuen. Der jüngste bin ich nicht mehr, daher würde ich gerne ein bisschen weniger

Verantwortung haben wollen und du bist auch viel zu gut in deinem Job, um nur eine normale Angestellte zu sein!"

Ich schaue ihn mit großen Augen an. Ich bin froh, dass er nicht direkt eine Entscheidung von mir will, verstehen kann ich das Ganze trotzdem nicht.

„Warum jetzt? Ist das nicht der denkbar schlechteste Zeitpunkt nach allem, was bei mir vorgefallen ist?", hake ich nach.

Roland schüttelt den Kopf. „Es gibt keine guten Zeitpunkte und wie gesagt, ich will langsam kürzertreten. Mein Sohn wird bald Vater. Ich möchte das nutzen, um mehr Zeit mit meiner Familie zu verbringen. Ich könnte mir wirklich niemanden passenderen als dich dafür vorstellen!"

Der restliche Tag vergeht wie im Flug. Ich lerne Jessica weiter ein und versuche, konzentriert zu bleiben. Die Anfrage von Roland, mit in die Praxis einzusteigen, ist sehr plötzlich gekommen. Nach den letzten Ereignissen hätte ich nicht damit gerechnet! Ich weiß nicht genau, was ich von der Idee halten soll. Es gibt keinen besseren Partner als Roland. Mit ihm eine Praxis leiten zu dürfen, ist das Beste, was hätte passieren können. Aber der Gedanke bereitet mir auch Bauchschmerzen. Ich bin gespannt, wie Steve auf die Nachricht reagieren wird und was er mir Wichtiges zu erzählen hat.

Auf dem Nachhauseweg lasse ich meinen Gedanken freien Lauf. Soll ich das Angebot von Roland annehmen? Eigentlich will ich genau das. Ich wollte nie eine Praxis allein leiten, sich diese aber zu teilen, und das auch noch mit Roland, wäre wirklich perfekt. Er ist ein guter Chef und Mentor. Privat verstehen wir uns ebenfalls gut. Nach meinem Studium war ich erst in einer Praxis, die mir gar nicht zugesagt hat. Dort wurde man nur nach schnellem

Erfolg bewertet und durfte sich die Patienten nicht aussuchen. Sie wurden zugeteilt und ich fühlte mich wie ein Akkordarbeiter. Ich habe es nur sechs Monate ausgehalten und dann gekündigt, ohne einen neuen Job zu haben. Durch Zufall habe ich Roland getroffen. Ich hatte in der alten Praxis gerade die Abschlussgespräche und bin aus der Firma hinausgegangen, da kam er mir entgegen. Ein ehemaliger Patient der Praxis ist zu ihm gewechselt. Sehr viele Patienten haben gewechselt, tatsächlich auch viele zu ihm. Er hatte die Praxis neu eröffnet und konnte daher noch viele Patienten aufnehmen. Wir sind ins Gespräch gekommen und er hat mich zu einem Vorstellungsgespräch eingeladen. Wir waren in der Praxis fast zwei Jahre allein, doch dann wurde es einfach zu viel Arbeit für uns. Daraufhin wurde Derik als Verstärkung ins Boot geholt. Roland und ich hatten schon immer ein gutes Verhältnis und haben uns wirklich auf Anhieb verstanden. Er ist auch einer der wenigen Menschen, die meine komplette Vorgeschichte kennen. Die Arbeit bei ihm hat mir geholfen, meine Probleme besser in den Griff zu bekommen. Ich bin seitdem glücklicher und habe mehr Lebensfreude. Selbst ich hätte nie daran geglaubt, dass ich irgendwann einmal einen Mann anziehend finden und mich auf eine Beziehung einlassen würde. Aber ich habe mich so gut entwickelt, dass ich es geschafft und den Schritt gewagt habe. Steve hatte ähnliche Probleme. Wir hatten kein Leben neben der Arbeit und kaum haben wir uns getroffen, hat sich das schlagartig geändert und das gerade zum richtigen Zeitpunkt. Steve hat mir letztens gesagt, dass er glaubt, es sei vorbestimmt gewesen, also Schicksal, dass wir uns gefunden haben. Eigentlich glaube ich nicht ans Schicksal, aber bei uns sind so viele Zufälle passiert...das müssen kleine Zeichen vom Schicksal gewesen sein. Diese Zeichen haben uns schlussendlich zusammengeführt. Daher habe ich meine Meinung geändert – ich denke, es gibt Zeichen, die vom Schicksal kommen und uns eine Richtung anbieten. Diese müssen nur von uns genutzt werden, und das haben Steve und ich zum Glück getan! Ich stehe mittlerweile vor meiner Wohnung und schließe sie auf.

„Ah, da bist du ja, Yasi!“

Noch während ich die Tür öffne, kommt Steve mir entgegengelaufen und küsst mich zur Begrüßung. Das Essen steht schon bereit und ist romantisch hergerichtet. Da fällt mir ein, dass Steve ein wichtiges Gespräch angekündigt hat. Das hatte ich schon wieder komplett vergessen.

„Ja, ich habe heute unsere neue Kollegin eingelernt und am Ende haben wir uns ein bisschen verquatscht.“

Er führt mich direkt zum Tisch und deutet an, dass ich mich setzen soll. Er verschwindet kurz in die Küche und kommt dann mit einer Sektflasche zurück.

„Worauf stoßen wir denn an?“, lache ich.

Steve schenkt erst mir und dann sich ein Glas ein und stößt mit mir an.

„Ich wurde für den Test qualifiziert! In einem Monat darf ich ihn schreiben. Und in sechs Monaten wird ein Platz als Oberkommissar frei, das heißt, sollte ich den Test bestehen, gibt es in meinem aktuellen Revier direkt eine Stelle für mich!“

„Steve, das ist ja wundervoll, ich freue mich so für dich!“ Ich springe auf und umarme ihn. Danach nehmen wir beide einen Schluck Sekt.

„Ich wollte dich mir der tollen Neuigkeit überraschen! Ich muss für den Test noch lernen, aber ich denke, das sollte ich hinbekommen. Direkt nach dem Test habe ich zwei Wochen Urlaub, da wollte ich dich fragen, ob wir dann wirklich einfach nach Bali fliegen wollen? Wir haben das Thema ja schon angeschnitten, aber ich dachte, wir sollten das mit dem Urlaub auch wirklich durchziehen! Sobald ich als Oberkommissar eingesetzt werde, brauche ich viel Einarbeitung und kann erst einmal keinen Urlaub nehmen."

Ich nicke.

„Ich kann Roland fragen. Da wir schon bei dem Thema sind, habe ich auch eine kleine Ankündigung. Roland möchte, dass ich Teilhaberin der Praxis werde und wir die Praxis zusammen leiten. Ich habe noch nicht zugesagt und will mir das in Ruhe überlegen."

Steve schließt mich sofort in seine Arme.

„Ich freue mich so für dich! Witzig, kaum haben wir darüber geredet, werden alle Sachen wahr... Warte, du hast das Angebot noch nicht angenommen? Hast du denn vor, es anzunehmen?"

Ich zucke mit den Schultern und setze mich hin. Steve setzt sich dazu und wir fangen an zu essen. Es gibt Flammkuchen.

„Mich hat es überrascht, nach allem, was in letzter Zeit vorgefallen ist. Das Angebot ist im Grunde perfekt für mich. Verantwortung zu übernehmen und trotzdem nicht allein für die Firma geradezustehen. Aber ich verstehe es einfach nicht. Warum ich, warum jetzt?"

Steve nimmt mich wieder in den Arm und küsst mich auf die Stirn.

„Meinst du nicht auch, dass du ein bisschen Glück verdient hast? Schau mal, es fügt sich doch langsam alles perfekt zusammen. Dein Arbeitsleben schlägt die Richtung ein, von der du immer geträumt hast. Du und Roland seid arbeitstechnisch schon eingespielt und kennt euch, also sollte es keine Probleme geben und perfekt passen. Privat hat sich auch alles gut ergeben. Deine beste Freundin kommt bald wieder für längere Zeit zurück und du musst sie nicht mehr vermissen. Gut, du wirst sie wahrscheinlich mit Ali teilen müssen, aber du hast mir doch erzählt, wie lange du dir schon gewünscht hast, dass sie endlich mal wieder eine längere Zeit zuhause bleibt. Außerdem haben wir uns gefunden und ergänzen uns perfekt. Wir tun einander so gut und haben endlich wieder ein Privatleben. Wir beide haben mit verschiedenen Sachen aus unserer Vergangenheit zu kämpfen und dadurch vergessen zu leben. Seit wir uns kennen, ist der normale Alltag eingekehrt. Genau das, was wir gebraucht haben. Uns beiden geht es besser, ich konnte Ängste überwinden und deine Albträume sind weniger intensiv geworden. Du kannst es drehen und wenden wie du willst, aber für mich ist das Schicksal! Ich weiß, das Schicksal hat auch harte Wahrheiten zum Vorschein gebracht. Eventuell musste es so kommen, damit du endlich mit bestimmten Dingen abschließen konntest.“

Ich bin überrascht, solche Worte habe ich bisher von Steve noch nicht zu hören bekommen.

„Sollte ich nicht eher so etwas sagen? Ich bin doch die Psychologin!“

Wir beide lachen. Er hat aber recht. Ich denke, ich sollte das Angebot von Roland annehmen.

Es sind mittlerweile fast eineinhalb Monate vergangen. Steve und ich reisen morgen von Bali ab. Nachdem er seinen Test absolviert hat, sind wir zusammen in den Urlaub geflogen. Ich habe Rolands Angebot angenommen und bin seine Partnerin geworden. Die Firma heißt nun tatsächlich, wie von ihm vorgeschlagen, Praxis für Psychotherapie Dr. Roland Schmid & Dr. Yasmin Hardwood. Steve hat im Urlaub auch schon die Rückmeldung bekommen, dass er den Test bestanden hat, und er fängt nach seiner Rückkehr direkt als Oberkommissar an. Ali hat er schon in sein Team geholt. Nat ist auch seit einer Woche aus Dubai zurück. Sie und

Ali sind jetzt offiziell ein Paar. Da sie keine Wohnung hat, ist sie bei ihm eingezogen. Sie hat sich zudem in eine andere Abteilung versetzen lassen, damit sie weniger verreisen muss. Bei den beiden läuft es ziemlich gut, aber auch schnell. Steve und ich haben auch beschlossen, nach dem Urlaub zusammenzuziehen. Er ist nie in seiner Wohnung und sie läuft zum Ende des Monats aus. Wir haben daher zusammen beschlossen, dass es kein Sinn ergeben würde, wenn er seine Wohnung behalten würde. Es geht auch bei uns sehr schnell, es fühlt sich aber richtig an! Steve hatte recht – es passt alles perfekt zusammen, daher muss es vom Schicksal bestimmt sein! Nicht so viel Glück hatte leider Herr Kowalski. Vor ein paar Tagen hat mir Roland mitgeteilt, dass ein Verhandlungstermin für Herrn Kowalski angesetzt wurde und die Beantragung auf Untersuchungshaft gestellt wurde. Als er dies erfuhr, hat er sich in der Klinik erhängt. Mich hat diese Information zutiefst verletzt. Ich hatte wirklich gehofft, dass wir beide weiter an seinen Problemen arbeiten könnten und er schlussendlich wieder lebenslänglich in die psychiatrische Anstalt eingewiesen wird. Unser Firmenanwalt hat mir jedoch ans Herz gelegt, mich an diesen Gedanken nicht festzuklammern. Er wäre wahrscheinlich bei diesem Prozess zu lebenslanger Haft verurteilt worden. Ich weiß, viele können nicht verstehen, warum ich ein schlechtes Gewissen habe. Aber immerhin habe ich das Geständnis aus ihm herausbekommen. Wegen meiner Therapiestunde hat er die Tat gestanden. Egal, wie schlimm die Taten von ihm waren, diesen Ausgang, hat kein Mensch verdient! Ich muss mich seelisch von diesem Fall distanzieren. Ich will als Teilhaberin der Praxis beruflich durchstarten. Das werde ich nicht können, wenn ich Herrn Kowalski nicht loslassen kann. Ich muss mich auf die positiven Dinge konzentrieren: Natascha ist endlich wieder in Deutschland und will hier auch erst einmal eine Zeit lang bleiben. Ich habe damit endlich wieder meine beste Freundin zurück. Steve und ich sind grade dabei, uns ein gemeinsames Leben aufzubauen. Wir ziehen nach dem Urlaub zusammen und arbeiten daran, endlich wieder ein Privatleben zu haben. Wir haben früher beide wirklich nur fürs Arbeiten gelebt. Ich bin Teilhaberin einer Praxis. Steve wird Oberkommissar und hat damit endlich wieder eine leitende Position. Meine Albträume verfolgen mich nicht mehr jeden Tag. Meine Angstzustände haben sich deutlich reduziert. Ich habe wieder Freude am Leben. Ich bin das erste Mal im Leben mit einem Mann im Urlaub. Zum ersten Mal konnte ich wirklich entspannen. Zum ersten Mal mache ich mir keine Sorgen um meine Zukunft. Ich bin glücklich. Ich habe mein Leben noch nie so sehr genossen. Es muss Schicksal sein…oder?